KB270551

오늘의 메뉴는 서연정입니다

오늘의 메뉴는 서연정입니다

초 판 1쇄 2025년 12월 22일

지은이 송다현
펴낸이 류종렬

펴낸곳 미다스북스
본부장 임종익
편집장 이다경, 김가영
디자인 임인영, 윤가희
책임진행 김은진, 이예나, 김요섭, 안채원, 국소리

등록 2001년 3월 21일 제2001-000040호
주소 서울시 마포구 양화로 133 서교타워 711호
전화 02) 322-7802~3
팩스 02) 6007-1845
블로그 http://blog.naver.com/midasbooks
전자주소 midasbooks@hanmail.net
페이스북 https://www.facebook.com/midasbooks425
인스타그램 https://www.instagram.com/midasbooks

© 송다현, 미다스북스 2025, *Printed in Korea*.

ISBN 979-11-7355-623-4 03810

**값 20,000원

미다스북스는 다음세대에게 필요한 지혜와 교양을 생각합니다.

{ 서연정, 사람과 사람이 얽히는 집 }

"한 그릇의 밥 위에,
오늘도 서로의 이야기가 쌓여 갑니다."

미다스북스

서연정: 인연을 풀어내는 집

    차가 줄었다. 신호등이 사라지고 빌딩이 낮아지고 고속도로의 바람이 좁은 지방도의 바람으로 바뀔 때쯤 라디오를 껐다. 창문을 조금 더 내리자, 초여름 냄새가 차 안으로 쏟아졌다. 풀과 흙, 물을 머금은 바람의 냄새. 진안은 액셀러레이터에서 발을 조금 떼며 속도를 낮췄다. 도로 옆을 스쳐 가는 건 물푸레 같은 초록의 담벼락, 칠흑 같은 밭고랑, 누군가 방금 물을 준 듯 반짝이는 모종들, 그리고 드문드문 보이는 비닐하우스 지붕의 은빛이었다.

봄이 끝나고 여름이 시작되는 날들, 햇살이 아직 설익은 감처럼 풋풋한 계절. 차창 너머로 산의 등줄기가 겹겹이 누워 있고, 그 사이사이에 논이 빛을 깔아 수면처럼 흔들렸다. 길가의 작은 버스 정류장엔 누구도 없었고, 전봇대에 묶인 깃발이 바람에 한 번씩 살을 뒤집었다. 강이 나타났다. 넓지는 않지만 흐름이 분명한 물 둔치에 흰 백로 두 마리가 느릿느릿 걸었다. 진안은 브레이크를 밟고 다리에 올랐다. 강 위에서 한번 숨을 쉬었다. 강물의 냄새가 코끝을 스쳤다.

다리가 끝나자, 나무 간판이 나왔다. 흰 바탕에 먹으로 쓴 듯한 서체, '도하리'. 강을 건너면 도하리, 라는 말이 이보다 더 분명할 수 있을까. 그는 간판을 지나며 혼잣말처럼 중얼거렸다. "도하리." 입안에서 소리가 한번 둥글게 굴러 나왔다. 낯설고도 익숙한 소리였다. 오래전 어디선가 들은 듯 아니면 미래의 어느 날 계속 부르게 될 이름처럼.

마을은 온통 초록이었다. 밭과 논이 서로의 초록을 부추기듯 붙어 있었고 그 사이사이로 좁은 길들이 미로처럼 얽혀 있었다. 마을회관 앞 평상엔 노인 몇이 앉아 느린 박자로 바람을 부채질했다. '노인정'이라고 적힌 양철 간판이 햇빛을 받아 빛났다. 읍내는 차로 십 분 남짓 거리지만 걸어서 돌면 두 시간은 걸릴 만큼 작았다. 그래서인지 여기선 시간이 조금 더 천천히 흘렀다. 진안은 속도를 더 낮춰 초록 사이로 길을 파고들었다.

공사가 거의 마무리된 이층집 앞에 차를 댔다. 콘크리트 마당의 물 자국이 아직 마르지 않은 걸 보니 페인트를 칠한 지 얼마 안 된 듯했다. 갈색 박공지붕에 크림색 외벽이 눈에 띄었다. 1층에는 작은 유리문과 목재 프레임의 창이 연달아 투명하게 빛났고 그 옆 벽에 '서연정'이라는 세 글자가 인쇄된 작은 간판이 종이와 비닐로 반쯤 감싸인 채 기대어 있었다. 아직 벽에 못을 박지 않아 간판은 바닥 그림자 속에 누워 한 편을 차지했다. 뒷마당으로 시선을 돌리자, 비닐이 반쯤 깔린 직사각형의 텃밭이 있었다. 곧은 고랑에 잘 고와져 있는 흙. 아직 심을 것들이 기다리고 있는 자리였다.

차에서 내린 진안의 얼굴엔 불평이 없었다. 오히려 먼 길을 달려온 몸이 가벼워지는 기분이었다. 도시에선 한 번도 맡지 못한 냄새가 폐 안을 쓱 씻고 지나갔다. 그때 그림자 하나가 길게 다가왔다. 낯설지 않은 사람의 걸음.

광운이었다. 큰 키에 뒤틀림 없이 반듯한 어깨. 팔뚝은 여름의 햇빛을 오래 받아 단단한 색을 띠고 있었다. 소매를 팔꿈치 위로 돌돌 말아 올렸고 목에는 흰 수건을 걸었다. 수건 끝은 땀에 젖어 누렇게 색이 비쳤다. 그가 한 번 더 가까이 오자 진안은 그의 손등에 박힌 작은 흉터들과 손바닥의 오래된 굳은

살을 보았다. 공장, 쇳소리, 뜨거운 모서리들. 말수를 아껴두는 사람의 입술. 그의 눈은 짙은 숲처럼 깊었고 빛을 오래 머금고서야 돌려주는 종류의 눈빛이었다.

"늦었네."

광운이 말했다. 낮은 목소리에 말끝이 멎어 있었다. 진안은 집을 올려다보며 웃었다.

"여기 경치는 언제 봐도 멋지니까."

"짐은? 저거뿐이야?"

"설마."

그는 어깨를 으쓱했다.

"남은 짐은 내일 아침 트럭으로 올 거야. 설마 벌써 쉬려는 건 아니지?"

광운은 입꼬리를 아주 조금만 움직였다. 웃음이라고 부르기도 애매한, 그러나 분명 미세한 온도 변화.

"어차피 이제부터 일 시작이잖아. 날 고용한 건 너니까."

"고용? 동업이지."

진안은 장난스럽게 광운의 어깨를 툭 쳤다. 딱딱한 근육의 감촉이 손끝에 남았다.

1층 유리문을 밀고 들어서자, 새 목재 냄새와 페인트의 희미한 자극이 뒤섞여 올라왔다. 주방은 크지 않았다. 대신 동

#appetizer

선이 곱게 정리되어 있었다. 싱크대와 조리대, 가스레인지가 ㄷ자 형태로 배치되어 있었고 작은 창이 조리대 앞에 있었다. 창문을 열자, 마당에서 바람이 들어와 스테인리스를 한번 쓰다듬고 지나갔다. 벽 한쪽에는 선반을 걸 자리만 표시되어 있었고 다른 한쪽엔 작은 칠판을 달기로 한 자리에 못이 두 개 박혀 있었다. 조리대 모서리를 손등으로 쓸며 진안이 속으로 말했다.

'여기가 내 자리.'

문 옆에 기대어 있던 간판에서 비닐을 조금 벗겼다. 하얀 바탕 위에 검은 획.

'서연정'-서로의 인연을 풀어내는 집.

할머니가 생전에 소곤대듯 말하던 목소리가 귓가에 닿는 느낌이 들었다.

벌이는 적더라도 오는 사람에게 최선을 다해야 한다, 제영아. 밥은 대충이 제일 비싸.

그는 간판을 다시 조심스럽게 감싸놓고 주방을 한 바퀴 더 돌았다. 수도의 물줄기는 맑았다. 가스 밸브는 아직 봉인 스티커가 붙어 있었다.

계단을 올라 2층으로 향했다. 목재 계단이 아주 천천히 소리를 냈다. 2층 복도는 좁지만, 창이 길게 나 있어 낮의 빛을 넉넉히 끌어들였다. 오른쪽 방은 조금 크고 왼쪽 방은 아담했다. 거실은 작은 소파 하나 놓으면 꽉 찰 정도였고 끝에 붙은 미니 주방은 물 한 잔 끓이기에 적당해 보였다. 화장실 문은 무광 회색으로 칠해져 있어 새것 냄새가 났다.

"내가 이쪽 방. 네가 저쪽 방. 거실은 보시다시피. 주방은 넓지 않게. 화장실은 저기."

광운이 짧게 설명했다.

"이제는 고치고 싶어도 못 고쳐."

"고칠 것도 없는데?"

진안은 방 안을 둘러보며 고개를 끄덕였다.

"너무 완벽해서."

그는 배낭의 지퍼를 열고 낡은 액자 하나를 꺼냈다. 흑백에 가까운 색감. 어린 진안과 할머니가 나란히 앉아 있는 사진. 배경은 오래된 연탄 광이었다. 할머니의 손이 그의 어깨에 얹혀 있었다. 그는 그 사진을 방 책장 맨 위 칸에 올려두었다. 둘의 얼굴이 딱 들어오는 자리. 잠깐의 침묵. 진안은 사진을 한 번 더 보고 혼자 알아듣게 웃었다.

'왔어요.'

배가 고팠다. 허기가 슬금슬금 올라오는 시간이었다. 진안이 복도로 얼굴을 내밀었다.

"오늘은 아직 주방용품이 안 와서 그때처럼 밥은 못 해주고…. 대신 사줄 수는 있는데. 도하리 선배가 메뉴 고르시죠?"

광운은 대답 대신 휴대폰을 꺼냈다. 연락처에 '중국집'이라고만 적힌 번호. 신호음이 가면서 광운이 말했다.

"이삿날은 자장면 아닌가?"

"완전 좋지. 나 기스면!"

광운은 눈썹을 아주 조금 올렸다.

"취향 한번 이상하다니까."

주문을 끝내고 그는 다시 소매를 더 걷어붙였다. 아직 못 박을 데가 몇 군데 남아 있었다. 창틀 실리콘을 한 번 더 다듬어야 했다.

"밥 올 때까지 밖 좀 보고 있어. 텃밭은 네가 할 거잖아."

진안은 마당으로 나갔다. 햇빛은 아직 따갑지 않았다. 바람이 오전에 비해 약간 눅눅해져 있었다. 텃밭의 흙을 손가락으로 집어 보았다. 물 좋아하고 열 좋아하는 토마토 자리, 옆에는 가지, 고추. 가장자리는 상추랑 깻잎으로 돌리고 뒷줄에는 오이와 애호박을 심어 넝쿨을 세우자. 토마토는 방울로 몇 주, 대과로 몇 주. 가지는 보라색 광택이 도는 종자로. 첫 수확은 가볍게 구워 간장과 마늘, 식초를 섞어 가지무침을 만들자. 점심 메뉴로는 오이냉국과 보리 비빔. 여름에는 보리가 밥보다 위로가 될 때가 있다. 저녁엔 된장의 진을 조금 빼서 풋고추랑 비벼 먹는 된장 보리밥. 소박하지만 오래 배부른 밥상.

"아이고, 할 일이 많겠다."

그는 소리 내어 말했다. 할 일이 많다는 말이 이상하게 좋았다. 무언가를 짓고 키우는 동안엔 생각이 건강해진다. 누가 가장 첫 손님이 될까. 마을회관의 아저씨들? 노인정의 할머니들? 아니면 길 잃은 여행자 한 명? 상상은 곧 메뉴의 순서가 되었고 메뉴는 다시 누군가의 표정을 떠올리게 했다.

오토바이 배달원이 먼지와 함께 들어왔다. 커다란 짜장면 하나와 기스면 하나. 그들은 아직 포장을 뜯지 않은 테이블 위에 접시를 올려놓고 겹겹이 쌓인 비닐을 젓가락으로 찔러 향을 흘려보냈다. 춘장의 짭짤한 냄새가 방을 채웠다. 광운은 자장면 곱빼기를 진안은 기스면을 들었다. 맑은 국물 위에 떠 있는 지단과 닭 결의 부드러움이 혀를 잠시 어루만졌다.

"이런 날은 괜찮네."

광운이 말했다.

"응? 무슨 날?"

진안이 면을 후루룩 삼키며 물었다.

"아무 일도 시작하지 않은 날. 시작하기 직전의 날."

그는 젓가락을 잠시 멈추고 창밖의 텃밭을 보았다. 눈빛에

#appetizer

짧은 그림자가 지나갔다 사라졌다.

그날 오후, 그들은 말없이 각자의 일을 했다. 광운은 망치로 못을 박고, 실리콘을 매만지고, 선반을 달았다. 나사가 단단히 물릴 때마다 그의 손등 위로 혈관이 살짝 도드라졌다. 진안은 주방을 한 칸씩 닦았다. 스펀지를 문지를 때마다 페인트 가루와 먼지가 흰 거품 사이로 사라졌다. 가스레인지 옆의 기름받이, 싱크대의 배수망, 냉장고 내부의 유리 선반까지. 그는 하나하나 손을 대며 마음속으로 하루의 순서를 짰다. 새벽 장보기, 아침 된장국, 점심 보리 비빔, 오후 아이스크림을 사러 오는 아이들, 저녁의 소박한 전과 막걸리 한 잔. 주방이 조금씩 자신의 체온을 배워가는 느낌이었다.

해가 기울 무렵, 광운이 오토바이를 끌어 읍내 슈퍼로 내려갔다. 돌아온 그의 손에는 캔맥주와 얼음, 그리고 소시지 하나가 들려 있었다. 마당의 플라스틱 상자를 뒤집어 테이블로 삼고 그 위에 캔을 올려놓았다. 철컥, 철컥. 두 캔이 동시에 열렸다.

"수고했어."

그가 말했다.

"내일부터가 진짜지."

진안이 맥주를 들었다. 쌉쌀한 거품이 입천장을 스치고 지나갔다. 여름의 시작과 맥주의 시작은 언제나 타이밍이 맞았다. 둘의 말은 짧았고 침묵은 낯설지 않았다. 먼 데서 개구리 울음소리가 들렸다. 하늘이 천천히 파랗게 식으며 하나둘 별이 떠올랐다.

밤이 깊어져 가며 그들은 쓰레기봉투를 묶고, 공구를 정리하고, 걸레를 빨아 널었다. 마지막으로 주방 불을 끄며 진안은 잠깐 서 있었다. 어둠에 적응한 눈으로 주방의 윤곽을 본다. 싱크대, 조리대, 선반, 창가의 실루엣. 여기가 이제 그의 하루가 시작되고 끝날 곳이었다.

방으로 돌아온 그는 책장에서 사진을 내려 손바닥으로 한 번 닦았다. 할머니의 웃음이 거기 있었다. 두 주름 사이에 끼어 있는 온기. 그는 사진을 다시 올려두고 창가에 섰다. 도하리의 밤은 도시의 밤보다 훨씬 느리게 흘렀다. 바람이 커튼을 살짝 밀어 올렸다.

'할머니, 저 결국 돌고 돌아 도하리로 왔어요. 잘해보려고요. 저를 지켜주세요.'

말은 목구멍을 지나 소리 없이 밖으로 흘렀다. 그 순간, 별 하나가 유독 크게 반짝였다. 우연이라 해도 그는 고개를 끄덕였다. 창문을 닫으며 마음속에 간판 하나가 켜졌다. 강을 건너면 도하리가 있고, 도하리엔 서연정이 있다. 그리고 내일이면 그 문이 첫 손님에게 열릴 것이다.

보리밥과 된장찌개

: 배고픈 심사위원, 배부른 인정

새벽은 늘 물처럼 시작된다. 주방 불을 켜자, 스테인리스가 서늘하게 번쩍였다. 진안은 손을 씻고 앞치마 끈을 묶었다. 어제 막 도하리에 도착해 장을 볼 수 없다는 것을 예상한 진안은 서울에서 미리 챙겨온 재료 상자를 하나씩 열어 살폈다. 밤새 물에 불려둔 보리쌀. 그 옆에 놓인 된장 항아리에서 덜어온 된장은 색이 깊었다. 멸치와 다시마를 찬물에 담가 두었다. 씨가 연해 보이는 애호박, 단단한 양파, 탄력 있는 두부. 시금치는 뿌리를 정리하고 참깨는 팬에서 약불로 살살 볶아 고소한

오늘의 메뉴는 서연정입니다

냄새를 깨워냈다.

칼날이 도마에 닿을 때마다 짧은 울림이 주방에 퍼졌다. 콧노래가 절로 나왔다. 메뉴판은 두지 않기로 했다. 텃밭에서 나는 것, 그날 장에서 산 신선한 것, 특별한 사연이 없는 한 자연이 건네는 순서를 따르기로. "오는 사람 든든하게." 할머니가 늘 하던 말이었다. "밥은 배를 채우는 게 먼저고, 이야기는 그다음이다." 진안은 그 말을 믿었다. 밥 한 그릇이 사람을 다시 걷게 하는 날이 분명히 있다.

위층에서 삐걱, 발걸음 소리가 내려왔다. 아침잠이 얕은 광운이 눈을 비비며 계단을 반쯤 미끄러지듯 내려왔다. 목에 수건은 여전히 걸려 있었고 머리칼은 물에 적신 듯 흐트러진 채였다.

"좋은 아침."

진안은 도마 위에서 시금치 뿌리를 툭 쳐내며 인사했다. 광운은 그저 손을 한 번 들어 답했다. 냉장고에서 물을 꺼내 들이켜고 고개를 좌우로 꺾었다. 어제 망치질에 뻐근해진 목 근육이 풀리는 소리가 났다.

"난 아침 됐어. 볼 일이 있어서 나가봐야 해."

"볼 일? 늦어?"

진안이 칼을 멈추고 고개를 들었다. 광운은 컵을 가볍게 헹

017

귀 털며 덤덤히 말했다.

"춘식 아저씨네 싱크대가 말썽이래. 봐달라셔. 늦진 않을 것 같은데…. 가봐야 알지."

"춘식 아저씨?"

진안이 눈을 반짝였다.

"여기 오는 길에 큰 밭 있잖아. 거기 주인. 원하면 가는 길에 여기 문 열었다고 전하든지."

"그럼 나 부탁 좀 하자!"

진안이 칼을 든 손으로 성큼 다가오자, 광운은 반사적으로 두어 걸음 물러섰다.

"네가 나보다 도하리 사람들이랑 더 안면 있잖아. 읍내 돌면서 여기 홍보 좀 해줘!"

"뭐?"

광운의 표정이 잠깐 멈췄다. 타고난 말수가 적은 사람에게 '홍보'라니. 진안이 알면서도 이렇게 말하는 걸 그는 알고 있었다.

"여기 사람 많이 드나드는 데 아니잖아. 마을회관, 노인정, 가능하면 학교, 그 정도?"

"정도…."

광운은 작게 되뇌었다.

오늘의 메뉴는 서연정입니다

"야, 나만 잘되자고 하는 거냐? 서연정 잘돼야 너도 좋은 거야!"

광운은 한숨을 길게 내쉬었다. 설거지, 청소, 배달 상자 정리 정도일 줄 알았던 일이 '홍보 대사'로 확장되는 순간이었다. 하지만 진안의 눈빛은 계속해서 번득였다. 장난기와 진심이 섞여 사람을 궁지로 몰지 않으면서도 마침내 움직이게 하는 눈.

"…알았으니까, 그 칼부터 치워."

진안은 "에헤이." 하고 웃으며 칼을 내려놓았다.

"잘 다녀와. 돌아오면 된장, 딱 맞춰 둘게."

광운이 나가고 오전의 시간은 길게 늘어났다. 보리쌀과 쌀을 반반 섞어 솥에 안친 뒤 멸치·다시마 육수에 된장을 풀었다. 된장은 한 번에 풀지 않고 국물에 살살 개어 넣었다. 감자와 애호박을 적당히 썰어 넣은 곳에 양파를 한 번에 다 넣지 않고 두 번에 나눠 단맛의 층을 만들었다. 마지막에 두부와 청양고추, 마늘을 넣자 구수함 속에 푸릇한 기운이 스며들었다. 시금치는 소금물에 살짝 데쳐 찬물에 헹군 뒤 손으로 물기를 꼭 짰다. 들기름 한 방울, 간장 한 방울, 마늘을 미세하게 다져 소금의 모난 입자를 감쌌다. 무생채는 칼날을 세워 길이를 맞추고 고춧가루와 식초를 넣어 입맛을 깨웠다. 참깨를 비벼 넣으니, 손끝에서 고소한 기름이 스며 나왔다.

019

시곗바늘이 한 번, 두 번 돌아가는 사이 문은 열리지 않았
다. 선풍기는 일정한 박자로 공기를 갈라냈고 빈 의자들의 그
림자가 바닥에서 조금씩 자리를 옮겼다. 준비는 끝났는데 첫
발걸음은 오지 않았다. 진안은 주방과 홀 사이를 몇 번 왕복하
다가 결국 문을 열고 바깥으로 나갔다. 햇살이 이마에 얇게 내
려앉았다. "제발 누구라도…" 마음속에서 소리가 흘렀다.

그때 진안의 바람이 닿았는지 저 멀리 한 그림자가 언덕 끝
에서 내려오고 있었다. 지팡이를 짚은 아주 마른 실루엣. 발걸
음이 느리지만 흔들리지 않았다. 가까워질수록 얼굴의 주름
이 더 또렷해졌다. 칼날 같은 눈매, 입술 선이 아래로 깊게 내
려간 입가, 머리칼은 희끗했고 햇빛 아래서도 허리가 한 번도
펴지지 않은 사람의 곡선. 마을에서 가장 오래된 시간의 주인
이었다.

진안은 앞치마에 손을 한 번 털고 성큼 다가갔다.

"어르신, 어서 오세요."

그녀는 그를 위아래로 훑었다. 짧고 정확한 시선이었다.

"자네가 도하리에 식당을 열었다고?"

"네, 어르신. 서연정이라고 밥집입니다."

"그럼 내가 맛을 한 번 봐야지."

진안이 부축을 내밀자, 그녀는 고개를 저었다. 지팡이 하나

로도 충분하다는 듯 발걸음을 또박또박 옮겼다. 홀 의자에 앉자마자 그녀는 심사위원처럼 주변을 훑었다. 천장의 선풍기, 닦은 흔적이 반짝이는 창틀, 구석에 말리고 있는 걸레, 반쯤 벗겨진 '서연정' 간판. 고개가 아주 조금 끄덕여졌다가 멎었다.

"여긴 뭐 파는지도 안 쓰여 있나?"

그녀가 물었다.

"그때마다 다른 것을 팝니다, 어르신. 오늘은 보리밥하고 된장찌개, 그리고 나물 몇 가지예요. 어떠세요?"

"그때마다 다른 걸 판다고?"

눈꼬리가 가늘어졌다.

"이것도 서울서 유행한다는 그거냐. 보여주기 좋고, 배는 허전한."

진안은 기가 죽지 않았다. 웃음이 먼저 앞섰다.

"보여드릴게요. 배가 먼저 든든해야 말도 나오니까요."

그는 주방으로 들어가 국자를 들었다. 된장찌개는 이미 보글보글 숨을 고르며 기포를 터뜨리고 있었다. 된장이 풀어낸 깊은 갈색 국물 위로 호박과 감자가 몽글몽글 피어오르고 두부는 하얗게 빛을 머금은 채 은근하게 흔들렸다. 마지막으로 파를 송송 썰어 넣자, 찌개 속에서 초록빛이 퍼지며 구수한 향이 한 번 더 확 끓어올랐다.

1화 보리밥과 된장찌개

옆에서는 보리밥이 뜸을 다 마친 채 솥뚜껑을 두드리고 있었다. 뚜껑을 여는 순간 하얀 수증기가 훅 얼굴을 감쌌다. 김 사이로 퍼져 나오는 보리의 향은 고소하고 담백해 그 한 그릇이 이미 밥상이 될 것만 같았다.

진안은 밥을 조심스레 퍼 담고 작은 접시에 시금치나물을 고르게 펼쳤다. 소금에 살짝 간한 뒤 참기름이 은근히 밴 시금치는 녹색의 결마다 반짝거렸다. 무생채는 붉게 물들어 아삭아삭 살아 있었고 오이무침은 초록빛 결마다 고춧가루가 매혹적으로 얹혀 있었다. 반찬들이 가지런히 자리 잡자 마치 여름 밭 한쪽을 그대로 옮겨온 듯 싱그러움이 차려졌다.

그는 마지막으로 면보로 반찬 접시의 물기 자국을 훑어내듯 닦았다. 숟가락과 젓가락은 깨끗한 수건으로 한 번 더 훑어 윤을 냈다. 쟁반 위에 올려놓는 순간 소박하지만, 정갈한 한 상이 완성되었다.

진안이 쟁반을 들고나오는 동안 할머니는 냄새에 먼저 반응했다. 눈썹이 아주 미세하게 떨렸다. "보리 냄새네." 혼잣말처럼 흘렸다. 빈속이든 기억이든. 둘 중 하나가 소리를 냈다.

그는 상을 내리고 조용히 물었다.

"입맛 없으시면 밥에 보리 비율을 낮출 수도 있어요. 어르신 드시기 편하게."

"그냥 줘."

할머니는 숟가락을 들었다. 된장찌개를 먼저 한 숟가락 떠서 입에 넣었다. 혀끝이 잠깐 멈췄다. 눈이 아래로 향했다. 감자의 분이 혀에서 부서지고 애호박의 단물이 된장과 섞여 목을 탔다. 멸치의 등뼈 맛이 아주 멀리서 받쳐주었다.

그녀는 아무 말도 하지 않았다. 그다음엔 보리밥을 한 숟가락 떠 나물과 함께 입에 넣었다. 보리가 치아 사이에서 또각거리고 참기름이 혀를 타고 돌았다. 무생채의 산기가 살짝 올라오는 순간 그녀의 목젖이 부드럽게 움직였다. 그녀의 눈빛에서 경계가 한 겹 벗겨졌다. 숟가락이 다시 움직였다. 한술, 두술…. 된장 국물과 보리밥이 같은 속도로 줄어들었다.

"가난하게 살면서 질리도록 먹은 게 보리밥이야."

그녀가 처음으로 말했다. 목소리는 낮은데 멀리 갔다 오는 소리였다.

"더는 먹기 싫을 정도로. 한데…."

그녀는 말을 끊고 밥을 한 숟갈 더 떠 넣었다.

"자네 건 먹을 만하구먼."

진안은 숨을 조금 늦게 내쉬었다. 그가 준비한 모든 자잘한 손질들이-양파를 두 번에 나눠 넣은 것, 시금치의 물기를 꼭 짠 것, 된장을 한 번에 풀지 않은 것-그녀의 목울대를 통과해

1화 보리밥과 된장찌개

지금 이 한마디로 돌아온 것 같았다.

그녀는 작은 체구로는 믿기지 않게 그릇을 바닥까지 긁어 먹었다. 된장찌개 그릇의 테두리에 남은 점 한 방울까지 숟가락으로 모아 입에 넣었다. 마지막 한 숟갈을 삼킨 뒤에야 그녀는 물을 마셨다. 손등에 있는 세월 짙은 검은 점들이 물빛 아래 반짝였다.

계산을 마치고 일어서는 그녀를 진안이 배웅했다. 바깥 공기가 부드러워져 있었다. 그녀는 문턱 앞에서 발을 잠깐 멈추고 뒤를 힐끗 보았다. 선풍기 소리, 닦아놓은 유리, 햇빛이 기울며 만드는 긴 그림자. 아까와는 다른 눈길이었다. 밥 냄새가 이 집의 살결을 만든 것처럼.

"내가 여기 토박이 중 토박이야."

진안의 배웅을 받으며 그녀가 말했다.

"나보다 오래 산 사람 없어. 가게 홍보를 시키려면 그 튼실한 총각 말고 나한테 맡겼어야 해. 하긴, 부실한 남자 둘이서 뭘 하겠냐만."

진안은 웃음을 삼켰다.

"제가 지혜가 없었네요. 그래도, 밥은 맛있으셨죠?"

그녀는 답하지 않았다. 대신 지팡이를 바닥에 탁, 한 번 찍었다. 동의의 소리처럼 들렸다.

“정 할매.”

그녀가 불렀다.

“예?”

진안이 그녀 쪽으로 고개를 돌렸다.

“앞으로 정 할매라고 불러. 여기선 다 나를 그렇게 불러.”

“저는 김진안입니다.”

“니 이름은 관심 없고.”

입꼬리가 아주 미세하게 올랐다. 진안은 소리 내 웃었다. 무심한 척하지만 이미 마음 한쪽을 내준 사람의 태도였다.

그녀가 언덕 위로 사라질 때까지 진안은 문가에서 서 있었다. 바람이 밥 냄새와 함께 천천히 빠져나갔다. 그는 주방으로 돌아와 빈 그릇을 들고 잠깐 서 있었다. ‘처음 손님’이라는 말이 이를 수 있는 모든 의미가 그 그릇 무게에 실려 있었다. 처음으로 밥을 내고 처음으로 받아들여지고 처음으로 이 집이 ‘집’이 되는 순간.

해가 기울고 광운이 돌아왔다. 팔에 실리콘 자국이 남아 있었고 셔츠에는 먼지가 앉아 있었다.

“어땠어?”

광운이 물었다. 진안은 싱크대에 그릇을 내려놓으며 말했다.

“한 분. 심사위원.”

광운의 눈이 조금 커졌다.

"누군데."

"정 할매."

진안은 웃었다.

"배고픈 심사위원은 무서운데, 배부른 심사위원은 든든하더라."

그날 밤. 문을 닫고 불을 끄기 전에 진안은 일상처럼 일기장을 꺼냈다. 펜 끝이 종이를 살짝 긁었다.

6월 어느 여름날. 보리밥에 된장, 시금치와 무생채
지팡이를 짚은 작은 어른이 오셨다.

처음 냄새에 눈썹이 떨렸고, 첫 숟가락에 숨이 멈췄다가,
두 번째 숟가락에 오래된 주름 사이로 빛이 났다.

"먹을 만하구먼." 여섯 글자에 하루가 다 들어 있었다.
서연정은 오늘 처음 사람의 체온을 얻었다.

밥 냄새가 벽에 배어 간다.
내일은 더 구수하게

오늘의 메뉴는 서연정입니다

도하리의 밤이 내려앉았다. 멀리 개가 한 번 짖고, 논물 위로 벌레 소리가 퍼졌다. 진안은 펜을 내려놓고 어둠 속에서 주방을 생각했다. 내일도 보리밥일지, 아니면 여린 오이를 첫 손님에게 건넬지, 정 할매가 다음엔 누구를 데려올지. 그는 눈을 감았다. 맛이 먼저 떠오르고 얼굴이 그다음에 떠올랐다. 그리고 그사이에 이 집의 이름이 낮게 빛났다. 서연정. 잠시 머물다 가도 괜찮은 집.

1화 보리밥과 된장찌개

들깨버섯죽

: 삶을 붙잡는 따뜻한 특식

정 할매가 다녀간 이후, 서연정은 하루아침에 기운이 달라졌다. 그날부터 가게 앞마당에는 전날보다 조금 더 많은 발자국이 찍혔다. 낯익은 얼굴도, 지나가던 행인도 "정 할매가 다녀갔다."라는 말에 호기심 가득 들어섰다. 도하리 사람들은 의심이 많으면서도 누군가의 인정 한마디에 금세 마음을 돌리는 사람들이었다. 진안은 감사했지만 동시에 숨이 가빴다. 손님이 늘어나니 주방에 붙들려 있는 시간이 길어졌고 손길을 들여 가꿔야 할 텃밭은 어느새 잡초로 뒤덮여 있었다.

엉망진창으로 얽혀 있는 텃밭을 아침마다 기웃거리며 마음만 졸이던 진안은 결국 광운을 붙잡았다.

"제발 좀, 텃밭 좀 어떻게 해봐. 내가 못 나가겠어."

광운은 팔짱을 끼고 벽에 기대섰다.

"내가 왜."

"부탁할게. 응? 나 저 텃밭 진짜 중요하게 생각한단 말이야."

"그런 거면 더더욱 네가 직접 해야 말이 되는 거 아냐?"

"시간이 너무 없어. 더 바라지 않을게, 땅만 고르게 해줘! 진짜, 친구야. 응?"

진안의 끈질긴 달라붙음에도 광운은 대꾸도 하지 않고 고개만 확 돌렸다. 하지만 진안이 사람 좋은 웃음을 지으며 두 손을 모으자 결국 한숨을 길게 내쉬는 광운이었다.

'도대체 뭘 어떻게…'

밖으로 나와 우거진 텃밭을 바라보는 광운은 난감하기 그지없었다. 결국 광운이 선택할 수 있는 것은 하나였다.

광운은 오토바이를 몰고 춘식 아저씨네 집으로 갔다. 집은 낮은 돌담에 둘러싸여 있었고 마당에는 고추장이 담긴 장독대가 줄지어 있었다. 볕에 그을린 춘식 아저씨는 호미를 들고 고랑을 긁고 있었다. 햇빛이 쏟아지는 이마에는 땀이 반짝였다.

"잡초부터 다 뽑아야지."

2화 들깨버섯죽

광운이 멀뚱히 밭을 바라보며 "뭐부터…" 하고 말을 잇자, 아저씨는 단칼에 잘랐다.

"거기 다 정리하라고. 아무것도 없게. 잡초랑 같이 두면 아무것도 안 커."

말끝은 퉁명스러웠지만 그 속에 담긴 건 경험이었다. 광운은 짙은 한숨을 쉬었다. 그때 옆에서 낮게 웃음소리가 들렸다.

"내가 좀 도와줘?"

춘식 아저씨의 조카, 소영이었다. 단정한 얼굴에 햇볕이 내려앉아 건강하게 그을린 피부, 웃을 때마다 눈가에 작은 주름이 번졌다. 머리를 한 결로 단단히 묶고 소매를 걷어붙인 그녀의 모습은 이미 준비된 일꾼이었다.

"나 오늘 좀 한가한데, 원하면 도와줄게. 삼촌, 다녀와도 되죠?"

소영의 말에 춘식 아저씨는 고개만 절절 흔들었다. 알아서 하라는 뜻이었다. 갑작스러운 그녀의 제안에 광운은 잠깐 멈칫했지만, 거절할 이유가 없었다.

광운이 타고 온 오토바이로 소영을 태우려고 했지만, 소영은 오는 길에 들릴 곳이 있다며 자신의 오토바이를 몰고 가겠다고 앞장서라고 할 뿐이었다. 광운이 소영과 함께 서연정 마당에 도착했을 때 창문으로 힐끗 바라본 진안은 깜짝 놀랐다. 광운이 여자와 함께 있는 건 보기 드문 일뿐만 아니라 상상으

오늘의 메뉴는 서연정입니다

로도 쉽게 되지 않는 진안이었다.

'저 숫기 하나 없는 녀석이 여자랑…?' 진안은 속으로 중얼거렸지만, 곧 웃음을 삼키고 다시 국자로 된장을 저었다.

텃밭 앞에 선 소영은 잡초투성이 밭을 보고 고개를 끄덕이며 말했다.

"이거 일이 많겠네."

광운이 대답을 못 하자 그녀는 턱하고 그의 등을 쳤다.

"얼마 줄래?"

"네?"

"내가 이 텃밭 기초 닦아줄 테니 얼마 줄 거냐고."

광운이 더듬으며 "이건 제 텃밭이 아니라…"라고 말을 흐리자 그녀는 크게 웃음을 터뜨렸다.

"농담이야, 농담! 시골은 원래 서로 돕고 사는 거지. 근데 바쁠 땐 못 도와주니까 오늘은 같이 힘이나 좀 쓰자고!"

소영은 뒷주머니에 항상 차고 다니던 장갑을 끼고 망설임 없이 잡초를 잡아당겼다. 손끝에 흙이 묻고 뿌리째 뽑히는 소리에 땅의 숨결이 실렸다. 풀들이 뽑힐 때마다 텃밭의 윤곽이 조금씩 살아났다. 광운은 서툴렀다. 잡초가 중간에서 뚝 부러지기 일쑤였다.

"아니, 뿌리를 흔들어야 한다니까."

2화 들깨버섯죽

소영이 직접 손으로 보여주자, 광운은 말없이 그를 따랐다. 서툴렀던 손이 시간이 갈수록 익는다.

점심 장사를 끝내고 주방에서 뛰어나온 진안은 눈을 크게 떴다. 아까까지만 해도 덤불 같던 텃밭이 제법 가지런해져 있었다. 잡초 더미 옆에는 작은 흙더미가 산처럼 쌓여 있었다.

"이거 드세요. 시원하게 녹차 우렸습니다."

진안이 내민 녹차를 받아 든 소영은 허리를 펴고 녹차 물이 목을 타고 땀에 젖은 옷을 다시 젖게 할 만큼 벌컥벌컥 들이켰다.

"이 총각은 뭘 좀 아네."

진안은 또한 고운 보자기를 꺼내 소영에게 건넸다. 안에는 작은 통에 담은 들깨버섯죽과 오이무침, 삶은 달걀, 조촐한 김밥 두 줄이 들어 있었다.

"점심도 못 드셨을 텐데 이것저것 싸봤습니다. 춘식 아저씨도 같이 드시라고 넉넉히 넣었어요."

"와, 공짜 노동이라 생각했는데 이게 웬 횡재야."

소영은 눈을 크게 뜨며 목소리를 높였다.

"여기 음식, 소문만 들었는데 드디어 먹네."

대충 일이 끝나자, 그녀는 도시락을 안전하게 싣고는 오토바이에 올랐다. 소영이 오토바이의 핸들을 돌리며 손을 흔들

오늘의 메뉴는 서연정입니다

었다.

"나는 함소영이야! 너희보다 누나니까 깍듯하게 모셔!"

"네, 누님! 조심히 가세요!"

진안이 웃으며 소영이 가는 길을 향해 고개를 숙였다. 옆에서 광운은 죽겠다는 얼굴로 중얼거렸다.

"내 밥, 빼먹은 건 아니겠지?"

"아니지. 어서 씻고 와. 오늘 메뉴는 들깨버섯죽에 소고기 볶음 곁들임이야."

광운의 눈빛이 순식간에 달라졌다. 땀으로 젖은 그는 주방 안으로 성큼 들어갔다.

다음 날, 손님이 일찍 끊긴 서연정은 모처럼 해가 지기 전에 문을 닫으려 하고 있었다. 해가 기울 무렵, 마당에 낯선 오토바이 소리가 들려왔다. 광운이 나가보니 춘식 아저씨가 숨을 헐떡이며 들어오고 있었다. 얼굴은 붉게 달아올라 있었고 눈빛은 흔들렸다. 처음 보는 아저씨의 모습이었다.

"아저씨, 무슨 일이에요?"

"저기… 아직 문 열었나."

소란을 듣고 나온 진안이 아저씨를 안으로 데려다 보리차를 내주었다. 아저씨는 한참이나 말을 잇지 못하다가 결국 손을 떨며 컵을 내려놓았다.

2화 들깨버섯죽

"실은… 마누라가 요양병원에 있어. 벌써 5년은 됐지. 첨엔 괜찮았는데…. 요새는 도통 뭘 안 먹어. 패혈증도 몇 번 왔고…."

그의 목소리는 낮았지만, 안에 담긴 무게는 가볍지 않았다. 평생 땅을 다루며 고개 숙이지 않던 사람이었다. 그러나 지금의 그는 애써 꾸역꾸역 삼키는 눈물이 목구멍에 걸려 있는 듯했다.

"근데…. 어제, 소영이가 가져온 도시락에 죽이 있더라고. 무슨 죽인지 나는 그냥 마누라 생각이 나서 가져갔는데, 마누라가 그걸 먹더라. 그거 말곤 아무것도 안 먹는데…. 그건 다 먹었어. 그래서… 좀, 부탁을…."

진안은 잠시 눈을 감았다. 음식이 이렇게 쓰인다는 사실이 가슴 깊이 와 닿았다. 그는 풀었던 앞치마를 다시 묶었다.

"오늘도 만들어 드릴게요. 광운아, 도와줘."

광운이 진안의 요청에 곡식을 씻어 물에 불렸다. 맑은 물 위에 하얀 쌀알이 둥둥 떠올랐다 가라앉으며 작은 은빛 물결을 만들었다. 쌀은 불리며 서서히 빛을 머금었고 그사이 진안은 들깨를 볶아 고소한 기름기를 먼저 우려냈다. 마른 들깨알이 팬 위에서 톡톡 소리를 내며 튀어 오르고 고소한 향이 주방 가득 번졌다. 볶은 들깨를 곱게 갈아내니 잿빛이 감도는 고운

오늘의 메뉴는 서연정입니다

가루가 바람처럼 풀어졌다.

표고와 새송이는 얇게 저며 썰어 넣었다. 칼날이 버섯 결을 따라 미끄러질 때마다 부드러운 결이 갈라졌다. 표고의 깊은 향과 새송이의 담백한 숨결이 함께 섞였다. 뚝배기 안에서 불려둔 쌀이 은근한 불 위에서 서서히 퍼지기 시작하자 들깻가루를 풀어 넣었다. 희고 탁한 국물이 차분히 일렁이며 뚝배기 벽을 타고 올라와 곧 은은한 고소함이 뜨겁게 피어올랐다.

죽이 끓어오르며 뻑뻑해지자, 진안은 나무 주걱으로 바닥을 살피며 천천히 저었다. 들깨의 미세한 알갱이가 국물 속에서 보드랍게 흩어지고 버섯의 결이 국물 속에서 은근히 녹아내렸다. 뜨거운 수증기와 함께 밀려오는 향은 마치 산골 숲길을 걷다 마주친 흙 내음 같았다.

마지막으로 진안은 소고기를 잘게 다져 볶아 고명으로 올렸다. 달궈신 팬에 기름을 두르자, 소고기가 지글지글 익어갔다. 고소한 기름 향과 붉은빛이 갈색으로 변해가며 진득하게 눌어붙는 순간 간장 몇 방울로 향을 더했다. 잘 익은 고기를 한 줌 들어 끓고 있는 들깨죽 위에 솔솔 얹으니, 은은한 빛깔의 죽 위로 따스한 갈색이 점처럼 흩어졌다.

진안은 죽을 보온병에 담아 단단히 보자기에 싸서 아저씨에게 건넸다.

2화 들깨버섯죽

"아주머니께서 드시고 싶은 게 있다고 하면, 언제든 말씀해 주세요. 제가 도울 수 있는 한 돕겠습니다."

춘식 아저씨는 두 손으로 그 음식을 받았다. 손등에 깊은 주름과 검은 점들이 많았지만, 그 손은 누구보다 단단하게 도시락을 움켜쥐고 있었다.

"고맙네…. 진짜 고맙네."

그가 오토바이를 몰고 어둠 속으로 사라지는 뒷모습을 바라보며 진안은 조용히 속삭였다.

'할머니, 제 음식이 이렇게 쓰이는 게 저는 너무 기뻐요….'

춘식 아저씨를 보내고 서연정의 불이 완전히 꺼졌다. 하루를 마무리하고 방으로 들어온 진안은 일기장을 폈다.

오늘,
들깨버섯죽 한 숟갈이
굳게 닫힌 입술을 열었다.

고집불통이라 불리던 사내의 눈에
오늘 처음, 물빛이 돌았다.

밥은 배를 채우는 것이 아니라

살아야 할 이유를 건네는 것.

한 그릇의 뜨거움이
사람을 살렸다.

　서연정 밖에서 시골 그득 개구리 울음소리가 차올랐다. 흙
내와 들깨죽 향이 섞여 아직 방 안에 남아 있었다. 도하리의
여름밤은 깊고, 서연정의 첫 '특식'은 그렇게 태어났다.

3화

밀면

: 수다 끝에 피어난 그리움의 맛

일요일 아침. 서연정 주방에는 아직 불이 켜지지 않았다. 창가로 들어오는 햇살이 테이블 위에 길게 드리웠고 먼지가 그 빛줄기 안에서 은빛으로 춤을 추었다.

진안은 상에 놓인 밥그릇을 휘저으며 광운에게 말을 꺼냈다.

"광운아, 우리도 하루는 쉬어야 하지 않을까 싶어."

"쉰다고?"

광운은 젓가락으로 멸치를 집으며 무뚝뚝하게 대꾸했다.

"응. 서연정이 오래 가려면 말이야. 읍내 돌아보니까 월요일에 문 닫는 데가 많던데, 우리도 월요일에 쉬면 좋을 것 같아."

광운은 고개를 들지도 않고 어깨만 으쓱했다.

"네 맘대로 해. 난 월요일이든 화요일이든, 일이 있으면 나가니까."

진안은 웃었다.

"하여간 넌 소처럼 일한다니까."

대화는 거기서 끊겼다. 하지만 진안의 마음은 계속 흔들렸다. 쉬는 날 하나쯤 있어야 도하리를 제대로 보고, 사람들과 어울리고, 이곳의 계절을 느낄 수 있을 텐데. 가게 안에서만 사는 건 도하리에 내려온 의미를 반만 쓰는 것 같았다.

다음 날 새벽. 진안과 광운은 읍내 장에서 장바구니를 가득 채워 돌아왔다. 바구니에는 아직 텃밭에서 나오지 못한 갓 딴 오이, 파릇한 양배추, 통통한 달걀, 그리고 커다란 얼음주머니가 담겨 있었다. 주방에서 밀면 육수를 차갑게 식혀 두려던 참이었다.

그런데 가게 앞에 들어서자, 두 사람은 동시에 발을 멈췄다. 아직 문도 열지 않았는데 서연정 앞 벤치에 아주머니 넷이 앉아 있었다. 하나같이 머리는 뽀글뽀글하게 파마했고, 옷차림은 화려한 꽃무늬에 반짝이 스카프, 발에는 번쩍거리는 굽 높은 샌들을 신고 있었다. 시골 마당이 아니라, 마치 읍내 뷰티

3화 밀면

살롱 앞 대기석 같은 풍경이었다. 아침 햇살에 그들의 귀걸이
와 목걸이가 반짝이며 번뜩였다.

광운이 낮게 중얼거렸다.

"손, 님인가?"

진안은 눈을 가늘게 떴다.

"저쪽에 제일 화려한 분이…. 대장 같은데."

"맞아. 미자 아주머니. 읍내에서 미용실 하시는 분."

미자 아주머니. 머리칼은 마치 솜사탕처럼 부풀어 있었고,
화장은 짙어 눈가 주름에 파우더가 잔뜩 끼어 있었다. 입술은
지나치게 붉었고, 눈썹은 문신으로 까맣게 그려져 있어 표정
이 굳어 보였다. 옷은 유행을 따라간다기보다 오히려 시대에
밀린 듯 촌스러웠지만 본인은 누구보다 당당했다.

하하 호호 수다를 떨던 아주머니들의 시선이 진안과 광운
에게 닿았다. 미자 아주머니가 호들갑을 떨며 자리에서 벌떡
일어났다. 그녀가 손뼉을 탁탁 치며 목소리를 높였다.

"어머, 어머! 진짜 잘생겼네? 잘생긴 총각이 장사한다 해서
내가 눈 호강 좀 하려고 왔다니까. 너무 빨리 왔나?"

진안은 벌써 기가 빨리는 느낌이었지만 웃음을 거두지 않
았다.

"아닙니다. 아직 준비가 덜 돼서요. 더우니까 안에서 기다

오늘의 메뉴는 서연정입니다

리세요."

서연정 안은 곧 아주머니들의 수다 소리로 진동했다. 마룻바닥이 울릴 정도의 웃음소리가 터졌고, 높은 목소리가 유리창을 떨게 했다.

진안이 물을 내주며 말했다.

"오늘은 시원한 밀면을 준비했어요. 여름에 드시면 좋아요."

"어휴, 뭐 아무거나 줘. 지나가는 개밥만 아니면 다 먹어."

아주머니들이 서로 맞아, 맞아 외쳐대며 깔깔 웃자, 진안의 웃음이 어색해졌다. 진안이 자리를 떠나자, 미자 아주머니의 입이 본격적으로 움직이기 시작했다.

"어제 들었어? 서울서 신혼부부가 이 근처에 집 짓고 있다지 뭐야. 근데 말이야, 그 사람들은 도하리가 재미없어서 곧 도망갈걸? 벌써 얼굴도 못 봤는데, 뭐 뻔한 거 아냐?"

"어머머, 정말?"

"아이고, 도시 사람들은 다 그래. 여기 물은 못 먹어. 다 흙냄새 난다고 튀지."

"아이고 세상에."

다른 아주머니들이 연신 손을 입에 대고 호들갑을 떨었다.

소문은 흘러 흘러 새로운 이야기를 낳았다. 누군가의 딸이 어디로 시집갔다는 이야기, 옆 동네에서 누가 돈이 어디서 났

3화 밀면

다는 이야기. 진안은 조용히 웃으며 들었지만, 귀담아듣고자 하지 않았다. 도하리 사람들의 이야기는 바람처럼 흘러 다녔으니까. 진안은 그저 요리에 집중할 뿐이었다.

매끈하고 윤기 나는 면발이 스테인리스 사발 위에 한 덩이마다 올라갔다. 갓 뽑아낸 면발은 차가운 물에 몇 번이고 씻겨내어 탄력을 가득 머금었고 젓가락 사이에서 탱글탱글하게 살아 움직였다. 그 위로 살얼음을 동동 띄운 육수가 그릇 안에서 은빛으로 빛났다. 멸치와 다시마, 소고기를 오래 고아 낸 뒤 차갑게 식힌 국물은 깊고 맑았다. 밤새 얼려 둔 육수는 국물 사이사이에 얼음 조각이 부서져 시린 청량감을 더했다. 면이 육수를 만나자 마치 하얀 비단실이 풀린 듯 잔물결을 따라 퍼져나갔다.

가장 위로 곱게 채 썬 오이가 아삭한 초록빛으로 얹히고 고춧가루 양념이 국물 위에 붉은 수채화처럼 번졌다. 삶아 반으로 가른 달걀은 선명한 노란빛 노른자를 자랑하듯 중앙에 올려졌다. 마지막으로 참깨를 술술 흩뿌리자, 담백한 향이 고소하게 퍼졌다.

그릇 하나가 완성될 때마다, 여름의 냉기가 서연정 안 공기까지 얼려 놓는 듯했다. 땀이 흐르던 광운도 그 시린 향기에 잠시 이마를 식혔다. 진안은 두 손으로 그릇을 들어 올리며 속으로 중얼거렸다.

"여름은 이 맛으로 버티는 거지."

광운과 함께 준비한 밀면이 상에 올랐다. 그러거나 말거나 아주머니들은 여전히 대화에 정신이 팔려 젓가락을 잡지 않았다. 진안이 조심스레 말했다.

"밀면은 불면 맛이 없어요. 한 입 드시면서 이야기 나누시면 더 맛있을 것 같은데요?"

미자 아주머니가 손사래를 치며 말했다.

"어머머, 내가 총각 잘생겨서 넋을 놓고 있었네. 정신 좀 봐라."

미자 아주머니가 서둘러 젓가락을 들어 면을 한 가닥 집어 올렸다. 다른 아주머니들은 "시원하다.""맛있네." 하며 웃었지만, 미자 아주머니만은 첫입을 삼키자마자 눈물을 주르륵 떨어트렸다.

"아니, 내가 왜 이래. 왜 울어…."

그녀 스스로도 당황한 듯 재빨리 손으로 얼굴을 훔쳤다. 그 순간 옆 아주머니가 입을 열었다.

"에이구, 또 그 인간 생각나서 우는 거지 뭐. 있잖아, 바람나서 여편네랑 딸 버리고 도망간 그 인간. 온 동네가 다 아는데."

순식간에 공기가 싸늘해졌다. 미자 아주머니의 얼굴이 벌겋게 달아오르더니 의자에서 벌떡 일어나 삿대질을 했다.

"이 여편네가 미쳤나! 그 얘길 왜 꺼내!"

"엄마마? 내가 뭐 틀린 말 했어?"

"그 주둥아리 확 꿰매버려!"

"자기가 이렇게 드세니까 남편이 도망가지!"

순식간에 싸움판이 벌어졌다. 진안과 광운이 급히 두 팔을 벌려 두 여자를 떼어냈다. 머리채라도 잡을 기세였다. 미자 아주머니를 도발한 아주머니가 이내 성질을 못 이기곤 씩씩거리며 자리를 박차고 나가자 다른 아주머니들이 눈치를 보더니 슬그머니 자리를 피해버렸다. 결국 서연정 안에는 미자 아주머니만 남았다.

한바탕 지나간 난리 통 속 진안은 미자 아주머니에게 물 한 잔을 내밀었다.

"물 좀 드세요."

광운은 묵묵히 간판을 내렸다. 오늘은 여기까지라는 뜻이었다. 미자 아주머니는 물을 단숨에 들이켰다. 그리고 눈시울을 붉히며 시키지도 않은 이야기를 쏟아냈다.

"내 팔자도 기구하지. 남편이 어린 계집애랑 바람이 나서, 나랑 딸 버리고 가버렸어. 혼자 남아서 어떻게 살았는지 알아? 죽어라 일하고, 죽어라 웃고, 그냥 살아냈다니까."

그녀는 숨을 몰아쉬었다.

"혼자 딸내미 키운다고 이리 치이고, 저리 치이면서 배운 게 미용이야. 이 손이 다 파마약에 까지고, 칼날에 베이고. 나, 그렇게 악독하게 살았어. 나 하나도 부끄럽지 않아."

얼굴 가득 화장이 번져 눈가가 검게 얼룩졌다.

"근데…. 내가 아까 눈물 흘린 건 그 인간 때문이 아니었어."

진안은 고개를 끄덕이며 가만히 그녀의 말을 기다렸다.

"네 음식이, 이 밀면이…. 우리 엄마가 해주던 밀면이랑 너무 닮았어. 엄마가 여름마다 밀가루 반죽해 뽑아주셨는데, 그 맛이었어. 그 맛을 다시 만날 줄이야…."

미자 아주머니의 목소리가 떨렸다.

"새로 해드릴게요. 마저 드시고 가세요."

진안이 벌떡 일어서 그릇을 치우려 하자, 그녀는 냉큼 손으로 막았다.

"놔둬. 그냥 이거 먹을래. 그때도 이렇게 먹었어. 엄마가 천천히 먹으라고, 체한다고 불어 터진 거 줬었어."

그녀는 눈물을 흘리며 불어 터진 면발을 입에 욱여넣었다. 국물은 점점 더 짙어졌다. 그 짙음 속에는 홀로 견뎌야 했던 그녀의 상처가 묻어났다. 아픔 뒤엔 반짝이게 빛나던 그녀의 어린 시절과 어머니의 그림자가 되살아났다.

그날 밤, 진안은 일기장 앞에 오랫동안 앉아 있었다. 펜은

3화 밀면

종이 위에서 쉽게 움직이지 못했다. 책장 위에 놓인 할머니와
찍은 사진을 한참 바라보다가 마침내 짧게 적었다.

그리움은,
없는 것을 찾는 마음이 아니라
사라졌다고 믿었던 맛을
다시 만나는 순간이다.

눈물이 간을 대신하고
추억이 육수가 되어
불어 터진 면발에도
사람이 살아난다.

오늘, 미자 아주머니를 보며
그리움이란 것이
얼마나 밥상 위에서
뜨겁게 피어나는지 알았다.

그리움을 담는 요리는
허기를 채우는 게 아니라

오늘의 메뉴는 서연정입니다

3화 밀면

주방 한쪽에 아직 가시지 않은 밀면 육수 냄새가 은은히 남아 있었다. 오늘 하루, 서연정은 단순한 밥집이 아니라 누군가의 기억을 불러내는 그릇이 되었다. 진안은 일기장을 닫으며 생각했다. 그리움이 밥상이 되는 곳. 그것이 바로 서연정이구나.

바지락 떡국

: 싸움은 소리로 남고, 사는 일은 맛으로 남는다

바다는 멀고 산은 가까웠다. 도하리에서 부는 바람엔 늘 풀 냄새와 흙냄새가 묻었다. 새벽마다 깨어난 논은 물빛을 흔들어 햇살을 올렸고 들길은 낮게 자라는 것들의 숨을 품었다. 그 자연이 좋아 내려온 몸인데 진안의 마음 한쪽은 오래전부터 눅진한 파도의 냄새를 그리워했다. 봄에서 여름으로 넘어오며 서연정의 주방은 나물과 장의 기세로 풍성해졌지만, 어느 날 문득 그는 생각했다. 언젠가 한 번은 이 밥상에도 바다의 숨을 올려야겠다.

문제는 물길이었다. 차로 두 시간은 달려야 바다가 나오고 믿을 만한 손을 찾는 데에는 바다만큼이나 긴 시간이 필요했다. 그는 주방의 한 귀퉁이에 앉아 메뉴 노트를 펼치고 낙서하듯 적었다. '바지락 미역국: 미역이 너무 앞서면 조개의 결이 묻힘. 바지락 칼국수: 밀면 했으니, 면은 잠시 쉬자. 바지락 솥밥: 여름에 무거울까?' 적었다 지우고 그 위에 다시 얇은 글씨로 '바지락 떡국?'이라고 써 놓았다. 떡국이라…. 혀끝으로 '맑다.'라는 맛의 이미지를 굴려 보는데 주방 뒤편 계단에서 광운의 발걸음 소리가 느긋하게 내려왔다.

광운은 무표정으로 싱크대 앞에 선 뒤 바지락처럼 단단한 목소리로 말했다.

"이거."

작은 쪽지였다. 이름 석 자와 전화번호.

"뭐야?"

"공장 다닐 때 알던 사람. 지금은 바닷가에서 조개 캐. 전국으로 택배도 보낸대."

"친구야!"

진안이 환호를 하며 두 팔을 벌리는 순간 광운은 예상했다는 듯 반걸음 물러났다.

"하지 마라."

4화 바지락 떡국

“야, 진짜 너—”

말끝을 삼킨 진안이 쪽지를 접어 앞치마 주머니에 넣었다. 주머니 속 종이가 ‘길’이 된 것 같았다.

광운이 공구 가방을 들고 나간 뒤 주방은 잠깐 비어 있는 숲처럼 고요해졌다. 진안은 전화를 걸었다. 바닷바람이 수화기 너머로 불어왔다.

“네, 바지락요. 오늘 바로 보내주신다고요? 네, 서연정 맞습니다. 여기 주소가….”

전화를 끊자, 주방에 파도가 한 번 스쳐 갔다간 듯 공기가 시원해졌다. 내일이면 도착한다…. 설거지통 옆에 놓인 작은 메모에는 이제 굵은 글씨로 ‘바지락 떡국’이 적혔다.

점심 장사가 끝나면 서연정은 잠시 낮잠을 잔다. 바닥엔 손님들의 발걸음 흔적이 가볍게 남아 있고 선풍기는 젖은 행주 냄새를 밀어냈다. 그 틈에 진안은 열쇠를 챙겼다.

“어디 가?”

서연정으로 돌아온 광운이 물었다.

“읍내. 오늘 장날이라던데, 남은 게 있을까 싶어서.”

“이 시간엔 다 끝났을 텐데.”

“그래도. 바람도 쐴 김에.”

광운은 두 손을 휘휘 흔들었다.

"다녀와. 난 잔다."

그리고 계단을 탕탕 올라갔다. 도하리의 낮은 집은 발자국 소리까지 오래 품는다.

차에 올라 창문을 내리자 뜨겁지 않은 여름 바람이 볼을 스쳤다. 길가의 개망초들이 고개를 들고 차창을 바라보았다. 읍내로 들어갈수록 시장의 기척은 한 줌씩 빠져나갔다. 늦은 장은 파장이 났고 비닐 아래 남은 채소들은 햇빛과 흙먼지의 경계에서 꾸벅꾸벅 졸고 있었다.

그럼에도 시장은 시장 냄새가 났다. 갓 끓인 어묵 국물, 오래된 나무판자, 젖은 상자, 기름 튀김의 그림자. 진안은 주차장에 차를 대고 콧노래를 타박타박 따라 걸어갔다. 바지락과 맞는 채소…. 알싸한 대파, 달큰한 애호박, 지단은 얇게. 아, 김은 살짝 구워 부스러기만. 머릿속에서 그릇이 서서히 모양을 잡는 순간이었다.

철벅―!

차가운 것이 등줄기를 불시에 타고 내려와 허리춤까지 스며들었다. 숨이 가슴에서 '헉' 하고 걸렸다.

"아이고, 이걸 어째!"

높은 톤의 목소리. 가게 앞에서 갖은 도구를 헹구던 아주머니가 수세미를 놓고 뛰어왔다. 손바닥에 묻은 물기가 번쩍거

4화 바지락 떡국

리며 날렸다.

"사람 없는 줄 알고 물을 확 퍼부었네. 아이고, 미안해라."

"괜찮아요. 덥던 참에 잘 씻었죠, 뭐."

진안은 물에 젖은 셔츠가 등에 들러붙는 느낌을 웃음으로 밀어냈다.

"아니, 이리 와요. 선풍기라도 쐬고 가. 들어와, 들어와."

아주머니의 손목 잡는 힘은 익숙하고 단단했다. 타인을 이끌어 가게 안으로 들이는 손.

문턱을 넘자 오래된 떡집의 공기가 훅 끼쳤다. 쌀가루와 수증기, 고무장갑과 스테인리스, 옛 달력과 비닐 끈의 냄새가 한꺼번에 코에 들이닥쳤다. 유리 진열장에는 하얗게 분을 입은 인절미가 줄지어 누워 있고 초록·분홍 고물이 얹힌 송편이 색을 보태고 있었다. 한쪽 벽에는 방앗간 기계가 식은 철의 냄새를 뿜으며 휴식을 취하고 있었다. 벽걸이 시계는 오래된 초침으로 시간을 닦았다. 간판에는 굵직한 글씨로 '도하 떡집'이라고 적혀있었다. 도하리의 떡집. 그 이름은 낡을수록 탄탄했다. 찾던 곳이다. 진안은 눈을 번득였다.

아주머니는 선풍기 앞에서 새로운 수건을 꺼내어 건넸다.

"여기, 이걸로 좀 말려요."

"감사합니다."

오늘의 메뉴는 서연정입니다

수건 섬유 사이로 햇빛이 걸러졌다. 옷깃을 훑는 바람에 밥 짓던 마음이 잠시 식었다 다시 데워지는 기분.

떡집이었으니 떡국떡이 있을 것이다. 진안의 눈이 본능처럼 가판대 앞에 있는 떡을 훑는 찰나 문밖에서 누군가의 그림자가 길어졌다.

"어딜 갔다 이제 들어와!"

아주머니의 목소리가 다시 밖을 향해 솟았다.

문턱을 조심스레 넘는 사람. 마르고 긴 팔, 책을 겨드랑이에 낀, 약간의 먼지가 묻은 얼굴. 보기만 해도 무거워 보이는 두꺼운 책. 표지에는 작은 활자로 무엇인가의 '철학'.

아저씨는 눈치를 보며 슬그머니 가게 안으로 들어왔다. 아주머니의 얼굴에는 조바심과 서운함과 하루치의 피곤이 뒤섞여 있었다.

"내가 새벽부터 혼자 얼마나 일했는지 당신이 알아? 손님들 줄 서고, 방앗간 돌리고, 떡 식히고 포장하고. 입으로만 사는 사람은 쉬니까 좋지?"

아저씨는 입술을 다문 채 서 있었다. 그 침묵은 잘못의 고백이 아니라 오래된 생활의 습관 같았다. 소심하고 미안해하는 사람에게 가장 안전한 대답.

"아, 그래도, 내가 가래떡은 제일 잘 만들잖아."

4화 바지락 떡국

"가래떡? 떡집이 가래떡만 파나? 할 일은 산더미인데 가래떡 애기만 하고 앉았네."

아주머니의 말은 도끼 같았지만, 그 안엔 예리하지 않은 둔중함이 있었다. 너무 오래 휘둘러 온 사람의 팔처럼. 진안은 서둘러 그사이에 몸을 떼어 넣었다.

"저, 여기 가래떡, 그렇게 맛있어요?"

둘의 시선이 동시에 그에게 쏠렸다. 잠깐 싸움의 리듬이 끊겼다. 아주머니는 방금 전의 도끼를 놓고, 다시 손수건을 들었다.

"어머, 내가 정신이 없어서. 다 말랐나?"

"네, 거의요. 대신에 혹시 오늘 가게 문 닫고 제 가게로 잠깐 오실 수 있을까요? 두 분께 드리고 싶은 게 있어서요."

말은 가볍게 던져졌지만, 분위기는 대담하게 흔들렸다. 아주머니의 눈썹이 올라갔고 아저씨의 어깨가 살짝 올라갔다 내려앉았다.

"우릴?"

"네. 그리고 가래떡 하나만 사 갈게요. 꼭 넣어야 할 재료라."

아저씨는 그 틈에 얼른 방 안으로 사라지고 아주머니는 의아한 듯 그러나 장삿길을 놓치지 않는 속도로 포장했다.

서연정. 고요한 오후의 주방은 무대 뒤편 같았다. 진안은 배달 상자를 풀었다. 바지락이 신문지 위에서 반짝이는 생의 색

오늘의 메뉴는 서연정입니다

으로 몸을 뒤집었다. 그 작은 입들이 숨을 쉬듯 열렸다 닫혔다.

그는 소금을 풀어 해감을 시작했다. 수중 같은 사발 안에서 작은 입들이 사뿐사뿐 모래를 뱉으면 물이 탁해졌다가 이내 다시 맑아졌다. 숨을 쉬어라. 오늘 너희는 누군가의 속을 열어 줄 테니.

냄비에 물을 올리고 다시마를 넣어 약불로 천천히. 물이 가장자리에서 잔거품을 일으킬 즈음 다시마를 건졌다. 이 타이밍을 지나치면 국물에 해초의 떫음이 쓰다. 파 흰 부분을 어슷하게 썰어 준비하고 애호박은 너무 존재감 있게 자르지 않았다. 얇게, 국물 속에서 초록이 한 번 번쩍하고 지나갈 정도로.

해감이 끝난 바지락을 냄비에 넣자, 철판이 열리는 작은 소리들이 연달아 났다. 뚜껑 아래서 '탁, 탁' 연서를 울리는 작은 문들이 함께 열렸다. 바다 내음이 한 번에 터져 나와 주방의 공기를 바꾸었다.

한소끔 끓어올라 입을 연 조개를 건지고 육수는 고운 체로 한 번 더 받았다. 맑은 국물에 속은 시원했다. 도하리의 여름에 바다가 잠깐 들렀다 가는 모양이었다.

떡은 도하 떡집에서 사 온 가래떡을 동전만 하게 썰었다. 날에 달라붙는 쌀의 끈기가 기분 좋게 눅눅했다. 끓는 국물에 떡을 넣자, 둥둥 떠오르며 표면이 투명해졌다. 그 틈에 얇은 달

4화 바지락 떡국

갈지단을 준비하고 김은 불 위에서 잠깐만 쬐어 부드럽게 바삭함을 일으켰다. 마늘은 과하지 않게 바지락의 은근한 바다를 해치지 않는 만큼만. 소금과 간장 몇 방울로 간을 맞추니 국물의 색이 사람의 얼굴처럼 살아났다.

"뭘 그렇게 바쁘게 움직여."

광운이 주방 문에 어깨를 기대고 물었다.

"새 메뉴."

"떡이네."

"응. 도하 떡집에서 사 왔어."

"곽 씨네?"

"그분들이 곽 씨 부부야?"

진안이 눈을 동그랗게 떴다.

"오늘 밤에 오시기로 했어."

광운은 "흠." 하고 한숨인지 모를 소리를 냈다.

해가 완전히 기울기도 전에 서연정의 문이 조심스레 열렸다. 곽 씨 부부의 그림자가 문턱 위에 얌전히 놓였다. 서툴게 차려입은 티가 역설적으로 정갈해 보였다. 아주머니는 화장대를 털었는지 눈썹이 더 진했고 아저씨는 헌책 대신 깨끗한 셔츠를 입었다. 신발은 둘 다 여전히 촌스럽게 편했다.

"아니, 미안한 건 우리인데 뭘 또⋯."

오늘의 메뉴는 서연정입니다

아주머니가 어쩔 줄 몰라 하며 어색하니 웃었다.

"오늘은 제가 드리고 싶은 게 있어서요. 앉으세요."

물컵에 맺힌 물방울이 테이블 위에 작은 호수를 만들 때 진안이 그릇을 들고나왔다. 맑은 국물 위로 하얀 떡이 떠 있었다. 파의 초록이 얹혀서 시골 여름의 나뭇잎 같았다. 바지락 살은 몇 알만 고명처럼 얹었고 지단은 너무 떠들지 않게 얇았다.

"떡국이…. 사골이 아니네?"

아주머니가 의심스레 그릇을 들여다보았다.

"어디 사골만 떡국인가. 당신도 참."

아저씨는 기다렸다는 듯 떠들었다. 말끝에는 조금의 복수심과 은근한 자랑이 섞여 있었다.

"뭐라고?"

아주머니가 대번에 눈을 흘겼다. 아저씨는 그때야 황급히 국물을 떠 입에 넣었다. 첫 모금에 그의 어깨가 눈에 띄게 내려앉았다.

"이거 시원하다."

그는 젓가락으로 떡을 집어 올렸다.

"독특하네. 먹어봐."

"독특은 무슨…."

말을 끝내지 못한 채 아주머니도 숟가락을 들었다. 국물의

4화 바지락 떡국

가벼운 깊이가 혀끝에 도착하자 미간의 주름이 반 정도 풀렸다. 두 번째 숟가락은 말없이 들어갔다. 떡 한 점이 쫄깃한 소리를 내며 이 사이를 스쳤다. 씹을수록 달큰했다. 애호박의 얇은 단맛이 국물과 내려앉았다.

가래떡도 몇 조각 그릇에 담았다. 젓가락으로 집어 입에 넣자 '탱' 하는 작은 반동이 잇몸에 닿았다. 아주머니는 조금 놀란 표정으로 남편을 봤다.

이 맛을 내가 왜 몰랐지? 눈빛이 잠깐 흔들렸다. 평생 같은 방 안에서 산 사람의 새로운 면모를 갑자기 문을 열고 본 것 같은 표정.

"어떠세요?"

진안이 물었다. 아주머니는 물을 한 모금 마시고 일부러 시선을 다른 데로 돌렸다.

"뭐, 요리사가 워낙 뛰어나니까."

"재료가 워낙 좋았어요."

진안이 미소를 띠었다.

"이 떡이 아니었다면, 이런 맛을 못 냈을 거예요."

말 한 줄이 조용히 내려앉았다. 아저씨가 숟가락을 내려놓고 아주머니를 보았다. 말없이 오래. 그 시선에는 책에도 적혀 있지 않은 문장이 있었다. 당신이 만든 떡으로 우리가 살아왔

오늘의 메뉴는 서연정입니다

어. 말 대신 국물 소리가 들렸다.

"여보."

아저씨가 먼저 입을 열었다. 그에게는 드문 일이었다.

"앞으로, 내가 좀 더 도울게. 옆에서만 아니고 같이. 그러니까 가끔은 우리도 이렇게 바깥 밥 먹자."

아주머니는 낯선 곳에 갑자기 놓인 의자처럼 어색해했다. 퉁명스러움으로 의자를 다듬었다. "허 참, 내가 뭐 이런 거 못 먹어서 당신 바가지를 긁나."

그러면서도 마지막 떡 한 점을 아껴 먹었다. 젓가락이 망설이는 듯 떡을 오래 집었다. 그동안 내가 놓친 게 뭘까? 당신이 만든 떡을 내가 제대로 먹어본 적이 있었나…. 그녀의 마음이 어쩔 줄 몰라 작은 곳으로 숨어들었다.

그사이 광운은 홀과 주방 사이를 한 걸음 통과하며 두 사람이 대화를 나누는 자리 주변을 조심히 비워주었다. 그는 말을 많이 하지 않는 사람이라 말 대신 공간을 정리해 주었다. 누군가가 화해할 자리가 필요할 때 그는 테이블의 물컵을 살짝 옮기고 창문을 아주 조금 더 열었다. 바람이 한 모금 들어왔다.

곽 씨 부부는 그릇을 말끔히 비웠다. 바지락 한 알, 떡 하나도 남지 않았다. 두 사람의 숟가락 소리가 마지막으로 그릇 바닥을 스쳤다. 지나치게 가벼운 소리. 빈 그릇이 낼 수 있는 가

4화 바지락 떡국

장 단정한 음.

식사를 마친 아주머니가 자리에서 일어나 진안에게 다가왔다.

"아이고, 물을 뿌린 건 난데 이렇게 신세를 지네."

"다음에는 떡으로 갚으세요."

진안이 유쾌하게 웃었다. 아저씨가 조심스럽게 끼어들었다.

"새로 찧은 거로, 제일 쫀득한 걸로."

문이 닫히고 두 사람의 그림자가 마당에 길게 흘렀다. 아주머니가 먼저 한 걸음 앞서면 아저씨가 반걸음 뒤에서 따라갔다. 그 사이에 '같이'라는 단어가 들어앉았다. 선선한 저녁 바람이 그 사이를 메웠다.

불을 낮춘 주방은 하루를 마무리하고 있었다. 설거지통에 남은 거품이 천천히 죽었고 젖은 수건에서 미지근한 물방울이 떨어졌다. 진안은 스테인리스 상판을 마지막으로 한번 쓰다듬었다. 바지락의 바다 냄새가 아주 멀리서만 느껴졌다. 도하리의 밤 냄새가 다시 주방을 채웠다.

계단을 올라 방으로 들어가 책장 맨 위 칸의 사진을 힐끗 본 뒤 일기장을 폈다. 펜촉이 종이를 누르는 소리가 작게 났다.

한 그릇의 맑은 국물에
바다가 잠깐 들렀다 간다.

평생 떡을 빚어온 둘은
정작 함께 떡을 먹은 적이 없다.

바지락이 입을 열 때
오래 닫혀 있던 마음도
잠깐 열리는 걸 보았다.

싸움은 소리로 남지만
사는 일은 맛으로 남는다.

오늘, 빈 그릇의 소리가
가장 따뜻했다.

　마당의 고랑에 앉은 밤공기가 서서히 식었다. 진안은 펜을 덮고 낮게 중얼거렸다. 떡으로 살아온 세월, 국물로 풀리는 마음. 서연정의 간판 불을 끄는 순간 유리문에 비친 그의 얼굴 뒤로 주방의 윤곽이 천천히 어두워졌다. 내일은 또 누군가의 이야기가 그릇 위로 올라올 것이다. 바다는 멀어도 맛은 길을 찾아온다.

고추장찌개와 와인

: 멍든 하루에 붉은 잔을 얹다

아침 일찍 도하리 면사무소의 셔터가 올라갈 때 철호는 늘 가장 먼저 들어갔다. 손에 들린 열쇠 묶음이 또르르 소리를 냈고 현관 센서 등이 잠깐 깜빡였다. 문을 열자마자 맡는 냄새는 늘 같았다. 축축한 종이와 오래된 서류철에서 배어 나온 잉크 냄새, 복도 바닥에 올라앉은 걸레 비눗물 냄새, 그리고 커다란 선풍기 모터에서 풍기는 약간의 금속 냄새. 사무실 한쪽 벽에는 지난달 행사 배너가 말아 놓인 채 끈으로 묶여 있었고 달력에는 붉은 동그라미가 몇 개 박혀 있었다. '경로당 보일러

점검’, ‘마을 합동 방제’, ‘읍내 체육대회 예선’.

철호는 커피포트를 올리고 PC 전원을 켰다. 모니터 불이 들어오자마자 붙여놓은 스티커들이 얼핏얼핏 눈에 걸렸다. ‘어르신께는 두 번 더 설명하기’, ‘급해도 천천히’, ‘전화는 3번 울리기 전에’. 창문을 반쯤 열자 좁은 마당의 느티나무 잎이 바람에 닿아 파르르 떨었다. 벽시계 초침이 “딱, 딱.” 리듬을 잡기 시작하는 시간. 현관 쪽에서 지팡이 끝이 바닥을 두드리는 소리가 났다.

“철호 있나?”

문턱에서 정 할매 목소리가 불쑥 튀어나왔다.

“예, 할머니. 여기요.”

“버스 시간표 좀 보자. 내가 시내 병원 갈 일이 있어서.”

철호는 서랍에서 접어 둔 시간표를 꺼내고 손바닥만 한 종이에 ‘도하리-읍내’ 중간 정차 시간을 크게 손 글씨로 적었다.

“아침 9시 10분, 10시 40분. 할머니는 10시 40분 타셔도 시간 넉넉해요. 병원은 예약이 12시죠?”

“맞다, 맞다. 이 총각은 참말로 기억력이 좋아.”

정 할매가 손뼉을 두 번 치며 웃었다.

“근데 너는 언제 장가가니?”

“할머니, 그 얘기 또….”

5화 고추장찌개와 와인

"또 듣고 또 해도 질리지가 않아서 하는 소리다."

정 할매가 까르르 웃고 돌아서니 이번엔 농사 보조금 신청서 든 아재가 들어왔다. 다음은 친족관계 증명서를 떼러 온 아주머니, 그다음은 도배·장판 지원 대상 문의하러 온 이웃. 오전은 늘 그랬다. 무언가를 부탁하러 오는 사람들 사이에서 철호는 낡은 톱니들 사이에 들어가는 기름 같은 역할을 했다. 빠릿빠릿하지 않지만 꾸준하고, 미끄럽고, 오래 가는.

점심을 간단히 때우고 나면 오후엔 행사 준비를 했다. 내일은 면 주관으로 작은 기념식이 있었다. 현수막을 펼쳐 보고, 마이크 테스트를 하고, 앰프 스위치를 몇 번 눌러 보았다. 얇은 먼지가 앰프 격자에 쌓여 있어 손톱으로 살짝 쓸어냈다. '지직—' 소리가 나더니 스피커에서 낮은 웅음이 흘렀다. 그 소리를 들으며 철호는 자신도 모르게 서연정을 떠올렸다.

며칠 전부터 면사무소 사람들 사이에 유행처럼 퍼진 소문.

"도하리에 밥 잘하는 데 생겼다더라. 밥이 단단하고 국이 깊다더라. 거기 총각, 말도 싹싹하더라."

처음엔 흘려들었다. 그런데 누군가 한 번, 또 한 번 얘기하니 어느 저녁, 퇴근길을 틀어 서연정 간판 앞에 섰다. 같은 면에서 태어나 같은 면에서 늙어갈 생각을 한 사람에게도 새로운 길은 있는 법이었다.

오늘의 메뉴는 서연정입니다

처음 들어갔을 때 주방에서 나던 냄새를 철호는 정확히 기억했다. 기름 냄새가 아니었다. 불맛도 아니었다. 약간의 장 냄새와 삶은 채소의 연기. 눈앞에 놓인 막걸리 한 사발과 지글지글 갓 부친 파전. "한잔하고 가세요."라는 말보다 "수고하셨어요." 하는 진안의 말이 더 먼저였다. 그 뒤로 철호는 종종, 혼자서, 조용히, 서연정을 찾았다. 막걸리는 늘 차갑고 파전은 가장자리가 바삭했고 진안은 적당히 말이 있었다.

"내일 면에서 행사가 있는 것 같은데, 바쁘신 거 아니에요?"

"그래서 왔습니다. 이거 먹고 힘내야죠."

그게 작은 루틴이 되었다. 막걸리 한 잔이 목을 타고 내려가면 하루가 온전히 끝난 것 같았다.

그런데 어느 날부터인가 서연정 한쪽 진열장에 놓인 레드와인이 눈에 들어왔다. 라벨에 익숙지 않은 외국어가 적혀 있고 병목에 얇은 금박 스티커가 붙어 있었다. TV에서 봤던 장면들이 떠올랐다. 흰 식탁보, 은빛 식기, 고급스러운 조명 아래서 스테이크를 칼로 써는 사람들. 붉은 잔을 코끝에 가져가 향을 맡는 사람들. 웃고 떠드는 그들의 담장 너머를 한 번쯤 걸어보고 싶다는 생각을, 철호는 아주 오래전부터-아마 젊은 날 잠깐 읍내 영화관에서 본 멜로의 한 장면 이후-품고 있었다. 그러나 그는 묻지 못했다. 가끔 잔을 닦는 진안의 손끝을

5화 고추장찌개와 와인

보며 목까지 올라오는 질문을 몇 번 다시 삼켰다. 이런 거 마실 줄 모르는데, 나 같은 촌사람이….

사건은 뜻밖에 더운 오후에 벌어졌다. 그날은 햇빛이 무겁게 내려앉아 면사무소 지붕 위에서 조롱조롱 여름벌레 소리가 내려오는 날이었다. 복도 끝 가림막 너머에서 웅성거림이 났다. 민원실 문이 벌컥 열리며 키 큰 남자가 들어왔다. 군청 냉방 조끼를 연상시키는 파란 조끼를 입은 남자는 모자는 뒤로 젖힌 채 얼굴은 술기운인지 더위 때문인지 벌겋게 달아올라 있었다.

"이런, 쌍! 면장 나오라고 해!"

무턱대고 던지는 소리에 창가에 앉아 있던 어르신들이 움찔했다.

"아이, 선생님. 진정하세요."

젊은 여직원이 천천히 일어섰다.

"진정? 누가 진정을 하래! 내 돈을 떼먹었어! 직불금이 왜 깎여! 지난번이랑 기준이 똑같은데!"

남자의 손에 접힌 서류가 있었고 모서리는 이미 손에 땀이 배어 젖어 있었다. '농업직불금 신청서/지급조서' 표지가 눈에 들어왔다. 철호가 자리에서 일어나 카운터 쪽으로 다가갔다.

"선생님, 무슨 일인지 제가 먼저 설명을 들어볼게요."

오늘의 메뉴는 서연정입니다

"네가 담당이야?!"

"네, 저희 면에서는 선생님 댁 건 제가 보고 있습니다."

"그럼, 네가 책임져! 내 땅만 왜 쏙 빼고 계산했냐고!"

"올해부터 재배 확인이 소금 더 엄격해졌어요. 현장 확인에서 작업일지와 사진이…."

"사진? 사진은 또 뭔데! 나는 사는 게 바빠서 사진 같은 거 못 찍어! 내가 농사 안 지은 것도 아닌데!"

"그런데 위성 사진에도…. 올해 초에는 논에 물이 늦게 들어가고, 또,"

"위성? 하! 너희는 하늘만 보고 사람을 판단해? 씨발, 하늘이 밥을 줘? 사람 말을 들어야지! 면장이 어딨어! 면장 좀 나와봐!"

목소리가 점점 커졌다. 대기표 받던 어르신이 자리에서 천천히 일어나려 하자 옆에서 다른 이가 팔을 붙잡았다. 누군가는 기자재실에 있던 기성품 푯말 '민원 대응 중, 잠시만요'를 꺼내 카운터 앞에 세웠다. 공기가 단단해졌다. 더위가 실내로 들어와 맴돌았다.

"선생님, 면장님은 지금 군청 회의 중이세요. 제가 전화를 넣어볼게요. 대신…."

"대신? 대신? 너, 나 무시하냐? 네가 뭔데 대신이야!"

5화 고추장찌개와 와인

남자가 카운터를 '쾅' 내리쳤다. 플라스틱 펜꽂이가 넘어지며 펜들이 사방으로 튀었다. 철호는 반사적으로 펜을 줍다가 손등으로 떨어진 공무원증을 주워 단정히 놓았다. 그리고 시선을 낮추고 최대한 낮은 목소리로 말했다.

"선생님, 폭언은 안 됩니다. 저희가 확인을 더 해보고, 부족한 부분은 추가로 도울 수 있어요. 현장 사진이 어려우시면,"

"이 새끼가 지가 법이야? 미친놈이! 네가 뭔데 내 돈을 깎아! 우리 집 올해 농사도 망쳐서 사람 불러다 싹 다 갈아엎었는데, 그걸 네가 알아?!"

다음 순간 일어난 일은 너무 빨라서 기억이 잘리지 않았다. 남자의 팔이 쓸어 올라오며 철호의 뺨을 세게 쳤고 귓속에서 하얀 소리가 "쉬-" 하고 퍼졌다. 몸이 뒤로 밀리며 의자 다리가 바닥을 긁는 소리가 길게 났다. 왼쪽 눈 위가 뜨겁게 부풀어 올랐다. 누군가 비명을 질렀고 누군가는 휴대폰으로 112를 눌렀다. 남자는 여전히 욕을 퍼부었지만, 그 소리는 물속에서 나는 것처럼 둔탁하게 들렸다.

몇 분 뒤 경찰이 도착했을 때 남자는 이미 밖으로 나와 주차장 그늘에서 담배를 피우고 있었다. 경찰이 그를 진정시키고 신원 확인을 하는 사이 동료가 얼음주머니를 건네며 철호의 이마 위를 조심히 눌렀다. 얼음이 닿자 비로소 통증이 '아,

오늘의 메뉴는 서연정입니다

아-' 하고 확실한 목소리를 냈다.

"고소하실 수 있습니다. 일단은 폭행이니까."

철호에게 다가온 경찰이 물었다. 철호는 얼음주머니를 잡은 손에 힘을 더 주있다 놓았다.

"아니요."

"그래도….'

"같은 동네 사람입니다."

"그건 별개고요."

철호는 고개를 저었다.

"신청 기준도 바뀌고, 그분도 사정이 있는 거겠죠."

그러나 마음속 어디에선가 알 수 없는 쓴맛이 천천히 올라오고 있었다. 억울함과 분노가 아니라 '내가 못 해준 게 있을까?' 하는 바보 같은 자책. 그는 늘 그렇게 흘러가도록 배웠다. 민원 대응 매뉴얼의 첫 줄. '모욕을 개인적으로 받아들이지 않기.' 하지만 사람 마음은 매뉴얼을 모른 척할 때가 더 많았다.

사무실 불을 끄고, 문을 닫고, 셔터를 내리고, 열쇠를 돌리는 동안 저녁 바람이 조금씩 불어왔다. 도하리의 길은 낮에 달궈진 열을 천천히 내뿜었다. 먼 데서 개가 두세 번 짖었고 개울가에서는 물이 돌 틈에 부딪히는 소리가 은근하게 났다. 느티나무 잎새 사이로 붉은 저녁이 묻어 있었다.

그렇게 몇 걸음, 더 걷고 싶었다. 냄새와 소리와 열기가 몸에서 빠져나갈 때까지. 그런데 발길은 자연스레 서연정으로 향했다. 간판 글씨 '서연정'이 노을을 받아 따뜻하게 빛났다. 문을 열며 살짝 종이 울렸다.

진안이 물수건을 접으며 고개를 들었다.

"아니, 철호 씨. 무슨 일이에요?"

철호가

"하, 그냥요."

하고 웃으려 했지만 웃음은 왼쪽 눈 주위의 통증에 깎여 나갔다. 멍이 금세 퍼지고 있었다.

"저, 와인 하나만… 살 수 있나요? 오늘따라 저기 진열 되어 있는 와인이 너무 마시고 싶습니다."

말을 하면서도 어색했다. 제 몸의 어색함. 입에서 나오는 말의 낯섦. 진열장 유리 너머의 붉은 병이 이상하게 가까워 보였다.

진안은 철호가 그 병을 자주 힐끗 보던 것을 알고 있었다. 자랑하려고 가져온 술도 아니었고 비싼 취향을 드러내고 싶어서도 아니었다. 그저 언젠가 좋은 날 한 병을 열어 누군가와 나눌 수 있기를 바랐다. 좋은 날까지 기다리자는 생각을, 진안은 오늘 접었다.

"안주는 뭐든 상관없다면, 내어드리고 싶은 게 있어요."

오늘의 메뉴는 서연정입니다

"예."

철호의 목소리는 평소보다 낮았다.

진안이 주방으로 들어가 불을 켰다. 팬이 달아오르고 다진 마늘이 먼저 올라샀다. 포도씨유가 아닌 들기름 한 방울과 기름이 무르익는 소리. 얇게 저민 돼지고기를 고추장과 살짝 볶아 단맛을 끌어내고 양파와 애호박, 감자를 차례로 투하했다. 멸치육수를 부어 붉은 고추장 속에서 맑음을 만들어냈다. 간장 몇 방울로 소금을 줄인 뒤 청양고추는 씨를 털어 매운 끝맛만 남겼다. 주방에는 매콤하면서도 기분 좋은 달큰함이 가득 찼다.

그사이 진열장에서 와인 한 병을 꺼냈다. 몸집이 크지 않은, 색이 너무 진하지도 옅지도 않은 붉음. 병마개에 코르크 스크류를 박아 조용히 당기니 "폭—" 하고 안쪽 공기가 가볍게 터졌다. 와인 잔을 꺼내 뜨거운 물로 한 번 헹굴까 하다가 오늘은 그럴 것 없이 깨끗한 천으로 닦아 윤을 냈다. 잔에 와인이 얇은 줄기로 흘러내리자, 유리 벽을 타고 붉은 물결이 한 겹 얇게 돌았다. 진안은 잔을 철호 앞에 밀어 놓았다.

"저는…. 사실 이런 거 마실 줄 모릅니다."

철호가 중얼거렸다.

"마시는 법이 따로 있는 술은, 없다고 저는 생각합니다."

5화 고추장찌개와 와인

진안이 웃었다.

"그저 입맛에 맞게 즐기는 것뿐."

철호는 잔을 들었다. 멍든 왼쪽 눈 아래 붉은 반점과 잔 속 붉음이 잠깐 겹쳐 보였다. 그는 향을 맡지 않았다. 그냥 입에 조금 머금었다. 알코올이 혀끝을 스치고 붉은 과일 같은 느낌이 가볍게 지나갔다. 생각했던 쌉싸래함이 아니라 낯선 부드러움이 먼저 왔다. 익숙하지 않은 게 꼭 나쁜 건 아니라는 걸, 혀가 먼저 이해했다.

"저는 역시 촌놈이라…. 막걸리가 더 입에 맞네요."

그는 솔직해졌다.

"이제부터 맛 들여보는 것도 나쁘지 않죠."

진안이 말했다.

"원하시면, 사다 놓을게요. 이번에는 기쁜 날 마실 수 있게."

"…감사, 합니다."

철호가 고개를 푹 숙였다.

고추장찌개가 탁자 위에 내려왔다. 대충 끓인 찌개가 아니었다. 기름이 과하지 않고 국물이 붉지만 탁하지 않았다. 감자는 모서리가 무르지 않게, 애호박은 초록을 잃지 않게, 돼지고기는 얇게도 두껍게도 아닌 한 끗으로. 철호가 숟가락을 떠 입에 넣었다. 맵지 않았다. 달았다. 아니, 매콤한데 달았다. 단데

쇠 맛이 아니었다. 고추장 발효에서 나는 쿰쿰함과 멸치육수의 감칠맛이 와인의 씁쓸함과 어딘가 맞물렸다. 이상하게 와인이 '입가심'처럼 느껴졌다. 찌개 한 숟가락, 와인 한 모금, 다시 찌개. 입안에 생신 작은 백락이 마음속 넝쿨과 닮았다. 매뉴얼로 정리할 수 없는 어떤 위로.

"오늘, 무슨 일이 있었는지 물어봐도 될까요?"

진안이 조심스레 물었다.

"아…. 그냥, 좀."

"괜찮습니다. 말하고 싶지 않으면 말하지 않으셔도 돼요."

철호는 숟가락을 한 번 접시에 내려놓았다. 어쩌면 말하고 싶어서 여기 온 것인지도 몰랐다.

"민원인 한 분이…. 화가 많이 나셨어요. 올해부터 기준이 바뀌고, 그분도 사정이 있고…. 근데 저는, 하여튼…."

그는 더 이상 자세히 말하지 않았다. 말을 아끼는 사람에게는 침묵이 말의 끝이 아니라 숨을 고르는 쉼표일 때가 많았다.

"고소하라 하더군요."

"네."

"안 했습니다."

"그럴 것 같았어요."

"그 사람이 우리 면 사람이라서가 아니라…. 그냥, 그러고

5화 고추장찌개와 와인

싶지 않았습니다.”

철호는 자신을 변호하는 듯 말했지만, 사실 그 말은 자신에게 하는 것이었다. 나는 무지해서 그런가? 순진해서? 아니면, 그래야 내 마음이 덜 쓰라리나?

진안은 고개를 끄덕이며 잔을 비웠다.

“그럼, 오늘 와인은, 그 결심을 위하여.”

“결심?”

“다음에 좋은 날 마실 와인을 위해서. 오늘은 위로의 와인.”

진안의 위로에 철호가 조금 웃었다. 멍든 눈 밑 주름이 잠깐 흔들렸다.

찌개 냄새가 서연정 안에 가득했다. 밖에서는 개구리 울음소리가 시작되었고 마당 텃밭의 고랑에서는 흙이 냄새를 올렸다. 광운이 홀의 조명을 하나둘 낮추고 물병을 채워 카운터에 올렸다. 말이 많지 않은 광운도 오늘은 철호의 잔을 한번 미세하게 가리키며 “천천히” 움직였다.

철호는 천천히, 오늘의 고단함을 생소한 조합으로 녹였다. 와인 잔에 남은 붉은 선이 점점 얇아졌다. 마지막 한 모금이 남았을 때 그는 잔을 들고 유리창 넘어 어두워진 들을 흘깃 보았다. 저곳 어디쯤, 그의 마음에 오래 앉아 있는 누군가의 집도 있을 것이다. 말하지 않아도, 말할 수 없어도, 그 마음이 그를 이곳으로 데려온 건 분명했다.

"서연정이… 오래, 오래 문을 열었으면 좋겠네요."

그의 말은 단순했지만 진심이었다. 밥을 파는 집이 아니라 마음을 덥히는 집으로 오래 남아달라는 부탁.

"최고의 칭찬으로 듣겠습니다."

진안은 고개를 숙여 예의를 표했다. 그리고 자리를 조심히 비켜주었다. 사람이 혼자 앉아 있어야 비로소 풀리는 마음도 있으니까.

간판 불이 내려가고 가게 안의 소리들이 하나둘 씻겼다. 설거지 물소리, 그릇 포개지는 소리, 젖은 수건이 물을 짜내는 소리. 마지막으로 주방 등 하나가 '딸깍' 꺼질 때 창밖의 벌레 울음이 더 크게 들렸다. 철호는 계산대에 돈을 놓고 잔을 한번 바라본 뒤 천천히 자리에서 일어났다. 문을 여닫는 종이 짧게 울렸다.

밖의 공기는 낮의 열기를 아직 품고 있었다. 여름은 이렇게 뜨겁게 지나가야 여름 같다고, 누군가 말했었다. 그는 문간에서 잠시 숨을 고르고 어둑한 길을 걸었다. 하루치의 모욕이 아니라 하루치의 일을 견딘 사람의 걸음으로. 눈 밑의 멍은 내일 더 선명해질 것이다. 하지만 붉은 잔에서 배운 약간의 달큰함이 내일 그의 혀끝 어딘가에 남아 있을 것이다.

5화 고추장찌개와 와인

그날 밤. 진안은 주방을 정리하고 방으로 올라와 일기장을
펼쳤다. 손끝에 고추장 냄새가 희미하게 남아 있었다. 잔에 비
친 붉은 물이 잠깐 철호의 멍과 겹쳐 보였던 순간을 떠올리며
펜을 눌렀다.

오늘, 한 잔의 붉음이
누군가의 멍과 닮아 있었다.

쓴맛을 달게 만드는 건
설탕이 아니라
곁에서 끓여주는 찌개의 온도라는 걸
다시 배웠다.

세상은 매뉴얼로 움직이지만
마음은 늘 소문처럼 흘러간다.

위로는 큰 말이 아니라
천천히 덜어 먹는 국물 한 숟갈과
다 비우지 않아도 되는 잔 한 모금.

여름은 더워야 여름이고

그 더위 속에서

서연정의 밤은 오래 식는다.

창문을 반쯤 열자 바람이 들었다. 멀리 개울 소리, 가까이 풀벌레 소리, 마당의 풀 냄새. 진안은 일기장을 서랍에 넣으며 생각했다. 도하리의 여름은 특별할 거야. 여름의 더위가 깊을 수록 이 서연정의 국물도 더 깊어질 테니.

5화 고추장찌개와 와인

6화

감자옹심이

: 허세는 스쳐 가고 맛은 남는다

월요일 아침. 서연정의 주방은 불이 꺼져 있었다. 전날 밤까지의 열기가 빠져나간 뒤라 집안 공기는 차분했다. 창문을 통해 들어온 여름 볕이 탁자 위로 길게 번져 있었다. 먼지가 빛속에서 천천히 흩날렸다.

그 볕 아래 앉은 진안이 우유에 시리얼을 말아 먹었다. 숟가락이 그릇 벽을 건드릴 때마다 "찰칵, 찰칵" 작은 소리가 났다. 반대편에는 광운이 있었다. 그는 오늘도 여느 때처럼 다섯 가지 반찬을 차린 밥상 앞에 앉아 있었다. 멸치볶음, 달걀말이,

김치, 시금치나물, 그리고 된장국. '아침은 꼭 밥이어야 한다.'
라는 신념을 가진 고집스러운 사람.

"쉬는 날인데, 어디 나가?"

진안이 시리얼을 한입 머금으며 물었다.

"아니. 오늘은 딱히."

광운은 짧게 대꾸하며 밥을 꾸역꾸역 씹었다.

"그럼, 나랑 텃밭 가꾸기 어때?"

진안의 눈빛은 기대감으로 반짝였지만, 광운의 눈은 곧 일
그러졌다.

"텃밭 지킴이는 지난번으로 끝난 거 아니었나."

"에이, 혼자 하기 벅차잖아."

"냅둬. 할 일은 만들면 되니까."

광운의 말투는 건조했다. 진안은 입술을 삐죽 내밀며 투정
을 부렸다.

"진짜 안 도와줄 거야?"

광운은 잠시 생각하더니, 밥을 크게 한 숟갈 떠서 삼킨 뒤
얼굴에 잠시 그림자를 드리우며 말했다.

"어디 좀 다녀오려고."

진안의 숟가락이 잠시 멈췄다. 어디? 하고 묻고 싶었지만
삼켰다. 이 집의 규칙. 서로의 과거는 묻지 않는다. 그 침묵이

6화 감자옹심이

오히려 광운의 목적지가 과거와 엮여 있음을 직감하게 했다.

혼자가 된 진안은 밀짚모자를 눌러쓰고 텃밭으로 나갔다. 한낮도 아닌데 햇살은 벌써 뜨겁게 내리쬐었고 땅 위의 공기가 일렁였다. 구부린 허리에서 땀이 뚝뚝 떨어졌다. 토마토 줄기를 매만지고, 오이 넝쿨을 올려주고, 가지의 잎에 달라붙은 벌레를 떼어냈다. 손바닥에 흙이 묻고 수건이 금세 젖었다.

그때, 마당에 낯선 소리가 요란하게 파고들었다. "부르릉-" 외제차 특유의 낮고 굵은 엔진음. 마당에 먼지가 일더니 반짝이는 검은 차 한 대가 서연정 앞에 멈췄다. 눈부시게 빛나는 크롬 휠은 시골길에 어울리지 않는 광택이었다.

차에서 내린 사람들은 도하리의 색과 전혀 맞지 않았다. 남자의 반팔 셔츠 위에는 값비싼 브랜드 로고가 선명했고 바짓단은 얇은 슬랙스로 말끔했다. 얼굴은 선글라스로 가려 반쯤 감정이 보이지 않았지만, 두 손을 주머니에 찔러 넣은 채 태연히 고개를 들어 주변을 훑는 모습에서 자신감이 흘러나왔다. 옆의 여자는 더 눈에 띄었다. 큼지막한 귀걸이가 햇빛을 받아 번쩍였고 플라스틱 향 가득한 화려한 원피스를 입고 있었다. 그녀는 차에서 내리자마자 휴대폰을 꺼내 셀카 모드로 얼굴을 비추며 이리저리 각도를 바꿨다.

진안은 구부리고 있던 허리를 펴고 그들에게 다가갔다.

“어서 오세요. 혹시 어떻게 오셨나요?”

여자는 들뜬 목소리로 대꾸했다.

“아, 마을회관에 물어봤더니 여기 밥집이 그렇게 맛있다고 하더라고요! 근데, 오늘은 문이 닫힌 것 같네요?”

남자는 말 대신 서연정 간판과 창문을 구석구석 살폈다. 마치 경찰이 사건 현장을 조사라도 하러 온 사람 같았다.

“죄송합니다. 오늘은 쉬는 날이라서요.”

진안은 정중히 고개를 숙였다. 여자는 바로 얼굴을 찡그리며 남자를 쳐다봤다.

“뭐라고? 우리 이렇게 힘들게 찾아왔는데? 자기야, 나 배고파 미치겠어.”

남자는 어깨를 으쓱하고, 건성으로 말했다.

“어차피 식당인데 뭐라도 있겠지. 돈은 낼 테니까 뭐라도 만들어줘요. 읍네 다 돌아봤는데 다 문 닫았더만.”

“그러니까! 서울에서는 상상도 못 할 일이야. 다 같이 쉬어 버린다니.”

여자는 투덜거렸다. 진안은 속으로 작은 한숨을 쉬었다. 정말 피곤한 손님이네. 그러나 배고프다는 사람을 빈손으로 돌려보내는 건 그의 철학에 맞지 않았다. 진안은 말했다.

“들어오세요.”

6화 감자옹심이

안으로 들어온 두 사람은 곧장 휴대폰을 꺼내 들었다. 여자는 주방 앞에서 남자에게 포즈를 잡으라며 부탁하고 남자는 건성으로 몇 장 찍어주었다. 여자는 다시 카메라를 들고 서연정의 벽, 테이블, 천장을 찍어댔다. 맛집 인증샷이 아니면 밥도 삼키지 못하는 듯했다.

"근데 메뉴판 없어요?"

여자의 목소리는 요구하듯 높았다. 진안은 부드럽게 대답했다.

"네. 저희는 메뉴를 정해두지 않고, 그날 준비된 재료로 음식을 만듭니다."

여자가 눈을 크게 뜨더니 남자에게 속삭였다.

"자기야, 여기 오마카세래. 시골 판 오마카세."

남자가 피식 웃었다.

"시골에서 무슨 오마카세야. 대충 먹을 만하면 다행이지."

말끝에 비웃음이 섞여 있었다. 진안은 개의치 않은 듯 냉장고를 열었다. 어제 미리 깎아 물에 담가둔 감자가 눈에 띄었다. 그들의 말투를 곰곰이 떠올린 진안은 이런 사람들에게는 이게 어울리겠다 하고 결심했다. 감자옹심이. 투박하지만 정성을 알 수 있는 음식.

주방에서 칼이 도마를 두드리자, 규칙적인 리듬이 방 안에

오늘의 메뉴는 서연정입니다

퍼졌다. 감자가 잘게 잘릴 때마다 젖은 전분 냄새가 은은히 번졌다. 곱게 갈린 감자는 뽀얗게 속살을 드러냈고 체에 눌러 물기를 짜내자, 은빛 물방울이 줄줄 흘러내렸다. 손바닥에서 살짝살짝 굴려 만든 옹심이는 마치 작은 공처럼 매끈하고 단단하게 모양을 갖췄다.

육수는 멸치와 다시마가 푹 우러나 바다의 향을 머금은 채 맑고 깊은 빛을 띠었다. 보글보글 끓는 냄비에 옹심이를 하나씩 떨어뜨리자, 처음엔 바닥으로 가라앉았다가 곧 통통하게 부풀며 물 위로 떠올랐다. 새하얗게 오른 김이 피어올라 고소한 감자의 향과 바다 내음을 함께 실어냈다.

국물이 끓을수록 옹심이의 겉은 쫄깃하게 단단해지고 속은 촉촉하게 부드러워졌다. 투명하게 비치는 옹심이 사이사이에 감자의 알갱이가 은은히 살아 있어 숟가락을 대면 탱글탱글한 탄력이 느껴졌다. 맑은 국물과 고소한 감자의 조화가 입안 가득 퍼질 순간을 예고하듯 주방은 포근한 향으로 가득 차올랐다.

"맞다, 우리 이제 이웃이에요."

여자가 갑자기 들뜬 목소리로 말했다. 진안이 잠시 고개를 들어 물었다.

"이웃이요?"

6화 감자옹심이

"네! 어제 이사 왔거든요. 언덕 위에 새로 지은 집 있죠? 거기 우리 집이에요."

"아…."

진안은 미자 아주머니가 했던 소문 한 자락을 떠올렸다. 서울에서 내려온 신혼부부.

"서울에서 내려오기 힘드시진 않으셨어요?"

"아니에요. 저 시골살이가 로망이었거든요! 자연 속에서 힐링, 이런 거. 도시에선 절대 못 하는 경험이잖아요."

여자의 말투는 달콤했지만 얄팍했다. 시골살이가 '로망'이라니. 이 땡볕에서 잡초 뽑아본 적이 있을까. 진안은 속으로만 웃었다.

감자옹심이가 담긴 뚝배기가 부부 앞에 놓였다. 국물은 뽀얗게 우러났고 옹심이는 투박하게 굴러가듯 앉아 있었다.

"이게 뭐예요?"

여자가 대뜸 얼굴을 찌푸렸다.

"감자옹심이라고 합니다. 감자를 갈아 만든 음식이에요. 한번 드셔보세요. 로망으로 느끼시는 시골의 맛을 제대로 느끼실 수 있을 거예요."

여자는 젓가락을 들며 망설였다. 한입 떠서 입에 넣자, 의외의 탄력과 담백한 맛에 눈이 번쩍 커졌다.

"자기야, 이거 맛있어! 완전 쫀득쫀득해!"

남자는 시큰둥한 표정으로 숟가락을 들었다. "뭐, 먹을 만하네." 그러나 곧 그릇 바닥을 긁어내는 소리가 났다.

식사를 마치고 일어나면서 여자가 다시 진안을 향해 돌아섰다.

"사장님, 다음엔 메뉴 뭐예요? 저희 트러플 파스타 같은 거 먹을 수 있나요? 서울에서는 자주 먹었는데 여기선 그런 게 없네요."

남자가 진안이 대답을 하기도 전에 선글라스를 쓰며 코웃음을 쳤다.

"자기야, 여긴 그런 거 없어. 재료나 구하겠어?"

여자가 깔깔 웃으며 남편 어깨를 툭툭 쳤다.

"아이, 자기두. 사장님 기죽잖아. 잘 먹었어요~ 시골 맛, 색다르네요."

그들은 그렇게 떠났다. 차가 먼지를 일으키며 언덕을 올라가 사라질 때까지 진안은 마당에 서서 멍하니 바라봤다.

진안은 주방으로 돌아와 의자에 털썩 앉았다. 아직 뚝배기에서 피어오른 김이 사라지지 않았다.

"하…. 쉬는 날을 이렇게 보내다니."

진안은 고개를 절레절레 저었다. 그때 불현듯 할머니의 말

6화 감자옹심이

씀이 귀에 되살아났다.

　누구에게나 네 요리는 열려 있어야 해, 제영아. 하지만 네 요리를 깔보는 사람을 만들진 마라. 네 요리의 가치는 네가 만드는 거야.

　그날 밤. 진안은 일기장을 펼쳤다.

오늘 서연정에 낯선 사람들이 왔다.
겉만 화려한 그들의 말과 웃음은
텃밭의 흙냄새와는 닿지 못했다.

감자로 빚은 작은 옹심이는
투박해 보이지만
오래 손이 간다.

껍질을 벗기고, 갈고, 짜내고,
국물에 담가야 비로소 빛이 난다.

허세는 겉을 채우지만,
배고픔은 결국 속을 채운다.

그들은 이 맛을 잊고 떠나겠지.
그러나 나는 안다.
이 작은 뚝배기에 깃든 손길이
시골의 진짜 오마카세라는 것을.

진안은 펜을 내려놓고 밖을 보았다. 달빛에 텃밭의 잎사귀
가 반짝였다. 어쩌면 이곳 생활에 적응하지 못한 채 도하리를
떠날 사람들. 그러나 이 흙냄새와 이 맛만은 그들의 기억에 남
길 바라며.

6화 감자옹심이

김치전

: 막걸리와 함께 흔들린 청춘

"형, 저는 영 소질이 없나 봐요."

경수의 한숨 섞인 목소리가 양배추밭 이랑 사이를 타고 흘러 나갔다. 굵은 이랑 위에 웅크리듯 서 있는 그의 모습은 삽자루보다도 더 휘청거리는 듯 보였다. 이른 아침부터 내려앉은 습기와 햇볕에 흙은 이미 축축했고 장화 밑창은 질척대며 흙을 붙잡았다. 삽 끝으로 긁어낸 땅에서 은근히 풍기는 냄새조차 경수에게는 짐처럼 느껴졌다.

도하리 아랫마을, 기순 할매네 낡은 셋방에 기거하는 청년.

오늘의 메뉴는 서연정입니다

작가 지망생이라는 허울만 남은 이름표를 붙인 채 그는 지난 2년간 이곳에서 부유하듯 살았다. 서울에서 내려오기 전 그는 "배부르면 글이 써지지 않는다."라는 자기만의 어설픈 철학에 사로잡혀 있었다. 시골에 내려와 흙냄새와 바람 소리를 곁에 두면 문장이 터져 나올 것이라 굳게 믿었다. 그러나 결과는 반대였다. 글은커녕 생활비 걱정, 세 걱정, 끼니 걱정뿐이었다. 공모전 원고는 번번이 떨어졌고 출판사에서는 답조차 주지 않았다. 결국 부모님이 보내주는 용돈 없이는 하루도 버틸 수 없는 처지였다.

그가 툭 던지듯 뱉은 한숨 섞인 말은 결국 광운의 귀에 닿았다. 하지만 광운은 묵묵히 상자에 양배추를 담고 있을 뿐이었다. 큰 어깨 위에 두 개씩 걸쳐 메며 말 대신 삽과 손으로만 대답했다. 그는 이미 알고 있었다. 경수의 넋두리는 시작하면 끝을 알 수 없다는 것을.

그러나 경수는 듣는 이가 없다는 사실마저 눈치채지 못한 채 계속 떠들었다.

"형, 진짜 글 잘 쓰는 사람들 보면 괴물 같아요. 저는 그냥…. 이 흙탕물에 빠져 허우적대는 개구리 같은 기분이에요."

그때였다. 날카로운 목소리가 등 뒤에서 떨어졌다.

"일할 만한가 보네? 박경수?"

7화 김치전

소영이었다. 머리를 질끈 묶고 양손에 양배추 보따리를 둘러멘 채 이랑 사이로 성큼성큼 걸어왔다. 땀에 젖은 이마, 그럼에도 늠름한 눈빛은 경수를 순식간에 움츠러들게 했다. 경수는 그 시선 앞에서 할 말을 잃고 입술만 달싹였다. 소영이 멀어지자 그제야 뒤늦게 광운을 향해 중얼거렸다.

"저러니까 시집도 못 가는 거 아니겠어요? 무섭잖아요. 남자들이 어떻게 좋아하겠어요."

광운은 여전히 묵묵히 땅을 팠다. 경수의 말은 바람에 섞여 흩어졌다.

"이 씨! 총각! 비 온다. 오늘은 여기까지만 하자."

춘식 아저씨가 달려왔다. 주름진 얼굴에는 긴장감이 서려 있었다. 저쪽 하늘은 이미 먹구름이 몰려와 있었다.

"아직 약속한 시간 안 됐는데요…."

경수는 속이 타들어 갔다. 일한 만큼 돈을 못 받을까 봐, 세를 내고 나면 또 막막해질 게 두려웠다. 하지만 광운은 묻지도 않고 삽을 내려놓았다.

"네, 아저씨."

바로 그 순간 하늘이 갈라지듯 비가 쏟아졌다.

순식간에 양배추밭은 물길이 되고 잎사귀 위에 맺힌 빗방울이 튀어 올랐다. 장화 속은 금세 물이 차 들어와 '철벅' 소리

오늘의 메뉴는 서연정입니다

를 냈다. 빗줄기는 굵고 무자비하게 땅을 두드렸다.

"올해는 또 얼마나 퍼붓겠어."

춘식 아저씨가 컨테이너로 뛰어들며 한숨을 내쉬었다. 소영은 섯은 머리를 수건으로 틀어쥐고 창밖을 내다봤다. 낡은 철제 컨테이너 벽이 비에 맞아 '텅텅' 울렸다. 눅눅한 안쪽 공기에선 녹슨 철 냄새가 가득했다.

경수는 쪼그려 앉아 신발을 털며 괜스레 중얼거렸다.

"이런 날, 집에 있었으면 글이라도 좀 썼을 텐데…."

그러나 스스로도 믿지 못하는 말이었다.

그때, 양배추밭을 가르며 차 한 대가 들어왔다.

"진안이네."

광운이 짧게 말했다.

운전석 문이 열리자, 진안이 우산도 펼 새 없이 달려왔다. 한 손에 아니, 두 팔 가득 무언가를 들고 있었다. 비는 그의 어깨를 빠르게 적셨지만, 얼굴은 환했다.

"비 오는 날은 김치전이죠. 막걸리랑 가져왔습니다!"

순간 눅눅했던 컨테이너 안 공기가 달라졌다. 검은 프라이팬 위로 기름방울이 톡톡 튀며 원을 그렸다. 금세 기름 냄새가 철 냄새를 밀어내고 불 위에서 숨이 막힐 듯 뜨겁게 달아오른다.

잘 익은 김치를 한 줌 집어넣자, 팬은 곧 폭죽을 터뜨린 듯

7화 김치전

‘치익- 치지직!’ 소리를 냈다. 김치 줄기가 잘려 나가며 주황 빛 국물이 기름 속으로 번졌다. 붉은 고춧가루가 기름에 풀리며 내는 향은 눅눅한 공기를 단숨에 밀어내고 콧속을 강렬하게 자극했다.

김칫국물을 섞은 반죽을 부어 올리자, 얇게 펼쳐진 밀가루 옷 사이로 김치가 비집고 올라왔다. 가장자리는 기름을 만나며 금세 바삭한 갈색을 띠었고 가운데는 김치의 붉음이 살아 꿈틀거렸다. 뒤집는 순간, 팬을 타고 손끝으로 전해지는 묵직한 탄력. “탁!” 하고 바닥에 닿자, 바삭한 껍질이 만들어낸 소리가 귀에 맺혔다.

김치전의 표면에는 작은 기름방울들이 반짝이며 어른거렸고 가장자리마다 고소한 향이 불길처럼 퍼졌다. 매콤한 김치 향에 기름의 고소함이 얹혀 냄새만으로도 입안에 침이 고였다. 조금 더 지나자, 안쪽의 촉촉한 반죽이 완전히 익으며, 속살은 말랑하고 가장자리는 파삭하게 대비되는 질감을 완성했다.

컨테이너 안은 더 이상 눅눅한 철창의 냄새가 아니었다. 매콤하고 따뜻한, 김치전 굽는 집 안의 냄새였다. 그 향기 하나로 바깥의 추위도, 삶의 무게도, 잠시 잊을 수 있었다.

경수의 배 속이 꼬르륵 울렸다.

“누가 보면 며칠 굶긴 줄 알겠다. 먹어, 총각.”

춘식 아저씨가 막걸릿잔을 내밀며 말했다. 경수는 참지 못하고 김치전에 덤벼들었다. 바삭한 가장자리가 먼저 이로 와삭 부서졌다. 속은 부드럽게 녹아내렸고 매콤한 김치 맛이 입 안을 꽉 채웠다. 그의 눈앞이 순간 환해졌다. 손가락에 기름이 묻든 말든 개의치 않았다.

진안은 넉넉하게 도시락을 풀었다.

"혹시 몰라 아주머니 것도 챙겨왔어요. 매운 건 힘드실 테니 간을 약하게 한 녹두전이에요."

춘식 아저씨는 두 손을 모으며 연신 고맙다고 말했다.

막걸리가 돌자, 경수는 금세 흥에 취했다. 그는 잔이 비워지자 난데없이 빈 통에 숟가락을 꽂고 목을 가다듬었다.

"에헴! 박경수 인사 올립니다. 이런 날 노래 한 자락 안 하면 섭하죠!"

아무도 원하지 않았지만, 그는 노래를 불렀다. 몸은 술에 취해 흔들리고, 목청은 삐걱댔다. 그러나 그는 마치 무대 위에라도 선 듯 손짓 발짓을 해댔다. 진안은 웃으며 박수를 쳐주었고 소영은 콧방귀를 뀌었다.

시간이 흘러 전은 바닥이 났고 막걸릿잔도 비었다. 빗줄기는 서서히 가늘어지다 이내 멎었다. 햇빛이 다시 모습을 드러내자, 땅 위엔 물이 고여 거울처럼 반짝였다.

7화 김치전

춘식 아저씨는 오후 작업을 준비했다.

"자, 이제 다시 시작하자고."

그러나 경수는 이미 컨테이너 구석에 뻗어 있었다. 벌겋게 달아오른 볼. 입가에는 전 부스러기가 묻어 있었다.

"야, 박경수! 오늘 일당 없다, 알지!"

소영이 소리쳤다.

경수는 눈을 반쯤 뜨고 흐물거리며 대꾸했다.

"아, 누나~ 저 진짜 열심히 했단 말이에요…."

소영이 허리에 손을 얹고 고개를 절레절레 흔들자, 진안이 나섰다.

"제가 데리고 가겠습니다. 어차피 서연정에 가야 하니까, 그때 깨워서 돌려보낼게요."

광운이 묵묵히 경수를 부축해 차에 태웠다.

서연정으로 돌아온 차 안은 에어컨 바람이 시원하게 불었다. 경수는 뒷좌석에서 깊은 잠에 빠져있었다. 헝클어진 머리칼, 반쯤 벌어진 입. 진안은 거울로 그를 흘끔 보며 한숨을 내쉬었다. 한심하면서도 왠지 모르게 애처로웠다.

몇 시간이 흘렀다. 손님을 배웅하고 돌아온 진안은 경수가 보이지 않는다는 걸 깨달았다.

깜짝 놀라 서둘러 밖으로 나가자, 서연정 마당 끝에서 경수

오늘의 메뉴는 서연정입니다

가 앉아 있었다.

노을이 지고 있었다. 하늘은 서쪽 끝에서 붉게 타올랐고 산등성이에 걸린 햇빛은 구름을 찢으며 길게 번졌다. 붉음이 이내 보랏빛으로 번지자, 들판 위 물웅덩이가 노을을 받아내어 거울처럼 반짝였다.

경수는 그 하늘을 올려다보며 중얼거렸다.

"형, 저는 도하리의 이 하늘이 좋아요. 제 글로… 세상 모든 사람에게 이 하늘을 보여주고 싶어요."

진안은 그의 옆에 쪼그리고 앉았다. 경수의 눈가에는 알코올이 밀어낸 눈물이 맺혀 있었다.

"되겠죠? 언젠가는 저도, 형의 김치전처럼… 사람들을 행복하게 만드는 글을 쓸 수 있겠죠?"

경수의 목소리는 떨렸지만, 시선은 하늘을 향했다.

그날 밤, 진안의 일기장에는 이런 글이 적혔다.

오늘, 술에 젖은 한 청년이
노을 앞에서 울었다.

그의 손은 흙에 젖고,
그의 마음은 막걸리에 취했지만

눈은 하늘을 향했다.

김치전 한 장으로도
잠시 그를 붙들 수 있었다는 사실.
나는 오래 기억할 것이다.

밤하늘에는 별빛이 하나둘 돋아났다. 낮의 폭우와 저녁의
노을을 견뎌낸 하늘은 더없이 깊고 고요했다. 도하리의 밤은
그렇게 또 한 사람의 고단한 하루를 삼키며 저물어 갔다.

오늘의 메뉴는 서연정입니다

쇠고기미역국

: 낯선 나라, 아이를 위한 첫 수업

어김없이 주말이 돌아왔다. 서연정의 유리문에는 오전부터 김이 서렸다. 주방엔 돼지고기를 볶는 소리가 정오의 종소리처럼 징- 울렸다. 불 앞에 선 진안의 팔이 분주히 오갔다. 잘게 썬 생강과 마늘이 팬에 닿아 숨을 쉬듯 매캐한 향을 내뿜었고 고추장이 풀리며 붉은 윤이 고기에 앉았다. 밭에서 갓 따온 상추는 얼음물 속에서 초록을 더 진하게 세웠다. 텃밭의 첫 수확으로 내는 제육쌈밥. 접시마다 상추가 부채처럼 펼쳐지고 볶음이 그 위에 고르게 올라갔다. 노릇한 두부구이, 깻잎장

아찌, 오이무침이 곁을 메웠다.

"쌈 하나 더!"

"상추 리필이요!"

홀은 파도처럼 요동쳤다. 아이 울음과 웃음이 겹치고 숟가락 부딪는 소리가 한자리에서 번졌다. 웨이팅 줄은 문밖까지 이어졌다. 광운은 무표정으로 물수건을 건네고, 빈 그릇을 포개어 싱크대로 보냈다. 그의 팔뚝에 힘줄이 살아나는 것을 보며 진안은 불 앞에서 입꼬리를 올렸다. 드디어 텃밭으로 밥을 짓는구나.

폭풍이 쓸고 간 뒤의 고요가, 오후 두 시가 다 되어 서연정에 내려앉았다. 플라스틱 물잔이 엎질러진 작은 물 자국, 젓가락을 담가 둔 트레이에서 나는 쉿물 냄새, 한 번에 닦지 못한 테이블 위의 반달 모양 김칫국물. 숨을 고르자 비로소 등이 땀에 젖어 있음을 알았다.

"후…. 서연정 연 지 얼마라고, 오늘이 기록 경신."

진안이 의자에 털썩 앉아 진한 삼박자 냉커피를 한 잔 들이켰다. 얼음 사이로 검은 물이 목덜미를 타고 내려가니 허리가 조금 펴졌다.

진안이 자랑스럽다는 듯 광운을 바라봤다.

"네 공이 커."

광운이 상대를 보지 않고 컵을 받아들었다.

"이제는 외부로 나가지도 못하겠네."

말은 불평인데 목소리는 어쩐지 편안했다.

그때, 문 쪽에서 종이 아주 작게 울렸다. '점심 마감' 푯말은 분명히 걸려 있었다. 바람인가 싶어 고개를 드는 순간 검은 그림자 하나가 문턱에서 멈칫하며 안을 내다봤다.

단정히 묶은 까만 머리, 눈매는 또렷하고 입술은 도톰했다. 햇빛에 그을린 피부 톤이 도하리의 흙색과 이질감 없이 어우러졌다. 우리나라 사람이 아니구나, 하는 생각이 먼저 스쳤다. 그녀는 들어오지도 서 있지도 못한 채 반쯤 마음을 내놓은 자세로 어쩔 줄 몰라 했다.

"죄송합니다. 점심 재료가 다 떨어져서 오늘은….'

진안이 자리에서 서둘러 일어나 말을 건넸다. 말을 마치기도 전에 광운이 무뚝뚝하게 문을 더 열어 그녀가 안으로 두 발짝 들어설 공간을 만들어 주었다. 그제야 그녀는 작은 숨을 길게 내쉬었다. 어색함이 눈썹에 걸렸다.

"내가 이럴 줄 알았다니까."

문이 다시 활짝 열리며 독한 향수 냄새가 밀려왔다.

"하이고, 성격이 이렇게 소심해서야 어디 써먹겠어?"

미자 아주머니였다. 주차를 허둥대게 하고 들어온 듯 숨이 약간 가빴다. 그녀는 한 손으로는 목의 스카프를 정리하고 다른 손으로는 낯선 여자의 등을 툭- 두드렸다.

"인사해, 미앙."

그녀가 등을 밀자, 여자가 조심스레 고개를 들었다.

"안녕하세요, 응우옌 타오 미앙입니다."

낯섦이 묻은 발음. 하지만 진심이 있었다.

"안녕하세요. 김진안입니다."

"이광운입니다."

짧은 인사가 바늘구멍을 통과하듯 가볍게 오갔다. 미자 아주머니가 기다렸다는 듯 목소리를 높였다.

"총각, 우리 미앙이 요리 좀 가르쳐줘!"

"네?"

진안의 눈이 동그랗게 커졌다.

"아이고, 이 아가가 나 못지않게 사연이 좀 있거든? 한국 요리를 배우고 싶다지 뭐야. 근데 이 촌 동네에 학원도 없고, 내가 그냥 대충하는 집밥이랑은 급이 다르잖아. 총각은 전문가잖아. 좀 해줘, 응?"

광운이 물컵을 내려놓으며 툭 한마디를 얹었다.

"아주머니도 가르칠 수 있죠. 집밥 정도면."

"에구, 나야 '먹을 만큼'만 하는 거고!"

오늘의 메뉴는 서연정입니다

미자 아주머니가 깔깔 웃었다.

"미앙은 좀 제대로 배워야지."

진안은 고개를 돌려 미자 아주머니가 아니라 미앙을 똑바로 봤다.

"미앙 씨."

그녀는 용기를 내 눈을 맞췄다.

"네."

"저에게서 요리를 배우고 싶은 이유가, 따로 있나요?"

미앙은 입술을 깨물었다. 미자 아주머니가 대신 말하려 허리를 앞당기자, 진안은 손바닥을 들어 조용히 막았다. 한참을 망설인 끝에 미앙은 휴대폰을 꺼내 화면을 열었다. 작은 아이의 사진이 떴다. 동그란 눈, 낮은 콧방울, 혀끝을 내밀 듯 웃는 표정.

"율이. 내 아기예요."

조심스러운 한국말이 끊어지지 않도록 그녀는 한 글자씩 건넸다.

"내 아기, 밥… 해주고 싶어요. 저는 요리 잘 몰라요. 한국밥…. 해주고 싶어요."

그 말이 서연정의 공기 속으로 사르르 녹아들었다. 진안은 고개를 천천히 끄덕였다. 동기가 분명한 제자. 그보다 중요한 건 눈빛이었다. 흔들리지만 꺼지지 않는 불꽃.

"흘은 내가 치울게."

광운이 앞치마 끈을 조여 맸다.

"미앙 씨, 이쪽으로 오세요."

진안은 미자 아주머니에게 눈인사를 보냈다.

"아주머니는 미용실 문 여셔야죠. 수업 끝나면 미앙 씨 데려다드릴게요."

"그래? 그럼 나 먼저 간다! 미앙, 잘 배워!"

미자 아주머니가 의미심장한 웃음까지 흘리자, 광운은 눈살을 아주 살짝 찌푸렸다.

주방의 불이 다시 켜졌다. 실내는 조금 전까지의 소란스러움이 빠져나간 뒤의 나른함으로 눌어 있었다. 그 나른함 위에 진안은 칼과 도마의 리듬을 얹었다.

"오늘은 미역국을 할 거예요. 한식의 기초이기도 하고, 아이와 엄마에게 좋습니다."

찬장 한쪽에서 미역을 꺼냈다. 바다의 냄새가 마른 잎에서 아주 희미하게 올라왔다.

"먼저 물에 불립니다. 너무 오래 불리면 식감이 무너져요."

미앙은 작은 수첩을 꺼내 적었다. '미역, 물, 10분'. 같은 단어들이 서툰 글씨로 줄줄이 생겼다.

오늘의 메뉴는 서연정입니다

"우둔살은 결, 그러니까 여기 이렇게 생긴 줄을 봐서 자르고요. 너무 얇지 않게."

칼끝이 근육의 결을 따라 스르륵 미끄러졌다. 팬이 달아오르자, 들기름이 파르르 떨었다.

"고기는 먼저 달달 볶아요. 마늘 조금, 간장 한 방울로 향을 잡고,"

갓 썬 마늘에서 단 향이 잠깐 일었다가 기름에 숨었다. 고기가 색을 입자 불린 미역을 한 줌씩 넣었다. 팬에서 '촤-' 소리가 났다. 이윽고 바다 냄새와 고기 기름 향이 섞여 한 덩어리로 올라왔다.

"이 타이밍에 물을 부어요. 너무 차갑지 않은 물."

국물이 부을 때 낮고 깊은 소리가 났다. 냄비의 표면에 작은 기름이 동글동글 떠올랐다. 그 기름 알은 눈처럼 작았다가 기름기마저 투명해질 때쯤 국물은 색을 바꿨다. 짙은 청록이 맑은 올리브로, 이내 우윳빛이 살짝 도는 연한 초록으로.

"끓이긴 끓여야 하는데, 사납지 않게요. 보글, 보글, 숨 쉬듯이."

미앙은 손끝의 움직임을 놓치지 않으려 바짝 다가섰다. 국을 젓는 진안의 손목이 적당히 단단하고 적당히 느슨했다. 그녀의 눈썹 사이에 주름이 잡혔다가, 국물에서 올라온 김에 풀렸다. 마법 같아. 그 말을 한국어로 어떻게 표현할지 모르겠기

8화 쇠고기미역국

에 수첩에 작은 별 표시를 그려 넣었다.

"마지막 간은 소금보다는 국간장으로. 너무 짜지 않게. 그리고 맛을 봐요. 혀가 아니라, 냄새와 목뒤가 맞다고 할 때까지."

미앙이 숟가락을 들어 조심스레 국물을 맛봤다. 잠시 눈을 감았다가 번쩍 떴다.

"맛있어요."

첫 번째로 활짝 웃는 얼굴이었다. 이마의 땀이 반짝했다.

"이제 객관식을 주관식으로 바꿔 줄 시간."

진안이 그릇을 광운 앞에 밀었다. 광운은 말없이 숟가락을 들었다. 국물을 한 번 떠서 혀에 올리고 고기 한 점과 미역을 같이 집어삼켰다.

"처음 만들어 본 거라고? 아닌 것 같은데."

건조한 칭찬이었다. 그러나 칭찬임엔 틀림없었다. 미앙의 입가에 조심스러운 미소가 번졌다.

저녁 장사는 재료를 사러 갈 시간이 부족해 쉬기로 했다. 대신 진안은 기장밥을 새로 지었다. 누런 알갱이가 밥솥 속에서 콩처럼 탱탱해졌다. 들기름에 무친 시금치, 무생채, 계란장도 소박하게 곁들였다.

"아기는 어디에 맡겼어요?"

진안이 물었다. 미앙이 고개를 갸웃했다.

"아, 죄송해요. 아기, 어딨어요?"

"아기, 어린이집. 가지러 가야 해요."

시계의 다섯 시를 가리키는 바늘 위로 그녀의 손끝이 머물렀다.

"이거 먹고 같이 가요. 데려다줄게요."

"네, 고마워요."

그때, 광운이 국을 떠먹던 숟가락을 내려놓고 말했다.

"아기 아빠는, 없어요?"

그 말은 속도, 표정도 없이 건너왔지만, 공기 온도가 한순간 떨어졌다. 미앙의 표정에 겨울 그림자가 드리웠다.

"율이 아빠, 없어요."

그녀는 단호하게 말했다.

"나…. 때려서. 없어요. 사람들이 도와줘서, 여기 왔어요. 이제, 율이랑 나만."

진안이 눈짓으로 광운을 만류했지만, 그는 대꾸 없이 뒷문으로 나가 담배를 물지도 않은 빈 입으로 바람만 한 번 들이켰다.

해가 기울 때 진안과 미앙은 어린이집 앞에 섰다. 작은 현관 위에 '○○어린이집'이라는 파스텔 간판이 걸려 있었다. 철문 옆 화단에는 금잔화가 둥글게 피어 있었다. 마당에서는 아직

몇몇 아이들이 알록달록한 미끄럼틀을 타고 있었고 바람에 방울 소리 같은 웃음이 날아왔다.

문이 열리자, 작은 몸이 총알처럼 뛰어왔다.

"마마!"

율이었다. 티셔츠엔 물감이 작은 벌처럼 찍혀 있었고 한쪽 무릎엔 모래밭의 먼지가 뽀얗게 앉았다. 눈동자는 유리구슬처럼 맑았다.

미앙이 허리를 낮춰 아이를 안았다. 두 팔이 서로를 감쌌을 때 그 순간 둘 사이에 보이지 않는 막이 찢어지듯 사라졌다. 아이의 땀과 크레파스 냄새가 한 묶음으로 올라왔다. 아이는 엄마의 목을 더 세게 끌어안았다.

진안은 그 장면을 한 발짝 뒤에서 보았다. 미간이 조금 떨렸다. 내게 엄마란, 사진 속 흐릿한 얼굴과 사람들이 건네던 안쓰러운 말뿐이었다. 대신 내 곁엔 할머니가 있었다. 할머니의 된장 냄새, 굳은살 박인 손, 내 이름을 부를 때의 높낮이. 그 기억이 피어오르며 지금 눈앞의 포옹을 물속에서 보는 듯했다. 손을 뻗으면 닿을 듯 말 듯한 거리감.

"고마워요."

미앙이 돌아서서 말했다. 율이는 엄마의 어깨 너머로 진안을 빤히 보았다. 호기심과 낯섦 사이의 눈빛. 진안이 손을 흔

오늘의 메뉴는 서연정입니다

들자, 아기는 작은 목소리로 똑같이 따라 했다.

"빠– 빠."

말이 잘못 붙었지만, 그 소리는 어쩐지 오래 귀에 남았다.

돌아오는 길에서 핸들 위의 손이 잠깐 떨렸다. 길가의 벼가 바람에 눕고 일어섰다. 여름 하늘은 긴장한 근육처럼 붉음과 푸름을 교대로 드러냈다. 누구는 엄마로부터 멀어졌고, 누구는 엄마로부터 도망쳤고, 누구는 겨우 엄마가 되었다. 생각이 마음을 이리저리 끌었다.

서연정으로 돌아와 문을 닫자, 고요가 들어왔다. 홀 전등을 한 칸 낮췄다. 나무 테이블의 나이테가 또렷하게 올라왔다. 광운은 아무 말 없이 바닥을 한 줄씩 밀대질했다. 뜨거운 물에 젖은 걸레에서 약간의 비누 냄새가 났다. 설거지대에서 물 내림 소리가 길게 이어졌다. 젖은 그릇을 수건으로 닦아 포개 놓을 때마다 유리끼리 맞부딪혀 작은 종소리가 났다.

몸이 끌리듯 방으로 올라와 샤워하고, 머리를 대충 말린 뒤 책상 앞에 앉았다. 오늘 하루가 느리게 허리에서 빠져나가는 느낌. 펜을 쥐려니 손가락 마디의 피부가 하얗게 불어 있었다.

진안은 일기장을 펼쳤다.

오늘, 미역국을 끓였다.

바다에서 올라온 잎의 짠 숨을
불리고, 짜고, 다시 숨 쉬게 했다.

팬 위에서 들기름이 떨릴 때
우둔살은 내 삶처럼 결을 드러냈다.
너무 얇게 썰면 흐트러지고
너무 두껍게 썰면 속이 익지 않는다.

끓는 물 위에 동그랗게 뜬 기름방울들을
오래 바라봤다.

작은 별들 같아서,
젓가락으로 건드리면 흩어지는 별자리 같아서.
미앙은 자신의 말보다
아이의 사진을 먼저 꺼냈다.

언어보다 선명한 이유.
나는 그 눈빛을 믿는다.
'빠– 빠' 하고 부른 아이의 소리가
어쩐지 내 귀를 아프게 했다.

오늘의 메뉴는 서연정입니다

오늘의 국물은
아이와 엄마를 위한 국물이면서
내 빈자리를 닦아내는 물이기도 했다.

서연정의 밤은 조용히 식었다.
하지만 한 구석에서
미역 냄새가 아주 오래 남았다.

오래 남는 냄새는
대개 오래 걸려 끓인 것이다.
사람도 그렇다.

펜 끝이 멈추자, 어깨가 무겁게 내려앉았다. 부엌 한쪽에 두고 온 냄비는 벌써 식었을까. 내일 아침에 다시 데워도 맛있을까. 불현듯 할머니가 끓이던 미역국의 색이 떠올랐다. 그땐 왜 그렇게 짜다고만 느꼈을까. 지금 생각하니, 그 짠맛은 바다가 아니라 삶 때문이었던 것만 같다.

방 불을 끄고 누우니 창밖에서 개울 소리가 아주 낮게 흘렀다. 몸은 지쳤다. 마음은 더 지쳤다. 그러나 오늘 미앙의 '고맙습니다'와 율이의 잘못 붙은 '빠- 빠'가 지친 마음 어딘가에

8화 쇠고기미역국

조용히 불을 하나 켜놓았다. 작은 등불. 불이 아주 작아서 더 오래 갈 것 같은.

서연정의 인연들은 하나씩 얽히고 있다. 행복만 있지는 않 겠지만, 적어도 밥 한 그릇의 무게만큼은 서로를 지탱해 주기 를. 오늘 끓인 미역국의 연한 초록처럼 내일의 새벽도 맑게 번 지기를.

오늘의 메뉴는 서연정입니다

9화

김치볶음밥

: 오늘은 눈물, 내일은 다른 색

"야, 나 이번에 D 기업에 취직했다! 오늘 내가 쏜다! 많이 먹어!"

"나 유학이나 가려고. 프랑스에서 미술 배우면 낭만적이지 않겠냐?"

"동건아, 우리 이제 그만하자. 나 공무원 합격해서…. 엄마가 선 자리 알아보셔."

목소리들은 매끈한 잔의 표면처럼 반짝였다. 동건은 자전거 페달을 밟았다. 더 세게, 더 빠르게. 허벅지 앞쪽 근육이 타는 듯했지만, 속도를 늦출 수 없었다. 어두워진 도심의 전광판들이 뒤로 미끄러졌다. 자전거 뒷바퀴가 젖은 맨홀 위에서 잠깐 미끄덩 소리를 내며 비틀거렸지만, 균형을 되찾자마자 그는 더 세게 발을 굴렀다. 등줄기를 타고 흘러내리는 땀과, 가슴팍에서 울컥 치밀어 오르는 회한과 다리의 통증이 한 덩어리가 되어 심장 쪽으로 들이받았다.

군대를 다녀왔고, 학위를 받았는데도, 졸업은 그를 어딘가에 내려놓지 않았다. 친구들은 하나둘 '자리'를 찾았다. 직장, 유학, 결혼. 심지어 다섯 해를 함께한 여자 친구마저 합격 통지서와 함께 등을 돌렸다. 넌 아직도 준비 중이야? 사람들은 묻지 않았지만, 그 침묵이 동건의 귓속을 맴돌았다. 그는 집으로부터도 밀려나고 있었다. '밥이나 축내는 식충.', '눈치 없이 늦잠 자는 버러지.' 겨우 버틴 자존감이 바닥을 치며 툭- 소리를 냈다.

그래서, 도망쳤다. 알바로 모은 돈과, 중고로 산 튼튼한 자전거 한 대, 간단한 옷가지만 덜렁 메고. 국토대장정. 말은 거창했다. 실은 길 위에서의 도피였다. 차도가 끊기고 논길이 나타날 때마다 그는 '서울'이라는 단어가 몸에서 한 꺼풀씩 벗겨지는 기분을 느꼈다. 그러나 벗겨지고 난 자리에 무엇이 남는지 생각할 겨를은 없었다.

낯선 시골의 밤은 검고 깊었다. 가로등이 드문 길에서는 어둠이 어둠을 부르며 길을 삼켰다. 개 짖는 소리가 철문 너머에서 튀어나오고 바람이 갈대를 스치면 누군가 따라오는 발자국 소리처럼 느껴졌다. 원주민들의 눈길은 차갑지도, 따뜻하지도 않았다. 여기 사람 아니네. 서울에서, 지하철에서, 취업 카페에서 이미 수없이 받았던 시선 그대로였다. 밖으로 나와도 나는 여전히 혼자다. 생각은 그를 낭떠러지로 밀어 넣었다.

비는 예고 없이 퍼부었다. 거대한 비닐을 찢는 듯한 소리와 함께 하늘이 무너지듯 쏟아졌다. 휴대폰의 배터리는 1%에서 버티다 결국 꺼졌다. 지도도, 빛도, 방향도 사라졌다. 도로 오른편으로 낮은 다리가 하나 어둠 속에 누워 있었다. 그는 감으로 핸들을 꺾었다. 바퀴가 젖은 콘크리트를 탕탕 탕 두드렸다. 다리를 건너자, 모든 것이 달라졌다. 어둠의 결이 바뀌었다. 먼 데선 개울 소리가 아주 낮게 흘렀고 그 너머에 사각형의 빛들이 수줍게 모여 있었다.

그는 빛으로 갔다.

마을 입구의 회관 유리문 안쪽에서 형광등이 눈처럼 희게 빛났다. 자전거를 현관 옆에 세워 두고 비를 후드득 떨구며 문을 밀자, 에어컨의 서늘한 냉기가 그를 맞았다. 플라스틱 의자, 오래된 전기주전자, 약 냄새가 밴 장판. 그리고 고스톱 소리.

9화 김치볶음밥

“뭐여?”

고무 패가 탁- 탁- 탁- 소리를 내며 상 위에 내려앉았다.

“뭐긴 뭐여. 딱 봐도 청년이잖어.”

“아니, 내가 그걸 물었나? 느자구 없이 왜 여기 왔냔 말이야.”

낯선 어조에 심장이 움찔했지만, 동건은 고개를 숙였다. 젖은 머리칼에서 물이 턱으로 떨어졌다.

“하룻밤만… 재워주시면 안 될까요.”

그때 저쪽 구석, 등받이가 낮은 의자에 똑바로 앉아 있던 할머니가 턱을 살짝 들었다. 눈매가 번득였다.

“여기 잘 곳 없어.”

말은 매몰찼지만, 그녀의 눈은 쉽게 닫히지 않았다. 동건의 등줄기를 타고 서늘함이 올랐다. 여기도 아니구나. 고개를 떨구려는 순간 할머니가 바로 뒤를 이었다.

“회관은 새벽부터 사람들이 들락날락해. 자면 방해가 되지. 기다려. 서 씨, 서연정 전화가 뭐였더라?”

주섬주섬 휴대폰을 꺼낸 노인이 안경을 코끝에 내려 걸치고 번호를 눌렀다. 스피커폰에서 신호음이 두어 번 울린 뒤 차분한 남자의 목소리가 흘렀다.

“네, 아저씨. 이 밤에 어쩐 일이세요?”

“나다, 정 할매.”

오늘의 메뉴는 서연정입니다

"아, 네. 어르신."

"여기 외지 총각 하나가 잘 곳을 찾는다. 니들이 데려가. 밥도 좀 멕이고."

휴대폰 너머로 잠깐의 숨 고르기가 있었다. 곧 대답이 따라왔다.

"회관으로 갈게요."

"얼른 와. 현관 바닥이 물바다여."

어르신들이 수건을 몇 장 건넸다. "바닥에 떨어뜨리면 미끄러워.", "문 닫아, 바람 들어온다." 서로 잔소리를 하면서도 그들의 손길은 대충 대충이 아니었다. 젖은 신발을 빼며 그는 생각했다. 나를 내쫓지 않는 곳이 아직 있다.

얼마 지나지 않아 회관 문이 다시 열렸다. 문틀로 들어온 남자는 회관의 오래된 조명 아래서도 눈빛이 맑았다.

"안녕하세요, 어르신들. 비가 많이 오네요. 다들 조심히 들어가셔야죠."

"우덜 걱정은 말어."

누군가 툴툴거리면서도 웃었다.

"저 총각이야."

정 할머니가 턱으로 동건을 가리켰다.

"괜찮으시면 같이 가실래요?"

9화 김치볶음밥

부드러움이 잔뜩 배어 있는 남자가 천천히 말했다.

"여기보다 따뜻한 데가 있어요."

서연정은 불이 꺼져 있었지만 안은 따뜻했다. 문을 열자마자 바람에 젖은 비 냄새가 실내의 나무 냄새에 눌려 낮아졌다. 바닥은 닦아놓은 지 얼마 되지 않은 듯 촉촉했고 주방에서 사람 체온 같은 공기가 흘러나왔다.

"내 옷보단, 네 옷이 맞겠는데."

카운터 안쪽에서 웬 큼직한 남자가 수건을 들고 나타났다. 눈빛은 무심한데 손은 재빨랐다.

"여분의 옷도 젖었죠? 샤워부터 하세요. 세탁해 드릴게요."

동건은 고개를 크게 숙였다.

"정말… 감사합니다."

말을 줄이는 것 외엔 할 수 있는 게 없었다.

따뜻한 물이 등 뒤에 닿자, 발끝에서부터 뻣뻣함이 풀렸다. 샤워기 아래 서 있는 동안 그는 몇 번이나 눈을 감았다 떴다. 부서진 숨이 물소리에 섞여 사라졌다. 낯선 셔츠의 소매를 걷으니, 옷에서 보풀 없이 깨끗한 비누 냄새가 났다.

계단을 내려와 홀로 들어서는 순간 그의 코를 쿡- 찌르는 향이 있었다. 팬에 기름이 올라가며 내는 둔탁한 소리. 송송 썬 김치가 닿자, 폭죽처럼 튀어 오르는 소리. 고춧가루가 기름

오늘의 메뉴는 서연정입니다

에 섞이며 내는 깊은 향. 배 속이 비어 있음을 잊고 있었는데 그 향이 허기를 한꺼번에 깨웠다.

"어서 앉으세요."

그 남자-신안이라는, 전화 너머의 목소리-가 밀했다.

"마침, 문 닫고 우리끼리 저녁 해 먹으려던 참이었거든요. 같이 먹죠."

큰 접시에 김치볶음밥이 산처럼 쌓였다. 팬의 마지막을 긁어모아 낸 고슬고슬한 밥알, 기름과 함께 살짝 달라붙어 황금빛으로 변한 가장자리, 고운 파채가 푸른색을 보탰다. 달걀 하나를 톡- 깨 팬에 얹자, 노른자가 동그란 상냥함으로 구워졌다. 흰자는 가장자리부터 바싹하게 말리며 레이스를 만들었다. 아름다운 조화였다. 달걀은 접시 위 중앙에 앉았고 그 옆으로 깨소금 한 줌과 김 가루가 부슬부슬 흩어졌다.

"오늘 같은 날은 원래 파전에 막걸리인데, 이상하게 김치볶음밥이 당기더라고요."

진안이 웃었다.

"드셔보세요. 못 먹을 맛은 아닐 겁니다."

옆자리의 큰 남자-광운이라고 했다-가 말없이 숟가락을 들었다. 그의 숟가락은 꾸밈없었다. 큰 몸짓으로 한 숟갈, 두 숟갈. 적당히 빨랐다. 빼앗기지 않을 속도.

동건은 숟가락을 들고 한참을 망설이다, 한 숟갈을 크게 떠 입에 밀어 넣었다.

뜨거웠다. 혀끝이 놀라고 볼 쪽에서 침샘이 터졌다. 잘 익은 김치가 내는 신맛과 단맛이 동시에 밀려왔다. 밥알 사이사이에 스며든 기름과 간장 한 방울의 불내가 문득 '집'을 떠올리게 했다. 그 '집'이 어디인지, 누구의 부엌이었는지 전혀 알 수 없는데도 그건 분명 집이었다. 두 번째 숟가락은 더 빨라졌다. 세 번째는 더 컸다. 먹다가 목에 걸렸다.

"천천히 드세요. 누가 안 뺏어 먹어요."

진안이 물잔을 건넸다.

"컥⋯. 네."

그는 얼굴이 화끈했다. 물이 식도를 타고 내려가면서 식은 비가 다시 내리는 느낌이 났다. 그는 최대한 천천히-그러나 최대한 빠르게-먹었다. 소리가 났다. 숟가락이 접시를 긁는 소리, 숨을 들이쉬는 소리, 혀를 데지 않으려 잠깐 입을 벌렸다 다무는 소리. 기름에 조금 과하게 구워져 바삭해진 밥알을 씹을 때마다 안쪽에서 작은 불꽃이 터졌다.

"⋯죄송합니다."

그는 눈을 깜빡이며 숟가락을 놓았다. 눈물이 나왔다. 말도 없이, 이유도 없이. 콧물과 섞여서 흘러내렸다.

"너무… 맛있어서요."

그는 두 손으로 얼굴을 가리며 어깨를 떨었다. 부끄러움이 먼저 올라왔다가 그 위에 덮이는 게 안도감이었다. 살아 있다. 내가.

광운은 잠깐 눈을 피했고 진안은 조용히 물티슈를 건넸다.

"밥이 이런 날이 있죠."

덧붙이지 않았다. 충분했다.

밥그릇이 바닥을 드러냈을 때 진안이 따끈한 차를 내왔다. 도라지인지, 대추인지, 혀끝에서 달착지근함이 남는 향이었다. 동건은 잔을 두 손으로 감싸고 숨을 내쉬었다.

"이제…, 좀 괜찮아졌어요."

"그럼 됐습니다."

진안이 부드럽게 웃었다.

차분함을 찾은 동건은 누가 시키지도 않았는데 차 앞에 자신의 이야기를 시작했다. 국토대장정이라는, 실은 도피였던 길. 방향 없는 우울, 친구들의 성취, 남겨진 사람의 뻘쭘함. 집에서 들었던 말들, 방 안에서 혼자서 들었던 자신의 말들. 비가 쏟아지던 다리, 꺼져버린 휴대폰, 그리고 이곳. 말하고 나니 자신이 얼마나 초라한지 확인하는 것 같아 오히려 더 숨고 싶어졌다. 그는 어깨를 움츠렸다.

9화 김치볶음밥

"한심하죠. 다 큰 남자가….”

잠시 침묵이 있었다. 광운은 허리를 의자 등받이에 기대고 진안은 그 침묵을 공처럼 손에 올려다보는 표정이었다.

"세상 모든 사람의 색이 같다면,”

진안이 먼저 입을 열었다.

"그게 사는 데 도움이 될까요?”

그는 고개를 들었다.

"동건 씨 같은 색이 있어요. 이런 밤, 이런 밥, 이런 눈물에 맞는 색. 저나 이 친구는 또 다른 색이고요. 색마다 속도가 있고, 피는 계절이 있죠.”

진안이 옅은 미소를 입가에 올렸다.

"제 색은 오늘이네요. 제 밥을 이렇게 맛있게 먹은 사람을 만난 오늘.”

정면에 시선을 주는 광운이 입꼬리를 아주 약간 올렸다. 말 대신 숟가락으로 접시 가장자리를 톡- 쳤다. 동의.

동건은 또 한 번 눈이 뜨거워졌다. 그러나 이번엔 다르게 흘렀다. 조금 천천히, 덜 요란하게. 그는 젖은 앞머리를 손끝으로 쓸어 넘겼다. 어쩌면 지금 이 순간을, 언젠가 그는 기억할지도 몰랐다. 내가 나를 버리지 않았던 밤.

비는 여전히 내렸다. 그러나 굉음은 줄고 서늘한 냄새만이 남아 오래오래 깔렸다. 서연정의 전등을 끄자, 조리대 위에 남은 스테인리스의 윤광이 흐릿한 별처럼 떠 있었다. 광운은 묵묵히 조리대 바닥을 닦았다. 진안은 싱크대에서 그릇을 헹궜다. 물이 도자기 표면을 타고 흘러내릴 때마다 작은 종소리 같은 소리가 났다.

동건은 2층 방, 준비된 이불 속에서 잠에 빠졌다. 나무창 틀 사이로 들어오는 빗소리가 귓불을 맴돌았다. 내일은 어디로 가지? 생각은 이어지지 못했다. 몸이 먼저 졌다.

진안은 씻고 나와 책상 앞에 앉아 일기장을 열었다. 펜 끝이 사각거리며 종이를 눌렀다.

밤에 온 손님.
비에 젖은 자전거, 빈 배,
김치와 밥을 기름에 비비며
불맛이 날 때까지 볶았다.

달걀을 올리고,
깨를 흩뿌리고,
젓가락보다 큰 위로를
숟가락으로 건넸다.

9화 김치볶음밥

음은 간처럼
보이지 않게 맛을 잡는다.

색은 제때 핀다.
오늘은 김치의 붉음으로,
내일은 밥알의 황금으로.

네가 네 속도를 놓치지 않기를.
비가 그치는 동안,
네 숟가락이 널 데려가기를.

펜을 놓고 손가락을 턱에 댔다. 색마다 속도, 속도마다 계절. 그는 중얼거렸다. 부엌에 아직 남은 김치와 밥이 내일 아침 새로운 조합으로 태어날 거라는 사실이 묘하게 마음을 놓이게 했다.

아침은 맑았다. 비를 다 비워낸 하늘은 세수한 듯 깨끗했다. 서연정 앞마당의 흙은 물을 먹어 무거워졌고 개울은 전보다 한 옥타브 높은 소리로 흘렀다. 고춧대 끝에 맺힌 물방울들이 해에게 투명한 눈을 깜빡였다.

"이거 들고 가요."

오늘의 메뉴는 서연정입니다

진안이 작은 보자기를 내밀었다. 주먹밥과 삶은 달걀, 소금 봉지, 단단히 닫힌 물병 하나. 김치볶음밥 한 덩이를 식혀 동그랗게 뭉친 것도 있었다.

광운은 오래 쓰넌 우비를 접어 동선의 배낭에 넣었다.

"이건 빌려. 어차피 오늘 작업할 때 필요 없으니까."

투박했지만 정확한 호의었다.

"언젠가, 또…. 그날에 봐요."

진안이 말했다.

동건은 자전거에 걸터앉았다. 체인이 부드럽게 돌아갔다. 발끝이 페달을 밟았다. 어제와 같은 길인데, 달라진 게 있었다. 위장이 먼저, 마음이 다음으로 움직였다. 나는 아직 길 위에 있고 내 색은 아직 다 쓰지 않았다.

"감사합니다."

그는 두 사람을 향해 연신 깊게 고개를 숙였다.

길이 열렸다. 돌아보면 작은 밥집 서연정 앞마당에 두 남자가 서 있었다. 한 사람은 손을 흔들었고, 다른 한 사람은 눈썹을 아주 살짝 올려 보였다. 그리고 햇빛이 김치볶음밥에서처럼 따뜻하게 번졌다.

10화

어름보리밥

: 잃어버린 계절을 다시 불러오는 그릇

장마가 물러가자, 햇빛은 기다렸다는 듯 대지를 점령했다. 도하리의 흙길은 금방 달궈져 발바닥의 열이 발등까지 올라왔다. 논두렁 물길에서는 은빛 수증기가 얇은 막처럼 피었다. 감자 줄기는 잎끝을 늘어뜨렸고 참깨밭은 바람 한 점 없는 대낮에 고요히 숨을 죽였다. 시멘트 담장마저 뜨거워 손바닥을 대면 살짝 따끔했다.

진안은 해가 마당으로 기어오르기 전에 텃밭부터 챙겼다. 호스를 잡아 이랑을 따라 물을 흘리면 물줄기는 흙에 닿기도 전에 반쯤 공중에서 증발해 반짝이는 입자로 산란했다. 상추 이파리의 주름 사이에 맺힌 물방울이 작은 렌즈처럼 햇빛을 모아 반짝였고 뒤쪽 고랑의 가지는 연보랏빛 꽃을 갓 터뜨리며 고개를 끄덕였다. 진안은 물을 줄이며 중얼거렸다. 사람뿐 아니라 식물도 더위를 먹으니까.

그때 마당 쪽에서 철컥- 공구 통 닫히는 소리가 났다. 고개를 들자, 광운이 무표정한 얼굴로 공구를 오토바이 뒤에 차곡차곡 싣고 있었다. 검게 그을린 팔뚝에는 땀방울이 벌써 송골송골 맺혀 팔을 내리긋는 순간 작은 강처럼 흘렀다. 진안이 호스를 잠깐 잠그고 물었다.

"아침부터 나가?"

"이장님이 더위를 먹었는지 온 동네 트랙터가 말썽이라고 해서. 그거 살피러."

"이 더위에?"

"어쩔 수 없지."

짧은 대화는 곧 엔진 소리에 녹아들었다. 오토바이가 뜨거운 공기를 가르며 서연정 마당을 빠져나가자, 뒤에 일렁이는 열기만 남았다. 물안개와 먼지가 뒤섞여 허공에서 햇살을 먹으며 천천히 가라앉았다. 진안은 다시 호스를 들어 방금 오토바이가 지나간 자리까지 물을 끼얹었다. 그가 오늘도 무사히 돌아오길 바라며.

마을회관으로 향하던 광운은 익숙한 속도로 코너를 돌아 나가다가 '공사 중' 푯말에 브레이크를 짧게 긁었다. 혀끝으로 "쳇." 하고 소리를 굴리며 핸들을 조용히 꺾어 우회로를 택했다. 비탈을 오르는 동안 뜨거운 바람이 셔츠 속으로 뚫고 들어왔다. 헬멧 창 아래로 낮게 펼쳐진 도하리의 지붕들이 흔들리며 지나갔다. 그러다 한 건물이 갑자기 시야 한가운데로 떠올랐다.

담쟁이가 지붕을 덮어 초록빛 물결을 만들고 녹슨 철문에는 삐딱하게 '출입 금지' 푯말이 매달려 있는, 오래 닫힌 건물. 하지만 광운의 눈에는 달랐다. 먼지만 걷으면 당장이라도 기계가 깨어나 쇳소리를 토할 것 같았다. 기둥의 힘줄과 벽의 결은 아직 살아 있었고 바닥의 레일은 여전히 곧고 반듯했다.

목이 바싹 말랐다. 오토바이 속도를 자신도 모르게 줄이는 사이 측면의 깨진 창문 너머로 텅 빈 실내가 스쳐 보였다. 오래전 누군가의 낮고 단단한 목소리가 귓불을 스쳤다.

'사람답게 살아라.'

그 한마디가 더위를 가르는 칼처럼 가슴을 베어 지나갔다. 광운은 손아귀에 힘을 더 주었다. 엔진이 다시 목청을 높이자, 건물과 목소리와 그때의 땀 냄새까지 모두 뒤로 미끄러졌다.

마을회관 마당은 벌써 소란스러웠다. 트랙터 넉 대가 보닛을 치켜올린 채 줄줄이 널브러져 있고 기름 냄새와 뜨거운 쇠비린내가 열기와 뒤엉켜 코끝을 쿡쿡 찔렀다. 새마을 무늬가 새겨진 모자챙을 눌러쓴 이장이 광운을 보자 반가움과 설박함이 섞인 표정으로 다가왔다.

"꽤 걸리겠는데요. 기술자를 부르시지 왜….'

엔진 속을 훑던 광운이 고개를 들자, 이장이 입술을 씰룩이며 말했다.

"아이고, 첩첩산중일세그려. 면에 하나 있는 기술자가 글쎄, 서울에 있는 아들네 부부 만나러 갔다가 교통사고가 나 가지고 지금 없다는데."

"총각, 어찌 안 되겠어?"

여러 시선이 한꺼번에 달라붙는 느낌. 광운은 잠시 귀 뒤로 흘러내리는 땀을 손등으로 훔치고 렌치를 쥐어 들었다. 엔진 케이스를 톡톡 쳐 금속의 울림을 들어보곤 굳은살 박인 검지로 배선을 따라가며 상태를 살폈다. 기슭처럼 딱딱한 침묵 속에서 아주 짧고 낮은 대답이 흘렀다.

"시간이 걸려도 괜찮으면, 한 번 해볼게요."

그 뒤로 시간은 길고 뜨겁게 늘어났다. 낡아 삭은 호스는 뗐다 붙이기를 반복했다. 굳어버린 베어링은 기름에 적셔 회유

127

하듯 돌리자 간신히 움직임을 회복했다. 없는 부품은 오토바이에 몸을 싣고 철물점을 몇 번이고 오가며 조합 품으로 메꿨다. 돌아올 때마다 등에 붙은 셔츠는 소금꽃처럼 말라 딱딱해졌고 팔꿈치의 흠집에는 기름과 먼지가 뱄다. 그래도 손끝의 감각이 하나둘 답을 찾았다.

드르륵- 첫 번째 트랙터가 못 믿겠다는 듯 떨리더니 이내 낮게 준수한 리듬으로 살아났다. 사람들이 일제히 모자챙을 들며 탄성을 뿜었다.

저쪽 해 너머로 정 할매와 기순 할매가 얼음 서걱한 소리를 내는 커다란 양은 주전자를 들고 나타났다. 막걸릿잔이 하나씩 손에 쥐어지고 할매의 말이 잔 가장자리로 흘렀다.

"어여. 마시고 해. 쓰러지면 골치 아파."

"감사합니다."

광운은 잔을 두 손으로 감싸 쥐고 벌컥벌컥 들이켰다. 차가운 미숫가루가 혀와 목을 지나 위장 깊숙이 떨어지는 길을 따라 이글거리던 열이 한 소절 꺼지는 듯했다. 숨을 내쉬며 다시 렌치를 들었다. 두 번째, 세 번째…. 완벽한 수리는 아니었다. 그래도 네 대 중 두 대는 제대로, 나머지 두 대는 겨우 움직일 만큼은 살려냈다.

작업복 곳곳에 얼룩진 까만 기름, 손등의 자잘한 베임들. 광

오늘의 메뉴는 서연정입니다

운은 숨을 고르고 말했다.

"겨우 움직일 수 있게만 해놓은 거라…. 오늘 당장 시내에 있는 곳에라도 연락하시죠. 여름 농사 지연시킬 수 없잖아요."

"그럼, 그래야지. 어이고, 수고했어. 응? 고마우이."

웃음이 묻은 감사의 말 사이로 뜨거운 바람이 지나갔다. 광운은 공구를 닦아 통에 넣고 오토바이에 몸을 올렸다. 엔진 시동을 걸자 기름과 쇠의 냄새가 순간 바깥으로 밀려났다.

읍내로 빠져나오던 길. 신호등 앞에서 서자 뒤에서 달려오는 발자국 소리가 바닥의 뜨거움을 톡톡 튀겼다.

"형님! 형님!"

광운이 고개를 돌려 갓길에 오토바이를 댔다. 작은 체구의 사내가 땀을 펑펑 흘리며 그에게 가까이 달려왔다. 까무잡잡한 얼굴에 반가움이 환히 켜져 있었다. 소칸이었다. 숨을 헉헉 몰아쉬며 허리를 굽혔다 펼치고는 입술을 한껏 벌려 투정을 보냈다.

"형님! 오토바이 너무 빨라!"

광운의 굳은 입가가 그때 비로소 살짝 풀렸다. 광운은 헬멧을 벗고 오른손을 핸들에서 떼 공중에 툭- 인사를 그렸다.

"오랜만이네. 공장 문 닫고, 처음인가? 어떻게 지내?"

"형님! 나 서울 가!"

10화 여름보리밥

“서울?”

“서울 큰 공장에서 나 오래!”

광운의 눈매가 순간 좁아졌다. 서울에… 큰 공장? 이마 속에서 조심스런 경고음이 울렸다. 혹시 사기면…. 그러나 소칸의 말은 숨을 몰아쉬는 와중에도 힘이 있었다.

“나 서울에서 아파트 지어. 형님이 나 콘크리트 하라고 했잖아. 기억 안 나?”

한낮의 폐공장 앞에서 스쳐 간 목소리 뒤로 또 하나의 기억이 겹쳤다. 뜨거운 기계 옆에서 투덜대던 소칸에게 무심히 던졌던 말. ‘그럼, 서울 가서 콘크리트나 부어라.’ 그 말이 이 더운 날씨처럼 현실이 되어 돌아와 있었다.

“혼자 가?”

“아니, 베트남 친구랑 가. 같이 살 거야.”

혼자 살던 자취방 구석의 공기를 떠올리던 소칸의 옛 표정들이 지금 웃음 속에서 하나둘 지워졌다. 너도 결국, 함께 설 어깨를 찾았구나. 광운은 고개를 천천히 끄덕였다.

“잘 지내. 생각나면 가끔 오고.”

“형님도 건강해! 서울에 놀러 와! 내가 소주 살게!”

“술 끊었어.”

말끝에 가벼운 웃음이 얹혔다. 헬멧을 다시 고쳐 쓴 광운이

오늘의 메뉴는 서연정입니다

소칸의 어깨를 주먹으로 툭- 건드렸다. 소칸은 손을 번쩍 들어 흔들었다.

"형님! 고마웠어! 안녕!"

멀어지는 손짓을 백미러에 한 번 더 담고 광운은 기어를 적절히 물렸다. 오토바이의 몸이 다시 뜨거운 공기를 갈랐다. 햇빛은 여전히 가혹했고 길가의 느티나무 그늘이 잠깐씩 별처럼 떨어졌다.

해가 길게 비스듬히 기울어 석양빛이 서연정 간판을 붉게 칠하던 무렵, 광운은 땀으로 샤워한 몸을 물로 다시 씻어내리곤 2층에서 내려왔다. 옷 전체를 갈아입고 계단을 내려올 때 주방 쪽에서 얼음과 그릇이 부딪치며 나는 맑은소리가 들렸다. 자리 잡으려는 그의 앞에 진안이 기다렸다는 듯 커다란 사발 하나를 사뿐히 내려놓았다.

"자! 오늘 엄청나게 수고한 당신에게 주는 특제 요리야."

그릇 안에는 여름이 통째로 담겨 있었다. 투명한 얼음이 동동 떠 있는 맑은 녹차 국물. 그 아래로 구수한 보리밥이 둥글게 숨을 쉬었다. 얇게 채 썬 오이가 살얼음 결을 따라 누웠고, 잘게 부순 김과 고소한 통깨가 소복이 내려앉았다. 뜨문뜨문 아주 소량의 굵은 소금이 반짝였다. 녹차는 진하지 않게. 그러나 향은 또렷하게. 한낮의 비탈길에서 잠깐 쉬어가는 그늘처

10화 어름보리밥

럼 그릇 위에 얇게 펼쳐져 있었다.

"이게 뭐야?"

"이름하여 어름보리밥! 그렇게 쳐다만 보지 말고 어서 먹어봐. 뼛속까지 시원해질걸?"

녹차를 밥에…. 잠깐의 망설임은 숟가락이 국물을 끌어올리는 순간 사라졌다. 혀끝에 닿자마자 얼음이 먼저 이를 톡-치고 지나갔다. 그 뒤 보리의 고소함이 넓게 깔리고 녹차의 쌉싸래함이 목젖 너머를 살짝 쓸었다. 씹을수록 보리의 탄력 있는 알갱이가 혀에 알알이 존재감을 남겼다. 오이채의 아삭거림이 매 한 숟가락마다 여름의 소리를 냈고 김과 깨는 바람 끝의 고소함으로 마무리했다. 간은 짰다기보다 시원했다. 더운 낮의 체내 열이 숟가락과 함께 서서히 빠져나가는 느낌.

광운은 더 이상 말이 필요 없었다. 첫 숟가락의 경계가 사라지자, 두 번째 그릇까지는 한 호흡이었다. 이마에 맺힌 땀방울은 어느새 사그라들었고 어깨의 뻣뻣함이 반 그릇쯤 남았을 때 이미 절반쯤 풀렸다. 그릇 바닥에 드러난 흰 자기에 젖은 김 가루 한 조각까지 숟가락은 예의 바르게 긁어냈다.

날은 아직 덥고 습했다. 하지만 산마루에서 불어 내리는 바람이 부엌문 틈을 타 홀 안으로 들어왔다가 마당으로 한 번에 빠져나갔다. 광운은 일부러 밖으로 나와 처마 그늘에 기대서

오늘의 메뉴는 서연정입니다

서 바람을 더 오래 붙잡았다. 뒷산의 나무들 사이로 검푸른 기운이 차오르며 하늘에는 별이 하나둘 켜졌다. 뼈마디 사이사이까지 식은 뒤에야 숨이 길어졌다.

주방 정리를 마친 진안이 문을 닫고 나와 옆에 섰다. 대화는 굳이 길 필요가 없었다. 잠깐의 침묵 뒤 광운이 입을 뗐다.

"네 요리는…."

말끝이 바람을 따라 잠깐 흔들렸다. 고개를 아주 조금 뒤로 젖히자, 별 하나가 정확히 눈동자 중심에 걸렸다. 그 자리에 오래 머물던 말이 마침내 자리에서 떨어졌다.

"누군가에게 꼭 보여주고 싶은 맛이야."

진안이 고개를 돌렸다. 어둠에 눈이 적응한 탓인지 광운의 옆얼굴에 잠깐 윤곽이 더 또렷해졌다. 거기엔 아쉬움과 고마움이 동시에 있었다. 이름을 묻지 않았지만, 광운의 어조에는 오래전부터 그를 붙들어 주던 어떤 어른의 그림자가 뚜렷했다. 오늘 낮 회관으로 오던 길에 스쳐 간 폐공장의 어둑한 유리창처럼- 손바닥을 대면 아직도 열이 남아 있을 것 같은 유리처럼-

"그래?"

진안이 짧게 응했다. 더 묻지 않았다. 함께 고개를 들어 별을 더 오래 봤다. 그 별빛 아래서는 사람의 속살 같은 이야기

133

들이 굳이 입 밖으로 나오지 않아도 되는 법이었다.

그날 밤. 진안은 일기장을 폈다. 손가락 끝엔 아직 보리밥의 고소함이 가늘게 남아 있었고 창밖에서는 풀벌레가 늦저녁의 박자를 세고 있었다.

오늘, 광운은 하루 종일 쇳덩이에 매달렸다.
땀과 기름으로 윤이 난 손등, 굳은살의 무게.
내가 감히 헤아릴 수 없는 무게다.

저녁에 어름보리밥을 두 그릇 비웠다.
녹차의 쌉싸름이 보리의 구수와 만나
그의 속 열을 어루만졌다.

"누군가에게 꼭 보이고 싶은 맛"이라 했다.
나도 오늘, 같은 마음이다.
언젠가 내 밥 한 그릇이
누군가의 잃어버린 계절을 다시 불러오길.

오늘 밤 별은 또렷했고,
그 또렷한 만큼 우리의 마음도 잠시 맑았다.

오늘의 메뉴는 서연정입니다

펜 끝이 멈추자 검은 하늘 속 별들이 한 톤 더 선명해졌다. 서연정의 마당을 스치는 바람은 낮에 데인 것들을 서서히 식히며 밤을 깊게 데워 갔다.

10화 어름보리밥

깻잎 로제 파스타

: 아흔아홉 마리 뒤, 백 번째를 위한 한 접시

서연정 간판을 내린 밤이면 마당의 노란 전구 하나가 동그란 섬처럼 어둠 위에 떠 있었다. 벌레들이 전구를 별인 양 착각해 둥둥 맴돌았고 습기가 낮 동안 데운 나무 기둥에서 은근히 올라왔다. 그날도 두 사람은 소박한 상을 사이에 두고 앉았다. 맥주 두 캔, 멸치 맛 땅콩, 김부각 한 줌. 낮의 열기가 뼛속까지 스며들어 있었지만 땀 대신 바람이 불어오는 시간이었다.

"내가 괴담 하나 이야기 해줄까?"

진안이 맥주를 한 모금 삼키고 얼굴빛을 홱 바꾸며 낮게 깔았다. 서늘하게 내려앉은 눈썹. 입꼬리가 살짝 비틀렸다. 광운은 병뚜껑을 검지로 톡 치며 시큰둥하게 대꾸했다.

"한 소녀에 관한 이야기야."

"또 시작이군."

광운은 그저 캔을 기울일 뿐이었다.

"장마 끝 무렵, 도하천 다리 난간에 젖은 교복 소녀가 앉아 있었대. 운동화는 며칠을 물에 담갔던 것처럼 무겁고, 머리카락은 물풀처럼 어깨에 들러붙었지. 그 애가 난간에 종이학을 하나씩 올려두고 있었어. 아흔일곱 마리, 아흔여덟 마리, 아흔아홉 마리. 백 번째가 없어서, 매해 장마가 끝나면 밤마다 마을을 돌아다닌대. '혹시 네가 내 백 번째?' 하고 묻는다더라. 대답하면 따라온대."

"그래서?"

광운이 하품을 참듯 눈을 한번 끔뻑였다.

"그래서는 무슨, 그래서. 대답하면 안 되는 거야."

말이 끝나는 순간, 광운의 손가락이 느릿느릿 창밖을 가리켰다.

"네가 말하는 그 귀신이 설마 쟤냐?"

"에이, 그걸 누가-"

진안은 어깨를 으쓱이며 뒤를 돌아보다가, 그대로 숨을 삼켰다.

마당 끝, 감나무 그림자 옆에 교복을 입은 검은 실루엣이 서 있었다. 머리카락이 어깨를 뒤덮어 얼굴을 가렸고 어둠 속에서도 하얀 무릎이 번졌다. 자세는 놀랄 만큼 고요했다.

"꺄악!"

의자 등이 바닥을 긁었다. 진안은 허겁지겁 문을 열어젖혔다. 나무문이 '끽-' 하고 소리를 내며 옆으로 밀렸다. 하지만 마당으로 내닫자, 그림자는 이미 사라지고 없었다. 빈 바람만 전구의 빛을 통과해 와르르 무너졌다.

"지, 진짜 귀신은 아니겠지?"

진안의 목소리가 한 톤 올라갔다. 광운은 전구 아래 땅을 훑었다. 습기를 머금은 흙 위에 얕은 바퀴 자국이 하나 현관을 향해 매끈하게 선이 그어 있었다.

"적어도 내가 아는 귀신은 자전거를 타진 않지."

별것 아니라는 듯 내뱉은 광운의 말이었지만 그날 밤 진안은 좀처럼 눈을 붙이지 못했다. 괴담을 꺼낸 건 자신인데 심장은 도리어 자신의 이야기처럼 마구 뛰었다. 창문 너머로 바람이 스치는 소리에도, 냉장고의 작은 컴프레서 소리에도, 마당의 전구에 연달아 부딪히는 벌레들 소리에도 자꾸만 그 실루엣이 겹쳤다. 아흔아홉 마리…. 백 번째….

그리고 이상한 일이 시작되었다. 그날부터 밤 8시 반쯤이면 서연정 마당 끝에 어둑한 그림자가 어른거렸다. 전구 아래를 스쳐 목조 문틀에 길게 늘어진 그림자. 진안이 "누구세요?" 하고 확- 나서면 바퀴가 흙을 가르는 소리만 남기고 재빨리 사라졌다.

이건 귀신의 발걸음이 아니라 몸을 낮춘 누군가의 일상적인 동선이었다. 몇 번을 놓치고 나니, 진안은 각도가 보였다. 오늘은 내가 먼저 나가 있자.

그날 밤. 그는 주방 불을 끄고 뒷마당 나무 그림자 속에 숨어 앉았다. 전구가 비스듬히 마당의 반을 비추고 나머지 반은 야금야금 어둠이 먹고 있었다. 모깃불 냄새가 희미하게 맴돌았다. 8시가 넘어가자 멀리서 체인이 바퀴를 치는 사각사각 소리가 바람 사이로 들려왔다. 그림자가 대문 옆으로 미끄러지듯 들어왔다.

"잡았다!"

진안이 튀어 나가며 외쳤다. 그림자가 흠칫 몸을 웅크리며 자전거 위에 올라타려는 순간 어디서 나타났는지 광운이 그 앞을 가로질러 들어왔다. 발끝으로 페달을 툭 걸어차자, 체인이 덜컥- 하고 톱니를 벗어났다. 자전거가 비틀거리며 넘어지고 그림자도 함께 풀썩 엎어졌다.

11화 깻잎 로제 파스타

“뭐 하는 거예요!”

휘청이며 치켜세운 목소리. 여자아이였다.

진안이 미리 준비해 둔 플래시를 켰다. 둥근 빛 속에 갇힌 건 마른 체구에 작은 키, 교복 치마가 손바닥만큼 구겨진 여자아이였다. 뺨과 이마에는 사춘기의 좁은 열이 올라 있었다. 플래시가 주는 눈부심에 손바닥을 눈앞에 들이대며 여자아이는 조금 더 물러섰다.

“너야말로 왜 남의 가게를 기웃거려. 그것도 며칠이나.”

광운은 팔짱을 낀 채 숨을 크게 쉬지도 않았다. 아이의 숨은 가빴다. 뺨이 파르르 흔들렸고 슬리퍼는 흙먼지에 젖었다. 진안은 플래시를 꺼 어둠이 자연스레 젖어 들게 했다.

“일어나. 무릎 까졌어.”

손을 내밀었지만 아이는 힐끗 손을 쳐다보곤 스스로 벌떡 일어나며 뒷걸음질 쳤다.

“아, 진짜 짜증 나네! 이 자전거 어떻게 할 거예요! 망가졌잖아! 아저씨들, 내가 신고할 거야!”

성난 병아리처럼 입술이 빠르게 움직였다. 광운은 어처구니가 없다는 듯 피식 웃을 뿐이었다.

“신고하는 것도 좋고, 짜증을 내는 것도 좋은데 일단 들어가자. 너 무릎에서 피 나. 그거부터 치료하고.”

오늘의 메뉴는 서연정입니다

진안의 목소리는 낮고 단단했다. 아이의 턱이 휙 들렸다.

"제가 아저씨들만 있는 곳에 어떻게 믿고 들어가요? 들어가서 무슨 일을 당할 줄 알고?"

광운은 입을 열다 말았다. 제일 피곤한 타입. 그는 고개를 절레절레 흔들며 짧게 중얼거렸다.

"난 들어간다. 너 알아서 해."

텅 빈 마당에 둘만 남자 밤공기가 갑자기 넓어졌다. 아이는 눈동자로 서연정 안을 힐끗힐끗 훔쳐봤다. 유리문 넘어 나무 테이블에 걸린 흰 천, 전구 아래 반짝이는 수저통, 그리고 벽에 걸린 작은 간판. 서연정.

진안이 낮게 숨을 쉬었다.

"믿는 것도, 안 믿는 것도 네 자유야. 그런데 이렇게 다쳐서 그냥 가면 부모님이 걱정하시지 않을까?"

아이의 어깨가 쿵 내려앉았다.

"우리 부모님 나한테 관심 없어요."

말끝이 매섭게 꺾였지만, 그 속에는 젖어 있는 소리가 조금 섞여 있었다. 잠시 침묵이 이어졌다. 아이가 도리어 진안을 위아래로 훑었다.

"아저씨 요리 잘해요?"

"배고프니? 뭐라도 해줄까?"

11화 깻잎 로제 파스타

아이의 눈동자가 아주 조금 흔들렸다. 그러다 핸드폰을 꺼내더니 사진 하나를 획 내밀었다. 은빛 포크 위에 소스가 번지며 반짝이는, 호텔 메뉴처럼 화려한 파스타 사진.

"이거 만들 수 있으면 들어가고."

진안은 사진을 한 번 보고 냉장고 속 재료들을 머릿속으로 훑었다. 토마토, 양파, 마늘, 우유, 버터, 약간의 고추장, 그리고 면. 충분했다.

"들어와. 대신 치료부터 하는 거다."

"몰라요."

아이는 코를 쿵 해놓고는 그래도 발을 옮겼다.

2층에서 구급상자를 내려와 무릎을 닦아주려 하자 아이는 다리를 쏙 빼며 오만한 눈을 했다. "아, 소독약 그거 따가워요!"

"따갑다 해야 낫지."

진안은 말없이 거즈를 눌렀다. 과산화수소가 거품을 내며 상처 위에서 보드랍게 부서졌다. 아이는 이를 악물고 고개를 획 돌렸다. 그때 벽 위 작은 간판이 눈에 제대로 읽혔다.

"근데 아저씨."

"응?"

"왜 내 이름 멋대로 가져다 썼어요?"

"뭐?"

오늘의 메뉴는 서연정입니다

"서연정. 최. 서. 연. 내 이름이잖아."

교복에 붙어 있는 이름을 가리키며 말하는 아이의 모습에
진안은 그제야 눈을 깜박였다. 아-.

"할머니가 지어주신 이름이야."

"할머니요?"

"나는 할머니 손에 자랐는데…. 어렸을 때 할머니가, 언젠
가 식당을 하게 되면 이 이름이면 좋겠다고 하셨거든."

아이의 눈동자가 아주 잠깐 고여 들었다가 다시 말라갔다.

"나는 할머니 없는데."

"아까 부모님이랑 산다고 했나? 이렇게 늦게까지 밖에 있
어도 되는 거야?"

"어차피 우리 부모님 나 신경도 안 써요. 맨날 자기들끼리
싸우느라 정신없으니까. 나 같은 건, 눈에 들어오지도 않을 테
니까."

거즈를 누르던 진안의 손가락이 미세하게 굳었다. 부모님
의 고성이 벽을 뚫고 들어오던 어린 시절, 그는 늘 방 안 옷장
깊숙이 몸을 구겨 넣었다. 옷자락에 얼굴을 묻고 두 손으로 귀
를 막은 채 깨지는 그릇 소리와 쾅 닫히는 문소리를 피해 숨
죽여 있었다. 옷장 속 어둠은 그때의 유일한 피난처였고 그 안
에서 아이는 한없이 작았다. 제발 이 순간이 빨리 지나가길 바

11화 깻잎 로제 파스타

라며.

"이제 괜찮을 거야."

진안은 화제를 바꾸듯 부드럽게 말했다.

"그럼, 약속대로 파스타 해줄게."

서연은 의자에 턱을 괴고 주방으로 슬금슬금 다가와 반쯤 기댄 채 훔쳐보았다. 어떻게 만드는지 한번 보자.

먼저 팬이 달궈졌다. 올리브유와 버터가 만나 서걱한 소리를 냈다. 다진 마늘을 넣자, 공기 속으로 여름밤과 잘 어울리는 향이 퍼져나갔다. 잘게 썬 양파가 들어가 투명해질 때까지 낮은 불로 달래듯 볶았다. 잘 익은 토마토를 곱게 으깨 넣고 산뜻한 신맛이 부드러워질 때까지 오래오래 저었다. 소금 한 꼬집. 그다음 우유와 아주 약간의 고추장. 빨강과 흰색이 만나 분홍빛 로제로 바뀌었다. 가만히 끓이며 숨을 고르는 소스.

한편, 냄비에서는 스파게티 면이 잘 익어 면수의 전분이 은근히 풀려나왔다. 면을 건져 팬으로 옮기고 국자 하나 분량의 면수를 부어 소스와 엉기게 했다. 마지막은 마른 깻잎을 아주 가늘게 채 썰어 올렸다. 바질은 없었지만, 깻잎의 초록 향이 의외로 훨씬 농촌의 밤과 잘 어울렸다. 검은 후추가 별 가루처럼 흩어졌다.

접시에 담긴 로제 파스타는 전구 아래에서 은은하게 빛났다. 소스는 너무 묽지도, 과하게 걸쭉하지도 않았다. 포크로 말아 올리면 실처럼 부드럽게 감겼다.

"미쳤다. 완전 미쳤어요!"

서연은 눈을 동그랗게 뜨고 먼저 휴대폰을 꺼내 셔터를 몇 번이나 눌렀다. 화면 속 음식 위에 필터가 얹히고 이모티콘이 둥둥 떠다녔다. 충분히 기록하고 나서야 첫 포크를 입에 넣었다.

"으음~ 대박이다!"

마늘과 버터, 토마토와 우유, 아주 미세한 고추장의 단맛이 동그랗게 입천장에 맞았다. 깻잎의 향이 뒤늦게 코로 빠져나가며 잔상을 남겼다. 시골의 밤과 도시의 네온사인이 한 접시에 잠깐 공존하는 기분. 서연은 말없이 연거푸 포크를 돌렸다.

"아저씨."

"응."

"나 서울에 갈 거예요. 엄마, 아빠도 아무도 없는 곳에서 나 혼자 서울에서 성공할 거야. 그래서 이런 것도 많이 사 먹어야지!"

진안은 잠시 서연을 바라봤다. 흰 접시에 얼굴이 반사되어 어른거렸다. 나도 그랬다. 언젠가 어디선가, 여기 말고 다른 곳에서.

"이런 게 먹고 싶으면 얼마든지 해줄게. 지금은, 힘들더라도 버텨. 그게 때론 필요해."

145

서연이 포크를 멈추고, 삐쭉거리는 입으로 그를 빤히 올려
다봤다.

"꼰대야, 뭐야."

그때 유리문이 '찰칵' 열렸다. 언제 나갔는지 기척도 없이
나가 밖에서 들어오는 광운이었다. 얼굴과 손 곳곳에는 기름
때가 반짝였다. 진안이 물었다.

"뭐야? 언제 나갔어?"

"아까. 자전거 고치러. 신고 안 당하려면 별수 없잖아."

무심하게 말을 던진 광운은 시선을 서연에게로 옮겼다.

"체인 새로 걸고 브레이크 살렸다. 어두운 길 조심해."

서연은 고개를 끄덕이는 대신 팔짱을 끼고 앉았다가 슬쩍
눈을 피했다. 서연이 다 먹은 것을 확인한 진안이 자리에서 일
어났다.

"너무 밤이야. 데려다줄게, 가자."

그러나 서연은 고집스럽게도 진안의 호의를 완강하게 거부
했다.

"차로 데려다준다고? 됐거든요. 자전거가 편하고, 익숙하
고…. 그리고 집 같은 거 알려주기 싫어요."

그 마음, 모르지 않는 진안은 차선책으로 호주머니에서 펜
과 작은 메모를 꺼내 숫자를 적었다.

오늘의 메뉴는 서연정입니다

"그럼 내 번호. 무슨 일 있으면, 꼭."

메모를 건네자, 서연은 장난기 섞인 눈으로 물었다.

"이거 번호 따는 거예요?"

"어. 그런 거야."

진안이 웃으며 받아쳤다. 서연은 입꼬리를 겨우 참듯 올렸다. 진짜 그 나이 때만 가질 수 있는 여자아이의 웃음이었다. 그 모습 그대로 밖으로 나간 서연은 광운이 손을 봤다는 자전거를 살폈다. 체인은 윤이 났고, 브레이크는 촘촘히 조정되어 있었다. 이래저래 험하게 타고 다닌 탓에 헌 티가 톡톡히 나던 자전거를 누가 새것으로 바꿔놓은 것 같았다. 서연은 번뜩이는 자전거를 끌고 마당을 나섰다. 밤공기가 그녀를 얇게 감싸며 문턱을 넘게 했다.

바퀴가 첫 회전을 돌 때 광운이 문턱에 서서 한마디 던졌다.

"어두운 골목에선 벨 울려. 누가 나올지 몰라."

서연은 대답 대신 손을 들어 휙 흔들었다. 전구 아래를 지나가며 그녀의 그림자는 한 번 길게 늘어졌다가, 길모퉁이를 돌아 사라졌다.

서연이 자라진 자리 위로 진안의 얼굴에 밤그림자가 느리게 앉았다. 그는 빈 그릇의 붉은 자국을 물수건으로 닦다가 잠깐 손을 멈췄다. 부모님의 싸움 소리, 유리 깨지는 소리, 그 뒤의 정적. 오래 묻어둔 파편이 서연의 말 한 줄에 다시 빛났다.

광운이 옆에서 가볍게 기침했다.

"귀신은 아니었네."

"응."

"그래도…. 아흔아홉 마리면, 백 번째는 있어야지."

진안은 고개를 들어 그를 보았다. 말맛은 무뚝뚝했지만, 그 안에 담긴 뜻은 따뜻했다. 백 번째가 되어 줄 사람. 그 말은 누군가에게 밥 한 그릇이 되는 일과 닮아 있었다.

그날 밤, 진안의 일기에는 이런 글이 쓰였다.

밤마다 마당 끝에 서성이던 그림자는
이름을 가지고 있었다.

서연.

상처는 어디에나 같은 방식으로 번진다.
집 안의 말붙이, 식탁 위 식은 국,
어둠 속 서로의 등을 보며 버티는 아이.

나는 로제 소스에 우유를 붓고

아주 조금의 고추장을 풀었다.

매운 말 대신 달큰한 온도를 만들고 싶었다.

깻잎을 얇게 올려

도시의 향이 아니라 이곳의 밤을 얹었다.

먹는 동안, 그녀는 아무 말도 하지 않았다.

그리고 떠날 때, 비로소 손을 흔들었다.

내 안에도 오래된 소음이 있다.

문이 닫히는 소리,

사이렌,

비명 대신 올라오던 침묵.

오늘 나는 그 소음 위에

포크와 접시가 부딪치는 소리를 얹었다.

붉은 소스가 하얀 그릇에 남긴 자국처럼

사람의 마음에도 흔적이 남겠지.

지워지지 않더라도, 덜 아프게.

11화 깻잎 로제 파스타

언젠가 그녀가 또 오면,
로제가 아니어도 좋다.

아흔아홉 마리 종이학 사이
백 번째가 되어 주는
따뜻한 한 그릇이면 족하다.

　마당의 전구가 한 번 깜빡였다. 전구 주변을 맴돌던 벌레가
어쩌다 유리창에 부딪혀 둔탁한 소리를 냈다. 서연의 자전거
바퀴 소리는 이미 멀리 사라졌지만, 서연정의 마당은 이상하
게 덜 비어 보였다. 누군가의 빈자리를, 누군가의 다음을, 밥
냄새가 조용히 붙들고 있었다.

오늘의 메뉴는 서연정입니다

검은콩국수

: 검은빛 국물, 선한 색의 위로

해가 뜬 지 얼마 되지도 않은 시간. 민하는 교무실 형광등을 켰다. 여름 끝의 햇살은 유리창에 비스듬히 걸려 투명한 먼지를 가볍게 흔들 뿐. 교실 바닥까지 내려오려면 아직 시간이 더 필요했다. 창문을 활짝 열자, 운동장 위를 훑고 지나간 바람이 분필 가루 냄새와 함께 밀려들었다. 매미 소리가 이전만큼 미친 듯 요란하진 않았다. 끊어지는 울음 사이사이로 풀벌레가 간을 보듯 짧게 운다. 여름이 끝난다는 건 늘 소리로 먼저 안다. 민하는 그렇게 배워왔고 또 그렇게 느꼈다.

집에서 가져온 노트북을 켜고 다음 학기 학급부를 폈다. 이름, 주소, 전화번호. 종이 위 검은 활자 속에 익숙한 얼굴들이 빼곡했다. 고작 한 학기, 그마저 혹독한 추위로 시작해 쏟아지는 업무에 허덕이다 보니 봄이 갔고 교정에 그늘 드리운 플라타너스가 이미 진한 초록의 끝자락을 보여주고 있다. 서울에서 본격적으로 공부를 시작하던 서른 이후의 시간은 늘 빠르게 흘렀지만, 여기서의 시간은 묘하게 크고 느렸다. 농한기와 농번기로 나뉘는 생활의 리듬, 면사무소의 안내 방송, 장날의 북적임과 그다음 날의 텅 빔. 민하는 그 느린 박자에 자신이 맞춰지는 걸 요즘 부쩍 느낀다.

‘서연’. 리스트 한가운데 익숙한 이름에 손이 멈췄다. 첫날부터 눈길을 끌던 아이. 성적이 문제가 아니라 표정이 문제였다. 며칠씩 결석하고 상담을 청하면 “집 일로 바빠서요.”라고만 짧게 답하는 아이. 집에 찾아갔던 날, 문틈으로 날아오던 어머니의 날카로운 목소리-“우리 집 일에 관심 끊으세요.”-가 아직 귓속에서 금속성으로 잔향을 남기고 있었다. 그 뒤로도 서연은 교문 앞에서 오래 서 있곤 했다. 들어갈지 말지 망설이다가 그냥 자전거를 돌리는 뒷모습. 민하는 자주 창문 너머로 그 등을 보았다. 마음이 찢어지는 모양새로.

노트북을 덮기 전에 학급 공지 문구를 손봐서 저장했다.

오늘의 메뉴는 서연정입니다

"작은 변화라도 함께 알아봐요." 스스로에게도 하는 말 같아 왠지 귀 끝이 뜨거워졌다. 민하는 작은 한숨을 길게 내쉬었다. 아이들이 다 잘되면 좋겠다. 너무 큰 기도 같지만, 이 직업을 택했을 때부터 그 말은 민하의 하루를 지탱해 준 주문 같은 것이었다.

교문 밖 주차장으로 걸어가는 길. 햇살이 본격적으로 몸을 눌렀다. 러닝화 밑창에서 아스팔트 열기가 불쑥 올라왔다. 운전석 문손잡이가 뜨거워 손끝이 움찔했다. 그때 멀리서 파도처럼 소리가 밀려왔다.

"쌤!"

날카롭지만 반가운, 자전거 브레이크를 당기는 쇳소리와 함께 튀어나온 건 서연이었다. 민하는 저도 모르게 활짝 웃었다. 아이의 입가에는 붉은 떡볶이 국물이 튀어 작은 별처럼 점점이 박혀 있었다. 볼도 살짝 상기되어 있다.

"으이구! 이쁜 얼굴에 페인트 튀었네!"

민하는 주머니에서 손수건을 꺼내었다.

"아아, 하지 마요! 일부러 남긴 거란 말이야."

서연은 몸을 비틀어 피하면서도 결국 가만히 서서 손수건이 지나가길 허락했다. 참새가 품에 든 듯 반항이 애정과 섞인 투정이었다.

“떡볶이 먹었지? 누구랑? 혜지?”

“안 가르쳐 줄 거지롱~”

민하는 일부러 눈을 흘겼다.

“그래라, 그래.”

말끝은 웃음으로 줄었다. 이런 짓궂음이 아이에겐 사랑의 언어라는 걸 민하는 안다.

“아, 쌤. 쌤 남친 없죠?”

“쌤 남친 없어서 너한테 보태준 거 있냐?”

민하가 툭 받아쳤다.

“내가 소개시켜 줄까요?”

서연은 고개를 까딱였다. 시골 바람이 서연에 잔머리를 살짝 들었다 놓았다.

“뭐, 아는 남자라도 있어?”

“킥, 농촌에 남자가 어딨어요. 다 노총각들이지.”

“뭐어? 너 쌤을 놀려?”

서연은 깔깔거렸다가 갑자기 진지한 얼굴이 되더니 핸들을 탁탁 두드렸다.

“쌤, 도하리에 ‘서연정’ 생긴 거 들었죠? 내 이름이랑 똑같다고 1반 쌤이 나 놀렸잖아.”

민하는 고개를 끄덕였다. 교무실에서 여러 차례 오르내

오늘의 메뉴는 서연정입니다

린 이름. 손님이 끊이질 않고, 음식이 정갈하고, 주인장이 젊고…. 같은 이야기.

"듣긴 했지."

"거기 가봐요~ 혹시 알아? 운 좋으면 거기 아저씨랑 잘 될지."

시치미를 뚝 떼면서도 서연의 눈이 장난으로 빛났다.

"야-!"

민하가 꿀밤을 예고하듯 손을 들자, 서연은 벌써 자전거의 페달을 밟고 저만치 멀어져 있었다.

"쌤 남친 생기면 피자 쏘기!"

한 손을 흔들고 오후 햇살로 반짝이는 골목 끝으로 사라졌다. 민하는 서연의 등에 대고 괜히 말 없는 기도를 했다. 저 등이 무너지지 않게. 오늘처럼 웃을 수 있게.

차 안은 열기로 달궈져 있었지만, 에어컨이 금방 바람의 결을 바꿨다. 교무실에서 들었던 동료들의 수다가 떠올랐다. '서연정 콩국수가 진짜 미쳤어.' '그 집 주인이….' 민하는 볼을 두어 번 타박했다.

"그, 그냥 배고파서 가는 거야."

혼잣말에 자기 웃음이 났다.

강을 넘자, 마을이 열렸다. 얕은 산들이 둥글게 둘러서 있고 사이사이 허리 굽힌 논이 햇빛을 반사했다. 논두렁의 벼 이삭은 아직 누렇진 않았지만 바람이 지나가면 밀물처럼 잔물결을 만들었다. 하수로에서 물소리가 맑게 났다. 여름의 급한 숨이 조금씩 가라앉는 초입. 길가 표지판에 '도하리' 글자. 오래 본 듯 낯설고 낯선 듯 반갑다.

'영업 중' 팻말이 걸린 서연정은 도로에서 살짝 내려앉은 위치에 있었다. 현관 앞 작은 돌계단 양옆에 심은 허브들이 가벼운 향을 흘렸다. 민하가 문을 밀자, 묵직한 나무 문틀이 부드럽게 움직이며 실내의 냉기가 등줄기를 훑고 올라왔다. 건물 안은 생각보다 넓었다. 오래된 들보에 새로 칠한 벽, 창가에 놓인 단정한 화분, 낮은 탁자 위에 쌓인 잡지 몇 부. 한쪽 벽에는 손 글씨로 쓴 작은 문구가 붙어 있었다. '천천히 드세요. 누가 안 뺏어 먹어요.'

"어서 오세요!"

주방 안쪽에서 맑고 또렷한 목소리가 튀어나왔다. 허리를 반쯤 굽힌 남자가 보였다. 흰 앞치마 끈이 단정했고 손목에는 물방울이 맺혀 있었다. 시선을 들며 눈이 마주친 순간 민하는 시간을 놓쳤다. 잠깐 아주 잠깐, 여름의 소음이 다 멎은 것처럼.

"편하신 자리에 앉으세요."

남자가 가볍게 고개를 숙였다. 민하는 그제야 정신이 돌아와 한쪽 구석, 창가가 슬쩍 보이는 자리로 후다닥 갔다. 의자에 앉자마자, 커다란 그림자가 다가왔다. 키 큰 남자가 물병과 컵을 내려놓으며 간단히 눈인사만 했다. 얼음이 든 물병에 결로가 하얗게 맺혀 물방울이 또르르 흘러내려 받침 접시에 닿는 소리가 작은 종소리처럼 났다.

'뭐야…. 쌤들이 자주 오더니, 음식만의 문제는 아니었네.'

민하는 속으로 혀를 찼다. 잘생김 둘, 에어컨 하나, 적당히 닿는 음악. 마음이 조금 쉬어도 되는 곳이라는 건 이런 합으로 완성되는 건가.

흰 앞치마의 남자가 다시 다가왔다.

"저희 오늘 메뉴는 콩국수인데, 괜찮으세요? 혹시 콩에 대한 거부감이 있다면-"

"저 콩 잘 먹어요!"

민하는 너무 빨리 대답했고, 자신의 목소리가 끝에서 가볍게 갈라지는 걸 들었다. 뜨겁게 올라오는 얼굴을 식힐 수 없어 괜히 물을 한 모금 들이켰다. 남자는 아무렇지 않은 미소로 "잠시만요." 하고 주방으로 돌아갔다.

뚫려 있는 주방은 민하가 앉은 자리에서도 바로 보였다. 민하는 자신도 모르게 고개를 기울였다. 큰 스테인리스 볼에 검은콩이 담겨 있었다. 껍질이 가진 보랏빛이 은은하게 번들거렸다. 남자가 물을 갈아내고 손으로 문질러 콩 껍질을 살살 벗

157

졌다. 하룻밤 불려둔 듯 콩은 쉽게 풀렸다. 믹서로 옮겨진 콩과 차갑게 식힌 물, 한 줌의 삶은 땅콩이 함께 들어가더니 회전하는 칼날이 부드러운 그림자를 만들었다. 소음이 짧게 울렸다. 남자는 중간, 중간 멈춰가며 소금을 흩뿌렸고 작은 국자로 떠 맛을 보더니 미세하게 고개를 끄덕였다. 별도의 냉장고에서 꺼낸 면발은 중면보다 얇고 소면보다는 도톰해 보였다. 그는 찬물에 박박 비벼 전분기를 빼고 끓는 물에 짧게, 정말 짧게 넣었다 빼 곧장 얼음물로 옮겼다. 손목이 빠른데 급하지 않았다. 물기 털린 면이 볼 안쪽에서 납작한 새집처럼 동그랗게 말렸다. 그 위로 검푸른 비단 같은 콩물이 천천히 아낌없이 부어졌다. 위에 얇게 채 썬 오이, 반으로 가른 방울토마토, 볶아 고소한 향을 올린 검은깨 한 꼬집. 긴 그릇 가장자리에 반달처럼 얼음 서너 쪽. 완성이었다.

그릇이 내려오자, 민하는 속으로 작게 탄성을 삼켰다. 흑요석 빛 국물이 빚은 색은 의외로 부드러웠다. 빛깔만 보면 묵직할 것 같은데 숟가락으로 떠보니 명주실처럼 미끄러졌다. 첫 숟갈을 입에 넣는 순간 콩의 구수함과 아주 희미한 단맛, 땅콩의 포근한 향이 혀끝에서 미끄러졌다가 목뒤에서 살짝 멈췄다. 소금은 소금 같지 않았다. 단지 콩의 풍미가 지루해지지 않게 등받이가 되어 주는 정도. 면은 차갑게 탱탱했다. 오이의

아삭함이 사이사이 지루함을 깨주고 검은깨가 마지막에 '톡'
소리를 내며 작은 버팀목이 되어 주었다.

'아…. 이건, 혼자 먹기 아깝다.'

민하는 숟가락과 젓가락을 번갈아 가며 거의 넋이 빠져 있
었다. 천천히 품위 있게 먹겠다는 야심은 세 번째 숟갈에서 이
미 무너졌다. 얼음이 국물 속에서 굴러다니며 그릇 벽에 부딪
힐 때마다 소리가 맑았다. 국물의 윤광이 낮의 햇살을 받아 반
짝거렸다. 결국 그릇 바닥이 드러났다. 숟가락이 그릇을 스치
는 낮은 소리. 부끄러움과 만족이 동시에 올라오는 소리였다.

"너무 맛있어요."

민하는 자신도 모르게 두 손으로 그릇을 감싸며 말했다.

"왜 다들 여기 오라고 했는지 알겠네요."

남자가 미소 지었다.

"혹시 서연이 담임 선생님이신가요?"

민하는 얼굴이 식어가던 차에 다시 화끈해졌다.

"어? 저를 아세요?"

"서연이가 아까, 자기 담임 선생님이 반드시 올 거라고, 잘
부탁드린다고 하더라고요."

'이 녀석이…'

민하는 어이없고 귀여운 마음이 동시에 올라왔다. 서연이

12화 검은콩국수

이 집을 좋아한다는 건 그러니까 여기서 배불리 먹었다는 뜻이겠지. 배가 부른 곳에 마음이 들러붙는 건 너무 당연한 이치라서 갑자기 가슴이 뜨거워졌다.

"서연이가 여기를 많이 좋아하나 봐요."

민하가 실내를 한 바퀴 둘러보며 말했다. 기댈 수 있는 가게의 공기. 어딘지 집 같다. 빛을 잘 받아낸 나무 테이블과 어느 손이 자주 닿았는지 반질거리는 문고리. 이런 데를 좋아하지 않을 아이가 있을까.

"아시겠지만, 서연이는 상처가 많은 아이예요. 집에서도 환영받지 못하는…."

민하의 목이 가늘게 떨렸다.

"그래도 그 아이가 이렇게 한 곳에 마음을 준 것이, 저는 너무 기쁘네요."

눈가가 잠깐 반짝였다. 울면 안 돼. 선생님이니까. 그러나 말은 이미 감정의 모서리를 드러냈다. 주방 뒤쪽에서 물소리가 딱 멈추었다. 잠깐의 정적 뒤에 남자가 조심스레 말했다.

"저희야, 서연이가 배고플 때마다 채워주는 역할이고…. 진짜 역할은 선생님이시죠."

민하는 고개를 깊이 숙였다.

"서연이를 잘 부탁합니다."

오늘의 메뉴는 서연정입니다

그 말은 부탁이면서, 선언이었다. 한 사람을 키우는 일은 한 사람의 몫이 아니라고 믿는 선언. 민하는 다시 허리를 세우며 조용히 웃었다.

"한 아이를 키우려면 온 마을이 나서야 한다는 오래된 말이 있죠. 저는… 그 말의 힘을 믿어요."

"저도 같은 생각입니다."

남자가 환하게 웃었다. 수건으로 손을 닦는 손목에 숨이 깃들어 있었다. 그 웃음은 기댈 수 있는 등받이처럼 단단해서 이상하게 안심이 갔다.

계산을 마치고 문 쪽으로 향하는데 아까 물을 내어주던 키 큰 남자가 조용히 테이블을 치우며 지나갔다. 무뚝뚝한 얼굴에 살짝 붙잡힌 미간. 그러나 눈매는 생각보다 다정했다. 민하는 굳이 말을 걸지 않았다. 그저 투박하게 놓인 컵 받침 하나가 유난히 반듯하다는 걸 눈여겨봤다. 이런 반듯함이 집을 만들지. 가게 문을 나서자, 외부 공기의 온기가 다시 살갗에 붙었다. 그래도 아까보다 덜 뜨거웠다. 구름 한 조각이 해를 가리며 움직였고 바람이 블라인드를 살짝 흔들었다.

차에 타기 전에 민하는 현관을 한 번 더 돌아봤다. '서연정.' 새삼스레 이름이 가슴을 쳤다. '서연이를 위한 정(亭)' 같기도, '서연의 마음이 쉬어가는 자리' 같기도. 민하는 혼잣말처럼 중얼거렸다.

"자주 와도, 될까요?"

아무도 듣지 못한 말에 스스로 대답했다.

"그럼, 와야지."

가게 안, 광운이 물잔을 정리하며 불쑥 말했다.

"다른 감정인 것 같던데."

"너는 선생님을 뭐로 보는 거야."

진안이 웃었다. 귀가 살짝 빨개진 걸 광운이 모를 리 없었지만, 그는 모른 척해 주었다. 광운은 한쪽 입꼬리만 올렸다.

"감이 그래."

그리고 더는 말하지 않았다. 귀찮은 일에 가까이 갈 생각은 없다는 듯.

진안은 대신 가게 문을 열기 전, 서연이 주고 간 말을 머릿속에 톡 떠올렸다.

'아저씨! 우리 쌤 울리면 가만 안 둬!'

장난스럽지만 보호자의 어투였다. 그 말끝에 붙은 작고 단단한 신뢰가 진안의 가슴 어딘가를 오래 눌렀다.

하루를 정리하고 그 긴 밤의 시작에서 진안은 일기를 펼쳤다.

콩을 불리며 생각했다.

오늘의 메뉴는 서연정입니다

물을 머금은 건 비단 콩만이 아니었다.
더위와 싸우며 흘린 땀, 아이들의 이야기,
선생님의 눈가에 잠깐 스친 별빛 같은 눈물.

검은콩을 갈아 만든 국물은 색에 비해 순했다.
첫맛은 부드러워서 금세 넘어가고,
끝맛은 길게 남아 목을 토닥였다.
오늘의 선생님도 그랬다.
말끝에 맴돌던 마음이 오래 남았다.

한 아이를 키우는 일이,
한 그릇을 완성하는 일과 닮았다고 생각했다.
불리고, 씻고, 갈고, 식히고. 손이 많이 간다.
그러나 그 손길이 닿을수록 덜 외로워진다.

서연의 웃는 얼굴을 떠올린다.
선생님이 돌아간 차 뒤로 바람이 달라졌다.
여름의 뜨거운 숨이 낮아지고,
귀뚜라미의 첫소리가 문턱을 넘었다.

12화 검은콩국수

내일도 콩을 불려야겠다.

누군가의 저녁에,

오늘의 온도를 건네주기 위해.

진안은 창문을 열었다. 서쪽 하늘이 금빛을 잃고 살구색을 거쳐 감빛으로 식어갔다. 지붕 경사면을 타고 내려온 바람이 허브 잎을 살짝 스치고 대청의 나뭇결을 쓰다듬었다. 가게 앞 자갈 위에 그림자가 길게 늘어났다. 여름의 끝이 보이고 가을이 문지방에 발끝을 대고 서 있었다. 서연정을 스쳐 간 오늘의 사람들. 그들의 밤이 부디 가볍기를. 진안은 조용히 두 손을 모았다.

오늘의 메뉴는 서연정입니다

묵은지 닭볶음탕

: 기다림의 맛, 단맛 뒤에 오는 매운 숨

모처럼 서연정이 쉬는 날이었다. 낮게 깔린 선풍기 바람이 거실을 가로질러 책장 앞 먼지를 부드럽게 쓸고 지나갔다. 창을 반쯤 연 채로 들어오는 빛은 고개를 숙인 화분 잎사귀에 희끗한 반점을 찍었고 아침에 내린 커피의 향이 희미하게 집 안 전체에 퍼졌다. 진안은 등받이에 어깨를 기대고 앉아 책의 접힌 모서리를 쓸어주다 페이지를 덮었다. 잠깐, 그냥 바람 소리만 듣고 있어도 마음이 편안해지는 오후였다.

그때 휴대폰이 울렸다. 고요를 깨는 벨 소리라기보다는 잠시 멈춰 있던 시간의 끈을 다시 감아 당기는 소리였다. 휴대폰을 집어 귀에 가져가자, 익숙한 쉰 목소리가 들렸다.

"나다, 정 할매."

진안은 목소리를 높였다.

"네, 어르신. 어쩐 일이세요?"

"묵은지 좀 가져가."

"묵은지요?"

짧은 단어 하나가 등줄기를 타고 스며들었다. 오래 덮어둔 항아리의 뚜껑을 여는 순간처럼 진안은 눈을 한 번 감았다 떴다. 이 묵은지에서 오늘 풀릴 이야기가 있다는 예감. 그런 종류의 직감은 여태 단 한 번도 빗나간 적이 없었다.

차를 몰아 마을회관으로 가는 길. 아스팔트 위로 햇빛이 몽글몽글 일었다. 어제 새벽 한바탕 쏟아진 소나기가 쓸고 간 뒤라 햇살은 맑았지만, 공기엔 여전히 눅진한 여름의 습기가 남아 있었다. 회관 앞마당의 들풀 그림자는 짧았고 느티나무 그늘 가장자리에 정 할매가 지팡이를 짚고 서 있었다. 손에는 네모난 플라스틱 통 하나. 가까이 다가가 받아 드니 뚜껑과 손 사이로 붉은 기름이 엷게 번졌다. 국물에 잠겼다가 올라온 포기김치의 겉잎은 흑적색으로 투명했고 속대는 햇살을 머금은 듯 누렇게 빛났다. 오래 묵힌 산미가 한 번, 뒤이어 매운 향이 한 번, 두 겹으로 콧등을 타고 올라왔다.

"쉬는 날은 아예 쉬냐?"

"영업을 하진 않지만…. 혹시 드시고 싶은 게 있으세요?"

대답 대신 정 할매가 지팡이 끝으로 허공을 한 번 긋고는 앞장섰다. 평소처럼 꼿꼿한 걸음이었다. 회관을 돌아 골목으로 꺾자 '정육점'이라고 큼직하게 적힌 간판이 나왔다.

"박 씨, 튼실한 닭 두 마리만 줘. 닭볶음탕 할 거야."

쾌활하게 대답을 내어놓은 정육점의 박 씨가 부지런하게 움직였다. 닭 손질은 오래 걸리지 않았다. 냉장고 매대 위로 박 씨는 검은 봉지에 닭은 담아 내밀었다. 정 할매가 진안을 지팡이 끝으로 툭툭 건드렸다.

"뭐 해? 안 들고."

"아, 예."

진안이 서둘러 닭이 든 봉지를 붙들었다. 정육점을 나온 정 할매가 고개를 끄덕였다.

"다른 재료는 다 있을 거고. 인자 됐어. 서연정으로 가자고."

회관에 세워 둔 진안의 차를 마치 자신의 차인 양 당연하게 열고 타는 정 할매였다. 조수석 창으로 흘러드는 빛에 봉지 안으로 살짝 보이는 닭의 껍질이 번들거렸다. 길가의 벼들은 이제 막 줄줄이 누운 햇빛을 빨아올리는 참이었다. 가을이 한층

13화 묵은지 닭볶음탕

다가왔음을 알 수 있었다.

서연정 마당에 들어서자, 광운의 모습이 보였다. 쉬는 날이면 어김없이 마을 어귀를 돌며 달리기하던 그는 막 땀을 털어 내고 서연정으로 들어오고 있었다. 이마에 맺힌 땀방울이 목덜미를 타고 흘러내렸고 손에는 방금 꺼낸 얼음물이 들려 있었다. 시원하게 한 모금 들이켠 광운이 안으로 들어서는 진안과 그를 뒤따라 들어오는 정 할매를 힐끗 보더니 눈짓으로 "뭐야?" 하고 물었다. 진안은 얼떨결에 받아 들게 된 묵은지와 닭을 들고 있는 어깨를 살짝 으쓱이며 "나도 몰라."라는 듯 대답했다.

식탁 위에 묵은지와 생닭을 나란히 놓자, 할머니가 입을 열었다.

"묵은지 닭볶음탕 좀·해라. 넉넉하게 할 필요는 없고, 그냥 나랑 느그들 먹을 만큼만 해. 어차피 묵은지도 많지도 않아."

"어르신, 그러니까,"

"무슨 말이 그렇게 많아? 비용은 다 줄 테니까 일단 해. 사연이 필요하면 그것도 값을 쳐줄 테니까."

지팡이가 허공을 탁 가르는 소리. 더 묻는 대신 진안은 앞치마 끈을 당겨 묶었다. 광운도 무심히 앞치마를 집어 들고 주방 안으로 따라 들어섰다.

"어떤 맛이 나도 상관없는 거죠?"

"그래. 다 필요 없고, 네 식대로 해."

오늘의 메뉴는 서연정입니다

불을 켜고 냄비를 달군다. 들기름 한 순갈이 바닥을 얇게 적시면 다진 마늘과 생강이 먼저 부딪혀 탄성처럼 소리를 낸다. 지지지, 하고. 향이 퍼지며 주방의 공기가 순식간에 밝아진다. 닭을 손질해 굽는 면이 바닥에 닿도록 넓게 펼쳐 얹자, 표면이 순식간에 불그죽죽한 갈색으로 잡힌다. 그사이 묵은지를 길게 찢어 들고 숨겨둔 붉은 속살을 드러내듯 포기째 꺼내 칼등으로 산뜻하게 두들긴다. 단단한 줄기가 눌릴수록 젖은 산 냄새가 더 또렷해진다.

닭이 앉아 탈 수 있을 만큼만 타기 전에 묵은지와 김칫국물을 한 번에 부어 넣는다. 순간 냄비가 속으로 내려앉는 듯 진동하고 붉은 국물이 치익 솟구치며 닭 껍질의 기름과 부딪혀 둔탁하게 거품을 낸다. 간장 한 순갈이 붉음을 깊게 눌러주고 고춧가루는 빛을 한 톤 더 어둡게 일렁이게 한다. 파의 초록과 청양초의 날 선 빛이 마지막에 얹히자, 색은 더 선명해졌다. 뚜껑을 덮으면 곧 보글보글. 기억의 끓는 소리 같은 것이 시작됐다.

한소끔 줄어드는 동안 흑미가 섞인 밥이 전기밥솥에서 익었다. 밥을 헤치니 검푸른 낟알 사이로 은은한 김이 느리게 솟았다. 그사이 뚝배기에 옮겨 담은 묵은지 닭볶음탕은 바닥에서부터 작은 화산처럼 기포를 뿜어냈다. 닭은 살짝 물러 뼈와 살이 경계만 남기고 붙어 있었고 묵은지는 산미를 한 번 잃고 단맛을 한 번 얻은 표정이었다. 떠내는 국물은 붉지만 탁하지 않고 숟가락 끝에서 미끄러지듯 얇게 흘렀다.

뚝배기가 식탁 위에 내려앉자, 정 할머니는 만족한다는 듯 낡은 가방을 열어 오래된 사진 한 장을 꺼냈다. 가장자리가 해져 반쯤 일어나 온 사진. 젊은 여인과 잘생긴 남자가 팔꿈치를 맞댄 채 서 있었다. 둘 사이에는 여름 햇살이 내려앉아 있었다. 할머니는 사진을 뚝배기 옆에 놓고 한참을 바라보았다.

"영감. 이제는 내가 요리 못해. 손이 떨리고, 혀가 맛이 가서, 영감이 좋아하던 맛을 살려줄 수가 없어. 대신 더 맛 좋게 하는 놈들 데려다 놨어. 먹을 만할 거야. 내가 보장해."

말끝에 깔린 한숨이 뜨거운 김 사이를 헤치고 흩어졌다. 진안도 광운도 말없이 고개를 숙였다. 구태여 어떠한 설명도 필요 없었다.

진안이 조심스럽게 물었다.

"과일이라도 사 올까요?"

"됐어. 다 부질없어. 필요했으면 벌써 사 왔어. 이거면 돼."

"소주라도⋯."

"생전 술 하나 입에 대지도 못했던 인사야."

광운이 말을 더하자 정 할매는 고개를 단호하게 저었다.

한 모금의 술도 허락하지 않던 사람. 사진 속 남자는 입꼬리가 약간 올라간, 부끄러움 타는 웃음을 하고 있었다. 정 할매는 더는 청승 떨지 않겠다는 듯 숟가락을 들어 가만히 국물을 떠보았다.

"인자 되었어. 밥이나 가져와. 먹게."

흑미밥을 3인분 뜨는 동안 진안의 어깨가 조금 굳었다 풀렸다. 소중한 누군가의 기일에 내어놓는 밥. 대충일 수가 없었다. 정 할매가 먼저 묵은지를 한 점, 닭살을 조금 올려 숟가락으로 떠 넣었다. 미간이 잠깐 찌푸려졌다가 풀렸다.

"맛 잘 보고 갔겠네."

그 말 한마디에 진안은 긴 숨을 내리 쉬었다. 정 할매는 많이 먹지 않았다. 속이 부대꼈는지 젓가락을 놓는 손이 이내 사진 쪽으로 갔다가 다시 돌아왔다. '느그들이나 많이 먹어.' 하는 손짓이 더 단호했다.

식탁을 치우고 오미자 차를 끓였다. 투명한 유리잔을 타고 내려오는 붉은 빛이 오후의 햇살과 겹치며 바닥에 작은 호수 같은 얼룩을 만들었다. 할머니가 잔을 쥐고 있을 때 이야기의 뚜껑이 천천히 열렸다.

"내가 여기로 시집온 것이 열여덟이다. 내 나이 아흔둘이니까 벌써 얼마나 되었는지 셀 수도 없어. 숫기 없는 신랑하고 사느라 힘들었지. 술은 못하고, 농사도 서툴고, 그래도 딴 길

13화 묵은지 닭볶음탕

안 세고 나랑 자식새끼 아끼는 데는 끔찍했어.”

말에 맞춰 풍경이 따라왔다. 흙먼지 낀 신작로. 겨울이면 흰 서리가 밤새 장독대 뚜껑을 덮고 여름이면 새참 든 바구니에서 참기름 냄새가 먼저 뛰쳐나오던 날들. 젊은 아낙의 양손에는 물집이 앉았다 떨어지기를 반복했고 저녁마다 마당에서 손을 털어내며 그 남자의 어깨에 고개를 기대던 밤도 있었다. 그는 말이 적었지만 웃을 때면 이마 아래 눈두덩이부터 해가 뜨듯 환해졌고 들길을 걸을 때는 꼭 반 발짝 앞에서 길을 열어주던 사람이었다.

“그런데 어느 날인가, 갑자기 군대에서 오라는 거야. 파병인지 뭔지 가야 한다고. 집안은 아주 난리가 났지. 이미 군대를 다녀온 사람인데 뭘 또 가냐고. 근데 나라에서 뭘 잘못 저기 했는지 군대를 다녀왔다고 되어 있지가 않다대. 별 수 있나, 나라에서 하라는데 안 그러면 잡혀갈 판이었는데.”

그날 장독대 사이사이로 찬바람이 불었고 울음 섞인 목소리가 처마 밑에서 길게 메아리쳤다. 집안 어른들은 목청을 높였고 군인들이 들고 온 종이는 너무 얇아 손끝에서 바스락거렸다. 기차역 플랫폼에서 남자는 훈련소 모포 냄새가 밴 군복을 입고, 한 번 더 뒤돌아보았다. 아내의 품에 있던 아기는 잠들어 있어 ‘아부지’라는 첫소리를 내줄 기회를 끝내 놓쳤다. 기적 소

172

리가 떠나가고 장마철처럼 길고 습한 기다림이 시작됐다.

"그 길로 가버렸어."

한숨과 함께 오미자 향이 살짝 떨렸다.

"안 돌아왔다고. 아니, 못 돌아온 거겠지."

정적이 이어졌다. 주방의 시계 초침이 유난히 크게 들렸다. 바깥마당에서 고양이 한 마리가 지나가며 발톱으로 나무 기둥을 긁었다. 정 할매는 창밖을 잠시 보다가 말을 이었다.

"시어머니가 자식새끼 못 낳는다고 구박 구박하다 겨우 하나 낳은 아들, 아부지, 아부지, 하는 것도 못 보고 간 거야. 미련한 사람 같으니."

그다음부터 삶은 두 사람이 아니라 한 사람과 한 아이의 것이었다. 정 할매는 그 아이를 바람 불면 꺼질 것 같은 등잔불처럼 감싸고 살았다. 흰 이불보에 눕혀 태양 빛에 말리던 작은 손, 처음 걸음마를 떼던 날의 흙먼지 냄새. 밥숟가락을 쥐어주면, 귀까지 웃던 그 얼굴은 돌아오지 못한 아버지의 웃음과 똑 닮아 있었다. 웃을 때 올라가던 입매, 낯가릴 때 왼쪽 볼 먼저 붉어지는 버릇까지.

"남은 게 나랑 아들놈이었으니 내가 그 아들을 어떻게 키웠겠어. 바람 불면 꺼질세라, 아주 애지중지하며 키웠지. 그런데 이 자식놈이 이렇게 속을 썩일 줄 누가 알았겠냔 말이야."

13화 묵은지 닭볶음탕

사춘기가 오고 넓어진 어깨에 처음으로 앙금 같은 반항이 앉았다. 마을 어귀에서 트럭들이 오가고 라디오에서는 '서울, 서울, 서울.'이 흘러나오던 시절.

"서울 보내달라고, 죽어라 서울에 갈 거라고 하라는 농사일은 안 하고 허구한 날 이 사업, 저 사업 알아보더니 결국은 가더만. 가서는 곱디고운 서울 아가씨하고도 결혼도 하고 잘 사는 줄 알았지."

서울역 플랫폼에서 또 다른 배웅을 했다. 그때의 아들은 반듯한 셔츠에 번들거리는 구두를 신고 '잘 되면 모시러 오겠다.'라고 약속했다. 결혼사진 속 며느리는 고운 이목구비에 흰 치마가 바람을 머금고 있었다. 마음 놓고 잠든 밤이 잠깐 있었다.

"연락이 슬슬 안 오기 시작했어도 나는 잘 사는 줄 알았지. 그런데 나타나서는 자기 빚 좀 갚아달라는 거야. 도박에, 술에…. 어이구야. 집안은 어쩌고 이러고 나타났냐고 했더니 이미 지 아내한테는 쫓겨난 지 오래고 쪽방 전전하며 살고 있다데. 허 참, 내가 지금도 어이가 없지."

회상은 갑자기 회색빛으로 변했다. 비좁은 쪽방. 벽지는 습기를 먹어 군데군데 떨어졌고 형광등은 미세하게 깜빡였다. 아들은 눈 밑이 퀭해져 있었고 손톱 밑에는 때가 껴 있었다. '엄마밖에 없다.'라며 손을 내밀었다. 정 할매는 결국 평생 손때 묻힌 땅문서를 내주었다. 지장 찍는 손가락 끝이 떨렸다. 그날 밤, 빈 항아리처럼 마음이 울었다.

"나보고 도와달라고 믿을 곳이 엄마밖에 없다고. 그놈의 정이 뭐라고. 내가 다 갚아줬어. 땅 있는 거 팔아서, 평생 일궜던 그 땅, 팔아서 내가 내 자식 살리겠다고. 그런데…. 이놈이 그 짓을 못 끊는 거야. 그래서 이번에는 내가 내 손으로 연을 끊어버렸지. 다시는 오지 말라고. 네가 사람 새끼냐고."

말은 매정했지만, 그다음 밤부터 제대로 잠든 날이 없었다. 문 앞 발자국 소리만 나도 심장이 먼저 뛰었다. 혹시 돌아온 건가, 아니면 쓰러진 건가. 밥을 퍼다 놓았다가 새가 쪼아 먹는 아침도, 찬밥을 다시 데워 먹는 저녁도 있었다. '사람 만들려고 했는데, 내가 도망칠 곳을 막은 건 아닌가.' 같은 생각이 자꾸만 재처럼 쌓였다.

"밥은 잘 먹고 있는지, 어디서 확, 죽어버린 건 아닌지…."

"연락, 해보시는 건…."

"안 받아. 지도 속이 상하겠지."

잔 속의 오미자 빛이 아주 조금 흔들렸다. 창밖으로는 해가 기울며 산 능선의 그림자를 마당 위로 길게 끌어냈다.

"니들은 보면, 아직도 못 오고 있는 내 서방이 떠오르기도 하고, 그놈이 떠오르기도 해. 잘 살고 있기를 바라는걸, 니들

13화 묵은지 닭볶음탕

로 채우는 건지도 모르지. 나도 노망이 났나 보다."

잠깐, 누구의 얼굴도 닮지 않은 침묵이 흘렀다. 그 침묵 속에서 묵은지 닭볶음탕의 김이 마지막으로 한번 일고, 서서히 사그라들었다.

"어르신…."

정 할머니가 먼저 자리에서 일어섰다.

"말이 길었다. 버스 시간 놓치겠다."

진안이 서둘렀다.

"모셔다드릴게요."

"그냥 노망난 노친네 감상에 젖게 냅둬. 오늘은 그런 날이야."

서연정을 나가는 정 할매를 쫓으려던 진안의 걸음을 광운이 막아섰다. 고개를 절레절레 흔드는 광운의 눈빛에 진안은 그저 물러설 수밖에 없었다.

마당을 건너는 정 할매의 걸음이 유난히 무거웠다. 길게 늘어진 오후 햇볕이 그 어깨를 더 눌러앉는 것 같았다. 지팡이 끝이 자갈을 밟을 때마다 조용한 소리가 먼 데까지 번졌다.

묵은지 냄새 짙게 배어남은 주방을 정리하고 2층으로 올라온 진안은 자신의 방 책장에 올려놓은 할머니 사진을 한참 쳐다보았다. 단정한 옷깃, 숨길 수 없는 눈가의 곡선.

'할머니….'

오늘의 메뉴는 서연정입니다

말이 목 끝에서 머물렀다. 자신이 할머니를 떠올려도 이렇게 뭉클한데 자식을 끊어낸 마음을 어떻게 헤아릴 수 있을까. 감히 상상조차 어렵다.

마음이 착잡한 진안은 책상 앞에 앉아 일기장을 펼쳤다.

오늘, 묵은지 닭볶음탕을 끓였다.
묵은지 한 장을 찢을 때마다
오래된 여름이 손끝으로 붙었다 떨어졌다.
닭의 기름과 만나 산미는 둥글어졌고,
국물은 붉지만 맑게 빛났다.

숟가락을 대니,
매운맛이 먼저 오고 단맛이 뒤따랐다.
그 사이에 간신히 서 있는 맛.
기다림의 맛이었다.

정 할매는 사진을 옆에 두고 밥을 조금 드셨다.
말씀으로는 연을 끊었다 하셨지만,
밥숟가락 끝엔 아직 놓지 못한 것이 묻어 있었다.
아버지를 꼭 빼닮았던 아들의 웃음처럼,

177

그리움은 닮은 얼굴을 찾아 자꾸만 식탁에 앉는다.

나는 모른다. 엄마라는 무게를.
하지만 오늘, 국물이 바닥에서부터
끓어오르는 소리를 들으며 조금은 짐작했다.
끓어낸다 말하고도, 다시 불을 올려놓는 마음.
식어도 식지 않는, 묵은지 같은 사랑.

이 이야기가 "둘은 행복했습니다."로 끝나길 빌었다.
먹을수록 깊어지는 맛처럼,
살아갈수록 마음이 덜 아프기를.
다시 밥 한 그릇을 마주하는 날,
서로의 숟가락이 더 이상 떨리지 않기를.

밤이 되자 마당의 바람이 낮보다 차분해졌다. 진안은 빈 의자 하나를 잠깐 마당 한가운데로 끌어냈다. 여기 앉을 누군가를 위한 자리. 서연정의 불을 끄기 전, 진안은 한 번 더 마당을 바라보았다. 언젠가, 정말 언젠가. 이 집의 문턱을 넘는 반가운 발소리가 들리기를. 그리고 그날, 묵은지 냄새 대신 환한 웃음이 먼저 문을 열고 들어오기를.

오늘의 메뉴는 서연정입니다

경양식 돈가스

: 살아 있는 접시와, 약속의 접시

장례식장까지 가는 길은 비어 있었다. 늦여름 끝자락의 열기가 저녁으로 기울며 멎어 가고 요양병원 담장 너머로 아까까지 울던 매미 소리가 끊겼다. 검은 정장을 갖춰 입은 진안과 광운은 문짝이 묵직한 장례식장 현관을 밀고 들어섰다. 차가운 향이 먼저 코를 찔렀다. 틀어놓은 에어컨의 바람과 소독약 냄새, 조용히 타는 향로의 연기, 벽을 메운 흰 국화의 서늘한 향기가 겹겹이 얹혀 있었다.

6호실 안내판 앞에서 두 사람은 숨을 고르고 방명록에 이름을 적었다. '함춘식 배우자 故 권순이'라는 문구가 까만 글씨로 박혀 있었고 커다란 영정 사진 속 아주머니는 병실의 메마름 대신 젊은 시절의 단정한 웃음을 띠고 있었다. 향로에 향을 꽂고 고개를 숙여 절을 올릴 때 두 사람의 귓속엔 오래전 각자의 상실이 물결처럼 스며들었다. 진안은 마음이 한 번 휘청했다. 유골함을 떠나보내던 날의 냄새, 장례식장의 광택 나는 바닥, 어른들이 꾹꾹 눌러 담던 탄식. 그 모든 것이 순간 똑같이 되살아났다. 광운은 턱을 조금 굳히고 숨을 길게 내쉬었다. 그에게도 장례식장의 빛은 언제나 날이 섰던 공장 숙소의 형광등과 겹쳐 보였다. 둘은 각자의 기억에 붙들리지 않으려 발치만 바라보며 걸음을 뗐다.

상주 석 옆, 춘식 아저씨가 넋이 나간 얼굴로 앉아 있었다. 양옆으로 타지에서 내려온 듯 말쑥하게 차려입은 아들과 딸 둘이 자리했고 친척이었던 소영은 검은 원피스 차림에 차분한 얼굴로 조문객을 맞고 있었다. 진안과 광운은 먼저 국화를 영정 앞에 놓고 맞절했다.

"와줘서 고맙다."

아저씨의 목소리는 속을 긁어내는 듯 엷었고 그 말끝이 국화 잎사귀에 닿자마자 부서지는 것처럼 들렸다. 소영이 두 사람을 구석 식탁으로 안내했다. 코팅된 종이 밥그릇에 김이 어리던 흰밥, 붉은 기름이 표면에 반짝이는 육개장, 접시에 깔린

배추겉절이와 단무지. 무언가를 씹지 않으면 더는 버티기 힘든 밤에 사람들은 늘 국물 있는 음식을 택한다. 진안은 숟가락을 뜨며 홀 안을 스쳐 가는 말들을 들었다.

"그 양반, 참으로 애틋했는데…."

"아마, 10년이 넘었지? 처음에 병 수발 다 하고, 버티다 못해 요양병원에 보낸 거 말이야."

"그것도 자식들이 보내라, 보내라, 해서 보낸 거잖아."

"그랬어?"

"그럼. 이러다 제 엄마 병 더 깊어진다고 그 고집스러운 양반 겨우 설득해서 넣은 거잖아."

"아니, 그러고서는 코빼기도 안 보였잖아. 딸이고 아들이고 명절에도 얼굴 보기 힘들었다며."

"살아생전에 그렇게 자식들 보고 싶어 했다던데, 그 속을 누가 알것어."

말은 낮았지만, 모서리가 있었다. 한 사람의 세월을 잘게 썰어 접시에 올리듯 사실과 추정의 감정이 뒤섞여 흘렀다. 진안은 숟가락을 멈추고 잠깐 눈을 감았다. 요양병원에 들러 이왕 끓였으니 넉넉히 싸 보냈던 미음, 묽은 장국, 부드러운 두부조림. "돈 더 받으라."라고 웃었던 춘식 아저씨 얼굴이 스르륵 떠올랐다. 허리 굽은 채 뜨거운 햇빛 받으며 일개미처럼 일만 하던 그 등이 오늘따라 더 허전해 보였다.

날이 깊어 조문객들의 발길이 뜸해질 즈음 6호실 안쪽에서 갑자기 굵은 소리가 터졌다.

"니들이 사람이야!"

춘식 아저씨였다. 소영이 당장 일어나 달려갔다. 진안과 광운도 자리에서 일어나 발걸음을 재촉했다. 상복의 검은 물결 사이로 비집고 들어가 보니 아저씨가 아들의 멱살을 움켜쥔 채 온몸을 떨고 옆에 있던 딸들은 그 팔을 떼어내려 애쓰고 있었다. 아들은 굽히지 않는 목으로 소리를 맞받았다.

"아버지! 이 정도면 호상이에요, 호상. 아버지 더 힘드시지 말라고, 어머니가 아버지 짐 덜어주신 거라고요!"

"이놈이 그래도!"

"아빠, 참아요! 아니, 오빠 말 틀린 거 있어요?"

"언니!"

소영의 목소리가 갈라졌다.

"언니가 할 소리는 아니죠!"

"너는 이 일에서 빠져. 어디라고 함부로 끼어!"

"뭐라고요?"

식탁들에서 숟가락 소리가 멎고 다른 호실 사람들이 출입문 틈으로 고개를 내밀었다. 진안이 재빨리 다가서서 춘식 아

오늘의 메뉴는 서연정입니다

저씨 팔을 붙들었다.

"아저씨, 이거 놓고 말로 하세요. 네? 아주머니 상 당하신 날을 이렇게 보낼 수는 없잖아요."

그 말에 아저씨 손에서 힘이 빠졌다. 아들은 양복 깃을 탁탁 털며

"어후, 이 고집스러운 노인네!"

라고 내뱉고는 밖으로 걸어 나갔다. 딸들도 아버지를 한 번 째려보곤 오빠를 따라갔다. 남은 건 허공에 덩그러니 매달린 향냄새와 아버지의 무너짐뿐이었다.

아저씨는 영정 앞 바닥에 털썩 주저앉더니 두 손으로 얼굴을 가렸다.

"내가 저런 놈들을 키웠어. 내가 저런 놈들을 키웠어!"

서리지 못한 말들이 영정 사진 아래 검은 천을 적시는 듯했다. 소영이 그 곁에 쪼그리고 앉아 조용히 그의 손을 쥐었다. 진안은 치밀어 오르는 무력감과 분노 사이에서 숨을 몰아쉬었다. 그는 곧장 장례식장 바깥 벤치로 향했다. 유리문을 밀자 서늘한 밤공기가 쏟아졌다. 구석 벤치에서 담뱃불이 어둠에 깜박이고 있었고 얇은 비닐우산끼리 부딪치는 소리처럼 가벼운 속삭임이 바람을 탔다.

"엄마가 재산이 얼마나 있었더라?"

14화 경양식 돈가스

“엄마 재산은 왜?”

“오빠 설마, 그 돈 독식하려는 거 아니지?”

“좀 봐줘라. 나 지민이 유학 보내서 빠듯한 거 알잖아.”

“아니 그건 오빠 사정이지. 우리 이번에 빚내서 가게 시작한 거 몰라?”

“참나, 그러면 나도 할 말 많아!”

진안의 발끝이 벤치 뒤에서 멈췄다. 겨우 숨을 보낸 이의 온기가 아직도 방 안에 남아 있는데. 그는 앞으로 한 걸음 떼려다 손목이 탁 잡혀 섰다. 광운이었다. 눈빛은 냉정했고 손힘은 단단했다.

“가서 뭐라고 하게. 영정 사진에다 대고 사과라도 하라고 하게? 아니면 춘식 아저씨에게 머리라도 숙이라 하게?”

“너!”

“정신 차려. 저들에게 우리는 남이고, 우리가 할 수 있는 건 없어.”

말은 차가웠지만 사실이었다. 진안은 이를 악물고 고개를 돌렸다. 유리문 건너 장례식장은 그대로였다. 향로의 연기는 끊임없이 위로 올랐고 국화는 흔들리지 않았다.

며칠 뒤, 가을의 시작을 알리는 첫 비가 도하리를 정갈하게 씻었다. 낮게 깔린 구름에서 한차례 쏟아낸 후의 마당엔 물방

오늘의 메뉴는 서연정입니다

울들이 고였다가 땅속으로 스며드는 소리만 남았고 서연정 창문에 맺힌 물먹은 빛이 실내에 잔잔한 음영을 만들었다.

"이 비가 아저씨 마음 같네."

진안은 쟁반을 닦나 말고 눈가에 서서 빗방울 자국을 눈으로 따라갔다. 어떤 음식으로 저 마음을 위로할 수 있을까. 음식이 한숨을 빨아들이기도 하지만 어떤 한숨은 끝내 어느 곳에도 잘 담기지 않는다.

딸랑–

문종이 울렸다.

"어서 오,"

진안이 인사말을 채 끝내기도 전에 말을 삼켰다. 춘식 아저씨가 서 있었다. 손에는 단아한 유골함 하나. 유골함 위의 하얀 리본이 오늘따라 차갑게 느껴졌다. 며칠 만에 보는 아저씨 일굴에선 불기가 빠져나간 듯했다. 결을 따라 말라붙은 주름들이 한 칸씩 깊어져 있었다.

"아저씨…."

"마지막으로, 부탁하고 싶은 게 있어서…."

광운이 물을 가져다 놓으며 말없이 자리를 권했다. 아저씨는 상 위에 유골함을 조심스레 올려놓았다. 두 손으로 한 번 그것을 쓸어내렸다.

185

"경양식 돈가스를…. 해줄 수 있나?"

진안은 짧게 숨을 들이켰다. 한 박자 늦게 고개를 끄덕이려는데 아저씨가 말을 덧댔다.

"젊었을 때 이이가 나한테 그렇게 그걸 사달라고 했는데…. 그땐 뭐가 그렇게 그거 하나 사주는 것이 힘들었는지…."

아저씨의 눈가가 붉어졌다. 늦게 깨닫게 되는 사소한 부탁 한 줄기의 무게가 지금에 와선 산처럼 되었다. 진안은 앞치마 끈을 꽉 당겨 매었다.

"잠시면 돼요."

주방에 불을 올리고 처음부터 새 기름을 부었다. 스테인리스 통이 바닥을 비출 만큼 맑은 기름이 온도를 올리며 얇게 흔들렸다. 내일 쓰려고 손질해 둔 돼지고기를 꺼냈다. 등심을 잡아 결 반대 방향으로 두껍게 자르고 비닐을 덮어 망치로 고르게 두들겼다. 살 속 공기가 빠져나가며 '둔, 둔' 하고 낮은 북소리가 났다. 소금과 후추를 양면으로 고르게 뿌려 밑간을 잡고 밀가루에 가볍게 옷을 입혔다. 남는 가루는 손등으로 툭툭 쳐내고 거품이 몽글한 달걀물에 풍덩, 마지막으로 빵가루를 넉넉히 눌러 붙였다. 빵가루가 고르게 붙어야 튀김옷의 기포가 균일하게 사이를 잡아 준다.

기름이 '155, 160, 170'으로 눈금처럼 감으로 올라설 때 살짝 잘라 넣은 빵가루가 표면에서 두어 번 춤을 추더니 노랗게 변해 떠올랐다. 딱이다. 첫 장을 망설임 없이 기름 속에 천천히 미끄러뜨렸다. 치익— 기포가 펑, 펑, 가볍게 터지며 주방 가득 고소한 냄새가 번졌다. 온도를 잃지 않게 장대를 살짝 조절하고 튀김을 처음엔 건드리지 않았다. 표면이 잡히면 젓가락으로 뒤집었다. 황금빛이 기울어 붉은 기가 도는 갈색으로 내려앉을 무렵, 기름 표면의 소리가 가벼워졌다. 겉은 거칠게 반짝였고 손잡이로 들어 올렸을 때 가벼운 금속성 소리가 탱, 하고 울렸다. 기름을 빼며 그사이 소스를 올렸다.

양파를 곱게 채 썰어 버터에 낮은 불로 천천히 볶았다. 투명해졌다 싶으면 설탕 한 꼬집으로 은근한 캐러멜을 내고 케첩을 듬뿍. 그 붉은 점성이 팬에 닿으며 달큰한 산미를 내뿜었다. 우스터소스를 가늘게 두르고 간장 한 방울, 식초 몇 방울로 윤기를 세우고 후춧가루로 톡톡 마침표를 찍었다. 물을 조금 부어 농도를 맞춘 뒤 마지막에 버터 한 조각을 녹여 반짝임을 마감했다. 숟가락으로 들면 천천히 떨어지는, 그 옛날 경양식 돈가스의 점성과 향.

접시는 넓고 하얀 것을 골랐다. 얇게 채 친 양배추를 산처럼 올리고 레몬 한 조각과 옥수수 콘 샐러드를 곁들였다. 접시 가운데에는 갓 튀긴 돈가스를 도마 위에서 바삭, 바삭 칼로 썰어

14화 경양식 돈가스

올려 '사각'의 단면이 보이게 했다. 고기의 중심은 촉촉한 분홍빛을 간신히 벗어난 살색. 튀김옷과의 대비가 선명했다. 소스를 한 국자 부어 끼얹자 붉은 윤기가 고르게 번졌다. 바닥엔 맨밥을 작은 찻잔으로 떠 모양을 내고 파슬리 가루를 살짝 뿌렸다.

두 접시. 하나는 춘식 아저씨 앞으로, 하나는 유골함 앞으로. 진안은 홀의 음악을 바꿨다. 오래된 카세트테이프에서 흘러나올 법한 재즈풍 경음악이 서연정 안에 은은히 깔렸다. 조명도 살짝 낮췄다. 너무 어둡지 않게 그러나 방 한가운데 심지가 하나 켜진 듯한 느낌으로. 시간의 속도를 잠깐 늦추고 싶었다.

아저씨는 포크를 들어 한 점을 잘라 들었다. 바삭한 소리가 아주 작게 났다. 입안으로 들어가자, 튀김옷이 먼저 부서지고, 곧바로 고기의 미세한 결이 씹히는 듯했다. 소스의 달큰함과 산미가 뒤따라와 입안을 채웠다. 아저씨의 어금니가 한 번, 두 번 멈칫하더니 그는 접시 너머의 유골함을 보고 작게 중얼거렸다.

"이런 맛이었어…."

그 순간 진안은 보지 못한 많고 많은 식탁 위 장면들을 상상했다. 젊은 날의 약속, 다음에 사줄게라는 미루기, 그리고 오늘에야 비로소 올려놓는 늦은 한 상. 광운은 아무 말 없이

오늘의 메뉴는 서연정입니다

바깥 창을 바라봤다. 비가 막 그쳐 빗물 자국 위에 별빛 대신 가로등 불만 잔잔히 퍼지고 있었다.

문이 닫히고 밤의 기온이 조금 더 내려앉자, 진안은 일기장을 꺼냈다. 오늘은 평소보다 펜을 더 깊게 눌렀다.

오늘, 경양식 돈가스를 두 접시 올렸다.

하나는 살아 있는 사람의 접시,

하나는 뒤늦게 올리는 약속의 접시.

육수 대신 기름을 데우며,

나는 그동안 아저씨가 견뎌 온 시간을 생각했다.

병실에서 미음을 들던 손,

들판에서 굳은살로 버틴 손,

식탁 모서리에서 혼자 밥을 끝내던 손.

소스 냄새가 달큰하게 번질 때,

나는 아주 오래된 가게 의자들의 삐걱임을 떠올렸다.

첫 데이트였을 수도 있고,

첫 번째 약속이었을 수도 있는 그날의 '다음에'.

어떤 다음은 결국 오지 않았지만,

오늘은 허락된 다음이었다.
유골함 앞에 포크를 올려두며,
나는 음식이 가끔 시간을 되돌리진 못해도
시간을 데워 주긴 한다는 것을 다시 배웠다.

마침표를 찍고 나서, 진안은 한 줄을 더 보탰다.

부디, 남은 날들에 비가 그치고
바람이 부는 시간이 더 많기를.
음식이 한숨을 데워서 다시 내어줄 때,
사람들의 마음도 조금은 덜 서늘해지기를.

일기장을 덮자, 바깥에서 풀벌레 소리가 도드라졌다. 여름 내내 습하던 공기는 사라지고 산에서 내려오는 선선한 바람이 서연정의 커튼 자락을 살짝 흔들었다. 유리 벽면을 타고 내려오던 물방울이 마침내 멎었다. 계절은 이렇게 다음으로 넘어가고 도하리 사람들의 마음도 언젠가는 각자의 속도로 넘어갈 것이다. 오늘 밤, 한 그릇의 돈가스는 그 길의 초입에 작은 불빛 하나를 켜두었다.

오늘의 메뉴는 서연정입니다

15화

표고버섯 솥밥

: 향이 반찬이 되고, 여백이 문장이 되는 밤

완연한 가을이었다. 낮의 햇볕은 아직도 피부 위에 바늘을 세우듯 따가웠지만 아침저녁으로 마을 골목을 훑고 지나가는 바람은 목덜미를 한 번씩 차갑게 만지고 갔다. 서연정 처마 끝 고추 줄기엔 햇빛이 곱게 업혔고 물기를 다 털어낸 하늘은 푸르게 반짝였다. 도하리에서 맞는 두 번째 계절이라는 게 진안에게는 아직도 꿈만 같았다. 그는 간판을 돌려 '영업 중'으로 맞추며 생각했다. 오늘은 또 어떤 사람의 배를, 마음을, 든든하게 채워줄까.

그 시각. 아랫마을 기순 할매 집 안쪽에서는 절규에 가까운 비명이 튀었다.

"오메, 깜짝이야!"

마당을 비질하던 기순 할매가 빗자루를 떨어트릴 뻔하며 방 안으로 고함쳤다.

"느자구 없는 놈 같으니라고! 영감 만나러 갈 뻔 했쟈녀!"

그러나 방 안의 경수는 그 소리를 들은 척도 못 했다. 휴대폰 화면에 떠 있는 '죄송합니다'라는 문장들이 폭죽처럼 번져 눈을 찔렀다. 또 낙선. 또 거절. 그는 이불을 걷어차고 대자로 뻗었다.

"하, 진짜 포기해야 하나….'

이번엔 정말 야심 차게 준비했다. 꾸밈 하나 없고, 수수하고, 요즘 유행을 외운 듯 맞춰 쓰고, 출판사의 입맛에 혀를 닿게 했다. 그런데도 아니라니. 글을 쓸수록 글이 아니라 '남의 글 흉내'를 쓰는 기분. 서른 평생 자신이 한 일이라곤 쓰는 것뿐인데 하늘이 이것마저 빼앗아 가려는 걸까.

'그럼, 농사나 지어?'

마음 한쪽이 나른하게 말했다.

'그것도 나쁘지 않을-'

경수는 벌떡 고개를 저었다.

오늘의 메뉴는 서연정입니다

‘박경수! 정신 차려! 노벨문학상이 아니라 노벨 농사 상을 받을 셈이냐?!’

“제기랄!”

그는 거칠게 욕을 내뱉고 문을 탁 열어 밖으로 나갔다.

“어디를 가는 겨!”

마당에서 기순 할매가 소리쳤다.

“아, 몰라요!”

경수는 정처 없이 걸었다. 한낮의 열기는 여름만큼 잔혹하진 않았지만, 홧김에 걷는 이마에 금세 땀이 솟았다. 길가의 억새가 은빛을 흔들며 길을 열어주었고 전깃줄에 앉은 까치가 한 번 울고 날아갔다. 구멍가게 간판이 눈에 들어왔을 때 경수는 ‘됐다’ 싶었다. 술이나 한 병- 아니, 두 병- 아니, 네 병. 진탕 사서 마시면 또 떠오를지도 몰라. 그는 소주를 부여안고 계산대에서 천 원짜리 몇 장을 헤아렸다. 지갑은 텅, 마음도 텅.

무거운 봉지가 손가락을 끊을 듯 당길 때 뒤에서 목소리가 걸어왔다.

“술 마시게?”

돌아보니 광운이었다. 어느새 오토바이를 서서히 굴리며 경수의 걸음에 맞춘 속도로 옆을 지나고 있었다.

“아, 형. 어디 가세요? 서연정은요?”

“배달.”

“서연정 이제 배달도 해요?”

“잘 못 오시는 어르신들 한정. 너처럼 두 발 멀쩡한 사람은
예외고.”

“아, 네. 어련하시겠어요.”

경수는 등허리를 확 내리고 입을 삐죽 내밀었다. ‘그래요,
나 두 팔, 두 다리 멀쩡하고, 입도 살아 있는 식충이입니다.’ 속
으로 중얼거리며.

광운이 경수의 손에 들린 소주 봉지를 힐끗했다.

“되도 않는 짓 할 거면, 너도 서연정으로 와.”

“네?”

“대낮부터 술 처먹고 뻗을 거면 서연정에서 밥이나 먹으라
고. 오늘 진안이 특식을 판다고 했거든. 모처럼 가을이 와서.”

‘특식’이라는 말에 경수의 귀가 반사적으로 흔들렸다. 수중
은 비어도 진안의 밥은 늘 손에 잡히는 가격이었으니까. 게다
가 광운의 말이 맞다. 방에 틀어박혀 술로 가슴팍을 데우는 것
보다 사람들하고 부딪히는 게 더 영감이 떠오를지도 몰라.

“형! 저 좀 태워주세요!”

“싫어. 알아서 와.”

광운은 단칼처럼 짧게 자르고 엔진을 당겨 흙먼지를 남기

오늘의 메뉴는 서연정입니다

고 사라졌다.

"아, 형!"

경수는 광운의 뒷모습이 점이 될 때까지 애절하게 손을 흔들다가 하는 수 없이 냉큼 집으로 달려갔다. 소주를 방에 던져놓고 자신의 고물 자전거를 끌고 나왔다. 체인은 악을 쓴 듯 끽끽 울었고 페달은 발목을 탁탁 때렸다. 기어는 2에 걸려 있었다. 마음은 5로 뛰면서.

서연정 마당에 도착했을 때 광운의 오토바이는 떡하니 서 있었다. 경수는 그 번호판을 괜히 흘겼다.

'씨…. 그냥 좀 태워주지.'

딸랑-

문종 소리가 가볍게 흔들렸다. 그와 동시에 코를 찌르는 향이 들어왔다. 흙에서 바로 뽑아 올린 듯한 진한 향. 버섯. 따뜻하고 땅 냄새 나는 그 향이 코안을 타고 머리로 빠르게 올라갔다. 손님들 앞에는 작은 솥이 놓여 있었고 뚜껑 사이로 하얀 김이 '후'하고 빠져나왔다. 그 안의 밥 위에 표고버섯이 동그랗게 꽃처럼 앉아 있었다.

"온다더니, 진짜 왔네."

주방 안에서 진안이 솥밥 두 개를 들고 나오며 웃었다.

"누구 덕분에요."

경수는 식사를 마치고 나가는 손님에게 계산을 해주고 있는 광운을 흘기며 투덜거렸다.

"앉아. 금방 해줄게."

경수는 빈자리에 앉아 주변을 살폈다. 서연정에 사람이 늘었다. 홀 가득 웃음과 말소리가 부드럽게 깔렸다. 경수의 마음 어디선가 또 구겨진 종이처럼 심술이 일었다.

'여긴 나만 아는 장소였는데….'

"너, 또 쓸데없는 생각 하고 있지?"

광운이 물컵을 내려놓으며 경수의 머리를 가볍게 툭 쳤다. 경수가 홱 고개를 들어 광운을 쏘아봤다.

"아니, 형은 대체 저를 뭐라고 생각하시는 거예요?"

"한량."

"뭐라고요?!"

광운이 킥- 하고 웃으며 주방 뒤로 사라졌다. 경수는 부정하고 싶었지만, 혀끝을 물고 말았다. '두고 봐. 언젠가 잘되면 저 높은 코 납작하게 해주지….'

진안은 쌀을 씻었다. 손바닥으로 둥글게 쓸어 넘길 때마다 쌀 표면에서 우윳빛 전분이 풀렸다. 세 번째 물에서 맑아지는 걸 확인하고 물을 빼고, 표고버섯을 불린 물을 고운 체에 한 번 걸러 쌀 위에 부었다. 표고 향이 맑게 흘렀다. 쌀알들이 조용히 숨을 들이켜며 불어났다.

표고는 손바닥만 한 것들로 골랐다. 갓의 표면에 십자 칼집을 살짝 내면, 표면이 꽃잎처럼 벌어지며 모양이 살았다. 대는 너무 질긴 부분만 도려내어 잘게 다졌다. 참기름 한 방울, 소금 몇 알을 손끝에서 굴려 버섯에 살짝만 스며들게 했다. '과하지 않게'. 오늘 밥의 주연은 향이었다.

작은 무쇠솥에 불린 쌀을 평평히 담고 표고 우린 물을 살짝 넉넉히 얹었다. 물 위로 쌀알이 반쯤 얼굴을 내밀 정도. 뚜껑을 닫기 전 표고의 갓을 똑바로 올렸다. 동그란 놈들 셋이 꽃처럼 가운데 하나가 약간 기울어 정물화의 균형을 만들었다.

불은 처음엔 세게 끓어오르면 중약으로. 뚜껑이 달그락 김이 옆으로 뽀얗게 흘렀다. 경수는 고개를 들이밀었다가, 뜨거운 김에 '앗' 하고 물러났다. 진안의 손등은 익숙한 사람의 손등이었다. 김 사이에서 시간을 보았다. 물이 거의 잦아들 무렵, 뚜껑을 빠르게 열고 쌀 위에 얇게 저민 표고대 다진 것을 한 줌 뿌리고 다시 닫았다. 불을 꺼 남은 열로 뜸을 들였다. 뜸의 시간은 늘 '사람 숨'처럼 일정하지 않았다. 오늘의 공기, 수분, 불의 기분이 정하는 몇 분. 그 몇 분 사이 표고의 향은 밥알 하나하나를 찾아들었다.

뚜껑을 열자, 실내의 소음이 잠깐 멈춘 듯했다. 흰 밥의 표

15화 표고버섯 솥밥

면에 표고가 먹빛 문양을 그리며 앉아 있다. 버섯 갓의 별 모
양 칼집 사이로 젖은 광택이 조용히 떴다. 진안은 젓가락으로
밥과 버섯을 가장자리에서 가운데로 조심스레 섞었다. 섞는
다는 말보다 '어루만진다.'라는 쪽이 가까웠다. 밥알이 무너지
지 않게 향이 고루 배도록.

경수 앞에 내려온 개인 솥은 제 몸보다 큰 향을 품고 있었다.

"이게 뭐예요? 와."

"표고버섯 솥밥."

진안이 말했다.

"솥에서 밥을 덜어 그릇에 담아 먼저 먹고, 남은 솥에는 뜨
거운 물을 붓고 뚜껑을 덮어. 마지막엔 숭늉처럼 먹으면 돼."

경수는 수저를 들고 조심스레 첫 숟갈을 떴다. 표고 갓 한
점과 밥 한술. 입에 넣자, 젖은 나무와 흙이 햇볕 아래서 따뜻
해지는 냄새가 맛으로 변했다. 씹을 때마다 버섯이 얇은 막을
벗기듯 소리를 냈다. 쫄깃하지만 질기지 않았고 밥알은 하나
하나 살아있었다.

'이게 행복이지….'

별다른 반찬 없이도 향이 반찬이 되고 온기가 반찬이 되는
한 끼.

그는 숟가락질을 잊었다가 다시 시작하듯 반복했다. 배가

고파서가 아니었다. 몸이 먼저 알아서 움직였다. 솥바닥에 누룽지가 살짝 잡히기 시작하자 진안이 물 주전자에서 뜨거운 물을 붓고 뚜껑을 덮어주었다. 잠시 후, 밥알이 다시 국이 되어 돌아왔다. 숭늉의 고소함 사이로 표고의 그윽함이 '아.' 하고 퍼졌다. 혀와 목이 따뜻하게 이어졌다.

북적이던 손님들이 하나둘 자리를 비웠다. 마당에 길어진 그림자가 발목을 넘어 무릎까지 올라왔다. 어느새 점심 장사는 막이 내릴 느낌이었다.

"형, 사실 오늘… 아니죠."

경수가 숟가락을 내려놓았다.

"언제나처럼 다 떨어졌어요."

진안이 맞은편에 앉았다. 광운은 헝겊 수건으로 테이블을 닦다가 말없이 곁에 섰다.

"형, 사람 마음이 글로 다 담기나요?"

경수가 머리를 들쑤시듯 긁었다.

"내가 아무리 써도, 그저 흉내 같아요."

"그럼 때려치우든가."

광운이 무심히 던졌다.

"뭐라고요?!"

경수가 얼굴을 붉히며 들었다. 광운은 어깨를 한번 으쓱했다.

15화 표고버섯 솥밥

"못 하겠다면서 붙드는 건, 글인지 욕심인지부터 구분해야지."

"형은 늘 그런 식이죠!"

"어."

광운은 그 '어.' 하나로 대화를 종결하는 재능이 있었다. 그러나 반대로 진안이 웃었다. 억지로 힘을 준 웃음이 아니라 입꼬리를 아주 조금 올리는 부드러운 미소였다.

"글이든 밥이든, 제철 걸 쓰는 게 제일 진짜 같아."

경수가 눈을 깜빡였다.

"제철, 이요?"

"버섯은 가을이야. 봄에 표고밥을 억지로 끌어 쓰면 향이 비틀려. 글도 그렇지 않을까. 지금 네 속에 있는걸, 네 속도의 단어로, 네 계절의 문장으로 쓰는 거. 힘을 줘야 할 때 빼는 게 제일 어려워. 근데 그게 가장 '너다운 맛'을 만들지."

진안은 경수의 눈을 똑바로 보았다.

"나는 너를 믿어. 네 글의 힘도. 그러니까, 가장 너다운 글을 써봐."

경수의 눈동자가 물에 잠시 비친 햇빛처럼 반짝였다. 뭔가가 '딸깍'하고 맞물리는 소리가 그의 뇌 속에서 났다. 그는 급하게 주머니에서 휴대폰을 꺼내 몇 줄을 써 내려가기 시작했다. 손가락이 갑자기 '자기 글씨'를 되찾은 사람처럼 빠르게 움직였다.

"형! 저 가야겠어요!"

진안과 광운이 동시에 눈썹을 올렸다.

"생각났어요! 제가 뭘 써야 하는지!"

경수는 의자를 밀치듯 일어나 자전거로 달려갔다.

"그래, 그 이야기를 쓰는 거야!"

마당을 빠져나가며 경수가 산에서 메아리치듯 소리를 질렀다.

"야호!"

경수의 쾌활한 고함이 마당에 걸어둔 고추 줄기 사이를 헤치고 서연정 안까지 흘러들었다.

"잘, 된 거겠지?"

걱정 반, 안심 반, 눈썹이 내려온 진안이 창밖을 보며 중얼거렸다. 광운은 창턱에 기대다 등을 돌렸다.

"알아서 하겠지. 애도 아니고."

진안은 짧게 숨을 내쉬었다. 그러나 경수가 사라진 골목 쪽에서 시선을 쉽게 거두지 못했다.

그날 저녁. 하늘은 한 톤 더 높아졌다. 노을의 붉음은 짧았고 대신 공기에는 버섯 향이 아주 옅게 손끝에 남아 있었다. 진안은 손을 씻었지만 지워지지 않는 향을 맡으며 일기장을 펼쳤다.

15화 표고버섯 솥밥

표고는 오늘
작은 솥 안에서 제 향을 다 썼다.
쌀알 하나하나에
숲길을 깔아 주고,
숭늉으로 돌아와
목구멍 끝까지 따뜻하게 붙들었다.

거듭 미끄러지는 청년이
밥 한 숟가락에
다시 발을 디뎠다.
나는 그의 배를 먼저 채웠고,
그의 손끝이 늦게 따라왔다.

글이든 밥이든, 제철이 있다.
봄에 겨울 말을 억지로 끌어오면
맛이 뒤틀린다.

힘을 주는 대신
빼야 할 때가 있다.
그렇게 남은 여백에

오늘의 메뉴는 서연정입니다

사람의 향이 앉는다.

꿈 많은 청년,
거듭되는 실패 앞에서조차
포기를 못 하는 사람,
그 속을 어루만진 건
제철의 솥밥 한 그릇이었다.

나는 그를 믿는다.
그 글의 힘도 믿는다.

　그날 밤. 유독 별빛이 또렷이 맺혔다. 바람은 낮보다 한결
차가워 손등을 스쳤지만, 손끝엔 여전히 표고의 향이 은은히
남아 있었다. 진안은 하늘을 올려다봤다. 높아진 하늘이 곧 계
절을 말해주었다. 가을, 실패도 희망도 함께 익어가는 계절.
서연정도 그만큼의 깊이로 물들어간다.

15화 표고버섯 솥밥

호박고구마

: 껍질을 벗기니, 마음이 달았다

가을이 도하리에 찾아왔다는 건 사람들의 하루가 달라졌다는 뜻이었다. 들녘에는 벼가 고개를 푹 숙이고 바람이 스칠 때마다 황금빛 물결이 일렁였다. 새벽부터 일어나 논두렁을 지키던 농부들의 어깨 위엔 이슬이 반짝였고 밭머리에는 갓 수확한 고구마가 자줏빛 껍질을 드러낸 채 바구니에 수북이 담겨 있었다. 장터에 모인 아주머니들은 감을 따 와 붉은 바구니에 가득 쏟아놓고 가을볕 아래서 손놀림 바쁘게 곶감을 꿰어 매달았다. 아이들은 학교 가는 길에 바싹 마른 은행잎을 밟으

오늘의 메뉴는 서연정입니다

며 '바스락' 소리를 즐겼고 어르신들은 마을회관 마루에 앉아 기침 섞인 웃음으로 화투장을 내던졌다. 그렇게 계절이 한 발 더 깊어져 갈수록 도하리 사람들의 호흡도 조금씩 달라지고 있었다.

가을은 또한 본격적으로 학교 담장을 타고 넘었다. 운동장 한편의 은행나무가 색을 물들였고 매점 앞 벤치에는 햇볕이 비스듬하게 누워 앉았다. 쉬는 시간 종이 울리자, 몇 되지도 않는 아이들이 교실 문을 밀고 뛰쳐나왔다. 교복 대신 저마다 다른 후드와 얇은 점퍼가 복도에 작은 물결을 만들었다. 누군가는 축구공을 품에 안고 계단을 달려 내려갔고 누군가는 서랍장에 엉덩이를 걸친 채 매점에서 한가득 사 온 간식을 서로 바꿔 먹었다. "뛰지 마라, 계단 조심!" 체육관에서 나오는 학생주임, 병철의 목청이 복도를 한 번 가로질렀고 음악실 문틈으로는 리코더의 불안한 도가니가 새어 나왔다. 시골 학교의 오후는 그렇게 번잡하고도 평화로웠다.

민하는 종이 뭉치를 양팔에 안은 채 교무실 문을 밀고 들어왔다. 타닥타닥 키보드 소리, 복사기에서 뽑혀 나오는 따끈한 종이 냄새, 커피 자판기 앞에서 줄을 서며 흘리는 소소한 푸념이 교무실의 공기를 만들고 있었다. 창밖으로는 운동장의 흙냄새가 가늘게 들이쳤다. 민하는 자리에 앉아 수행평가 기록

16화 호박고구마

표를 정리했다. 펜촉이 종이 위를 미끄러질 때 옆자리에 앉은 옥희가 의자를 끌어 민하 쪽으로 몸을 기울였다.

"자기 요새 달라진 것 같다?"

"네?"

민하는 펜을 멈추고 눈을 동그랗게 떴다. 무슨 말인지 몰라 고개를 갸웃거렸다.

"연애라도 하는 거 아냐?"

옥희가 팔을 톡톡 치며 입꼬리를 올렸다. 그때까지만 해도 고개를 숙이고 계획서를 쓰던 병철의 귀가 번쩍였다. 그는 책상 위에 손바닥을 짚고 상체를 쑥 내밀었다.

"뭐라고? 우리 민하 선생님이 연애를 한다고?!"

큰 목소리가 교무실을 한 바퀴 돌고 돌아 민하의 귓불을 세게 때렸다. 일제히 쏟아지는 시선에 민하는 서류를 탁탁 모아 정렬하며 얼굴을 붉혔다.

"무, 무슨 말씀을 하시는 거예요! 남자 친구도 없는 사람한테! 그렇게 놀리실 거면 소개라도 하면서 말씀해 주세요!"

"딱 있잖아, 민하 선생님하고 어울리는 사람."

옥희가 의자를 더 붙이며 다른 이들은 못 듣게 속삭였다.

"서연정 총각들."

"아, 선생님!"

오늘의 메뉴는 서연정입니다

민하는 벌떡 일어섰다. 의자가 뒤로 밀리며 바닥을 긁는 소리가 났다. 옥희는 깔깔 웃었고 민하는 더 민망해지기 전에 서둘러 교무실을 빠져나왔다. 복도는 오후 햇빛으로 반짝였다. 창가에 걸린 화분 사이로 먼지가 금가루처럼 떠다녔다. 민하는 두 볼을 손바닥으로 탁탁 쳤다.

"홍민하! 미쳤어."

그날 저녁. 샤워를 마치고 침대에 눕자, 생각은 제멋대로 굴러갔다. 지난번 서연정에서 마주쳤던 얼굴이 또렷하게 떠올랐다. 햇빛을 아무리 받아도 말갛게 유지되는 피부, 선명하게 살아 있는 눈빛, 얼굴을 가르는 콧대는 아슬하게 베일 것만 같았고 적당히 올라붙은 붉은 입술은 말끝마다 온도를 남겼다. 무심한 듯 손질한 새까만 머리카락은 땀을 먹어도 향긋할 것만 같았다. 반듯하게 뻗은 어깨와 허리는 남자답게 단단했다. 거기까지 떠올랐을 때 민하는 이불을 머리끝까지 끌어당겼다.

"여자 친구… 있을까? 인기 많을 것 같은데…. 혹시 요리만 사랑하는 타입? 설마… 옆에 있던 그 친구랑?"

'아냐, 아냐.'

스스로 잡념을 밀어내던 민하는 결국 새벽녘이 되어서야 겨우 눈을 붙였다.

잠이 얕으면 결심이 깊어진다고 했던가. 일요일 오전. 민하

16화 호박고구마

는 정면 돌파를 마음먹었다. 이 마음이 정말인지 한 번쯤 확인해 보고 싶었다.

도하리를 훑어 넘어가는 길은 들판이 비워낸 빛으로 넓고 하늘은 높아진 만큼 더 파랬다. 시골길의 가을이 창밖으로 흘렀다. 서연정 앞에 이르자 생각보다 먼저 도착했다고 믿었는데 이미 입구부터 사람들이 북적였다. 마당에 길게 그림자가 늘어져 있었고 문간에 걸린 풍경이 바람에 살짝살짝 흔들렸다.

입구를 지키던 광운이 고개만 끄덕이고 무언가를 내밀었다. 받아보니 7번 숫자가 박힌 번호표였다.

"저…!"

민하가 불렀지만, 광운은 이미 다른 손님에게 고개를 돌리고 있었다. 그의 등은 미동도 없었다.

"뭐야…. 나 기억 못 하나?"

민하는 반쯤 웃고 반쯤 시무룩한 얼굴로 번호표를 매만졌다. 눈을 돌리자, 마당 가장자리 낮은 울타리 넘어 작은 텃밭이 눈에 들어왔다. '절대 출입 금지! 여러분의 식재료입니다!'라는 팻말이 곱게 박혀 있었다. 갓 물을 먹은 상추가 빤질했고, 줄기 굵은 깻잎이 좌우로 선을 맞췄다. 흙길에는 누군가의 발자국이 남았다. 그 옆으로 구부러진 고랑이 단정했다. 피식, 웃음을 흘리며 민하는 혼잣말로 중얼거렸다.

오늘의 메뉴는 서연정입니다

“보물창고네, 완전.”

서연정 안은 느긋한 시간의 냄새가 났다. 그릇 부딪는 소리
도 조용했고 손님들의 웃음은 낮게 울렸다. 바쁜 와중에도 미
소 하나 흐트러뜨리지 않는 진안이 눈에 들어왔다. 그는 누구
에게나 같은 톤으로 다정했다. 주문을 받으며 고개를 끄덕이
는 리듬이 주변 공기를 안심시키는 듯했다. 민하는 생각했다.

‘그래, 나는 저 미소에 마음이 빼앗긴 거야.’

누군가의 미소를 마음에 간직하고 싶다는 욕망이 이렇게
생생하게 찾아올 줄은 몰랐다. 가슴이 간질거렸고 그 간질거
림이 낯설었다.

“선생님!”

자신의 차례가 되었을 때 진안이 먼저 알아보고 반겼다. 민
하는 다시 볼까지 달아올라 제대로 인사도 못 하고 빈자리에
후다닥 앉았다. 천천히 먹는 곳, 천천히 떠들다 가는 곳. 그러
나 오늘은 쉽사리 시간이 비지 않았다.

식사를 마친 민하는 물컵을 양손으로 감싸고 있다가 여태
바빠 보이는 진안을 힐끗 보았다. ‘오늘은 아닌가 보다.’ 포기
의 마음으로 자리에서 일어나려는데 그가 급히 다가왔다.

“선생님, 혹시 시간 괜찮으세요?”

“시간이요?”

민하는 심장이 한 번 더 세게 뛰는 걸 느꼈다. 이거 혹시 데이트 신청? 혀끝이 마르려던 찰나,

"지금 주방에서 고구마를 찌고 있거든요. 같이 먹어요."

눈으로 웃는 진안은 민하의 답을 듣기도 전에 황급히 뒤돌아 주방으로 사라졌다.

서운함과 기쁨이 한꺼번에 들어왔다. '그래도, 나를 생각한 거지?' 민하는 어쩐지 기대를 더 크게 부풀렸다. 홀 한쪽에서는 광운이 "점심 마감" 푯말을 뒤집어 들고 있었고 테이블을 가뿐하게 정리하고 있었다.

"광운아, 설거지는 나중에 하고, 고구마부터 먹자!"

진안이 주방에서 외쳤다.

일순간 행동을 멈춘 광운은 홀에 혼자 남은 민하와 진안을 번갈아 보더니 코로 살짝 웃었다.

"난 됐어. 저녁 장사할 재료나 적어줘. 읍내 다녀오게."

그는 진안이 건넨 장부 한 장을 쓱 찢어 주머니에 넣고 오토바이에 몸을 싣고 마당을 빠져나갔다. 배기음이 골목 끝으로 작아졌다.

정적이 잠깐 어깨를 펴고 앉았다. 그 정적을 깨듯 앞치마 끈을 아직도 풀지 못한 진안이 바구니를 들고 다시 나타났다. 자색의 호박고구마가 소복하게 담겨 있었다. 바구니 틀 너머로

김이 얇게 새어 나왔다.

"잠시만요."

그는 바구니를 내려놓고 냉장고에서 유리병 우유를 꺼냈다. 하얀 표면에 차가운 물방울이 맺혔다.

"선생님이랑 막걸리를 할 순 없으니까. 또 저도 저녁 장사를 해야 하고. 우유, 괜찮죠?"

"네! 뭐든, 괜찮아요!"

민하의 목소리는 필요 이상으로 높아졌다.

고구마는 자색 껍질이 반들거렸고 손끝으로 집어 들자 뜨거움이 껍질 너머로 살짝살짝 전해졌다. 진안이 장갑을 끼고 하나를 반으로 갈랐다. 껍질이 끊어질 때 얇은 막이 '쪽' 하고 소리를 내자 그 사이로 황금빛 속살이 환하게 열렸다. 수분이 많은 호박고구마 특유의 윤기가 표면을 얇게 덮고 있었다. 민하가 조심스레 한입 베어 물었다. 섬유질이 혀에 닿는 순간 달큰한 김이 목구멍 안쪽까지 한꺼번에 번졌다. 혓바닥을 타고 들어온 단맛은 단순히 '달다'를 넘어서 구수했고 군침이 다시 솟았다. 고운 전분이 입천장에 살짝 붙었다 떨어졌다. 열기가 볼을 안에서부터 데우듯 퍼졌다.

진안이 말했다.

"올해 고구마가 특히 좋아요. 비가 적당히 와서 그런가 봐요."

16화 호박고구마

민하는 말 대신 고개만 끄덕였다. 우유병을 잡은 손에는 차가운 물방울이 맺혔고 고구마가 지나간 자리에 달콤한 향이 남았다. 그는 속으로 생각했다. '이런 건… 너무 연인들 같다.' 생각이 거기까지 가자 스스로 놀라 다시 고개를 숙였다.

"그러고 보니 소개가 늦었네요. 저는 김진안이라고 합니다."

"저, 저는 홍민하예요."

짧은 인사가 어쩐 지 오래 준비해 온 문장처럼 심장을 두드렸다. 소개팅 자리의 첫 멘트 같은 어색함과 설렘이 동시에 밀려왔다. 실수하지 않겠다는 마음이 발바닥을 꼭 붙들었다.

몇 마디 안 되는 이야기를 나눴지만, 말 사이사이에 스며드는 온기가 있었다. 그는 말을 아끼는 사람이었고 그래서인지 건네는 말 한 줄이 더 넓었다. 좋은 날씨에 농사는 어떻고, 요즘 아이들은 어떤 책을 좋아하는지, 고구마는 생각보다 재배가 까다롭다는 사소한 정보까지. 민하는 들어주며 그의 따뜻함이 어쩌다 생겼을까를 헤아렸다. 그 온도는 문득 생기는 게 아니라 오래 데운 마음에서 나오는 것이라고, 민하는 직감했다.

가을 햇살이 기울며 마당의 그림자가 길어졌다. 민하는 가방끈을 어깨에 걸었다.

"그만 가볼게요. 쉬시는 데 방해가 되는 것 같기도 하고."

"고구마 챙겨드릴게요. 저랑 그 친구랑 먹기에는 양이 많거든요.”

진안이 주방으로 들어가 그릇을 찾았다.

“다회용기에, 담아 주세요!”

민하는 자신도 모르게 외쳤다.

“네?”

그의 물음에 민하는 시선을 내리깔았다. 속으로 조용히 덧붙였다.

‘그래야, 또 오니까.’

진안은 말없이 고개를 끄덕이며 플라스틱 통을 찾아 고구마를 한가득 담았다. 아직 식지 않은 고구마의 김이 통 안 가득히 메웠다.

민하를 배웅하는 길에 진안이 말했다.

“자주 오세요. 이 통 반납하러 오는 거 말고요.”

“그래서 그런 게 아니라, 저는 그냥….”

제 속을 들켜버린 민하는 손사래를 쳤다. 혀가 엉켜 문장이 자꾸 짧아졌다. 뺨의 열기가 다시 품에서 솟았다. 부끄럽다. 민하는 자신을 보며 해맑게 웃는 진안을 뒤로하고 서둘러 도망치듯 고개를 꾸벅 숙였다.

차 문을 닫자, 유리창에 자신의 상기된 얼굴이 잠깐 비쳤다. 민하는 얼굴을 식히기 위해 창문을 끝까지 내렸다. 서늘한 바람

16화 호박고구마

이 달아오른 얼굴을 스쳤고 차 안 가득히 고구마 향이 물렸다.

"이걸… 어떻게 먹어."

먹을 때마다 떠오를 얼굴. 심장이 도로에 맞춰 덜컥거렸다.

민하의 차가 먼지를 남기고 멀어지자, 서연정 마당은 다시 조용해졌다. 진안은 잠깐 그 방향을 바라보다가 길게 숨을 내쉬었다. 얼굴에 드리운 그림자를 치워버리고 걸음을 돌려 주방으로 들어선 진안의 귀에 "갔어?"라는 목소리가 들어왔다. 장바구니를 두 손 가득히 든 광운이 서연정 문턱을 넘어 들어오는 중이었다.

"당연하지. 지금 시간이 몇 시인데."

"너는 어떤데."

광운은 돌려 말하지 않았다. 진안은 순간 숨이 컥, 막혀 사레에 들린 듯 캑캑거렸다. 물을 삼킨 진안이 겨우 말했다.

"뭐, 뭐가?"

"됐어."

광운은 어깨를 으쓱하고 2층으로 올라갔다. 발자국 소리가 나무 계단을 타고 사라졌다. 진안은 괜한 눈길로 계단을 한 번 더 흘겼다. 그때 주방 한 귀퉁이에 남겨둔 고구마가 눈에 들어왔다. 아까 반으로 쪼갰던 자리에 아직 미지근한 김이 얇게 맺혀 있었다. 민하가 입을 가리며 수줍게 웃던 얼굴이 자연스레

오늘의 메뉴는 서연정입니다

떠올랐다. 눈앞의 고구마처럼 소박하고 달콤한 장면이었다. 진안의 입꼬리가 조금 올랐다.

그날 진안의 일기에는 평소보다 짧고, 담백한 글이 실렸다.

오늘, 고구마를 함께 먹은 손님이 있었다.
껍질을 벗기자, 황금빛 속살이 김을 내뿜었고,
우유 한 잔과 곁들여 나누는 동안
그녀는 자꾸만 웃었다.
그 웃음은 고구마의 단맛처럼 오래 머물렀다.

내 안에도-

더 쓰려다 진안은 펜을 손에서 놓았다. 짧은 글이 오늘의 마음을 다 담아내진 못했지만 어쩐지 그것으로 충분하다고 진안은 생각했다. 어떤 이의 그림자도 남아 있지 않은 마당은 고요했다. 그 고요 속에 오늘 마주했던 부끄러움 많던 미소가 서연정 곳곳에 짙게 남을 것이다.

16화 호박고구마

모둠 정식

: 여전히, 화려하세요

미자는 원래부터 새벽잠이 짧았다. 어둠과 새벽 사이, 장독대 뚜껑에 얇게 맺힌 물방울이 차갑게 떨고 골목길을 쓸고 지나가는 빗자루 소리가 한 번 스쳐 간 뒤면 동네는 다시 쥐 죽은 듯 고요해졌다. 미자는 부엌에서 찬물에 말은 밥을 몇 숟갈 떠 넣어 허한 속을 겨우 눅여놓고 씻은 얼굴을 수건으로 꾹꾹 눌러 닦았다. 그리고 방 한쪽 벽에 꼭 붙어 앉아야 겨우 전신이 비칠까 말까 한 낮은 화장대 앞에 몸을 웅크렸다.

거울 속 얼굴은 먼저 기초 크림의 하얀 막을 입었다. 그 위로 짙은 파운데이션이 헤라클레스처럼 주름을 밀어 펼쳤다. 펴지지 않는 골은 그에 따라 미세한 균열이 금처럼 반짝였다. 진줏빛 아이섀도를 눈두덩에 넓게 깔고 그 위에 은색 펄을 한 번 더 얹자, 눈가의 잔주름마다 별 가루가 모여 앉았다. 검은 아이라인은 날개처럼 길게 뻗어나가 귀밑에서야 간신히 멈췄다. 속눈썹은 두툼한 마스카라를 거듭 발라 올리며 바람개비처럼 휘청였다. 반듯하게 문신해 둔 눈썹은 한 치의 흐트러짐도 없었고 블러셔는 사과처럼 두 볼에 둥근 색을 심었다. 마지막으로 입술. 샹들리에 유리구슬처럼 번들거리는 강렬한 장밋빛 립스틱을 두 번, 세 번 채워 바르자 입술이 홀로 방 안의 불빛을 반사했다.

드라이기의 열이 "부우우-"하고 울리며 머리칼을 밀어 올렸다. 롤 빗이 미자의 손목에서 두 번, 세 번 돌아가는 동안 머리는 마치 솜사탕을 하늘로 끌어 올리듯 부풀어 올랐다. 아프리카 초원의 사자도 친구로 알아보고 길을 비켜줄 법한 풍성하고 당당한 실루엣이 완성되었다. 미자는 고정 스프레이를 길게 뿌려 머리의 윤곽을 세웠다.

"자기, 문 열었지?"

집과 붙어 있는 미장원 출입문 유리창이 딸랑거리는 소리를 내며 흔들림과 동시에 문틈으로 단골의 목소리가 들려왔다. 미자는 화들짝 일어나 앞치마를 주섬주섬 매 보라색 네온 간판을 켰다.

"어후, 왜 이렇게 일찍 왔어어~"

미자의 높은 목소리가 좁은 뷰티살롱 천장에 부딪혀 되돌아왔다. 샴푸 대의 금속 배수구는 물비늘을 흘렸고 오래 쓴 미용 의자 등받이의 인조가죽에는 고운 금이 촘촘히 들어가 있었다. 벽면에는 90년대 잡지에서 오려 붙인 헤어스타일 화보들이 아직도 색을 유지한 채 미소를 띠고 있었다. 파마약 특유의 톡 쏘는 냄새가 히터의 따뜻한 바람에 실려 살결로 파고들었다.

"있잖아, 결국 그 서울 부부 못 견디고 다시 갔다잖아."

"어머, 어머. 진짜? 그 집 말하는 거지? 도하리 윗동네."

"그래! 근데 여기 집도 안 팔려서, 그냥 놔두고 갔대!"

"그럼, 여기 집은 어째?"

"뭘 어째, 그냥 그렇게 폐가 되겠지!"

"자기도, 참. 그렇게 예쁜 폐가가 어딨어?"

"폐가가 뭐 처음부터 폐가인가? 내버려 두고 안 가꾸다 보면 폐가인 거지?"

아침의 수다는 빠르게 달궈진 파마 롤처럼 온기를 키워갔다. 미자는 숱가위를 리듬감 있게 놀리며 말끝마다 '그치?' '맞

오늘의 메뉴는 서연정입니다

지?’ 하고 추임새를 넣었다. 남의 삶을 조금 씹고 자기 한숨을 조금 덜어낸다. 그렇게 하지 않으면 이 무심한 삶을 살아갈 수 없던 미자였다.

그때 파마약을 바르던 단골이 미자의 얼굴을 보며 한마디를 툭 던졌다.

“어머, 근데 자기야. 자기도 얼굴 많이 상했다.”

미자의 손이 허공에서 멈췄다. 소파에 앉아 삼박자 커피를 홀짝이던 다른 손님이 덧붙였다.

“그래, 그래. 화장을 그렇게 해도 주름이 자글자글한 게 이제는 보여.”

“에휴, 나이가 드는 건, 어쩔 수 없나 보다. 시간이 야속한 거지.”

말은 한숨이었고 한숨은 칼날이었다. 미자는 거울 속 자신의 얼굴을 오래 들여다보았다. 열심히 세운 볼륨과 반짝이는 눈두덩 사이에 누구도 건드리지 않은 골짜기가 있었다. 그 골짜기에는 묵혀 둔 서운함과 오래된 피로가 검게 앉아 있었다.

‘언제 이렇게 초라해졌지?’

하루 내내 미자는 공허한 통 속에서 머리를 말아주고, 파마약을 헹궈주고, 드라이어 바람을 고객의 목덜미에 기분 좋게 흘려보냈다. 손끝은 프로였고 마음은 텅 비었다.

17화 모둠 정식

오후가 한적해지자 미자는 휴대폰을 들었다. 모처럼 딸에게 전화를 걸 생각이었다. 미자에게 하나밖에 없는 딸은 자랑이었다. 파마약에 손 다 쓸려가며, 가위질에 베이며 애지중지 키운 딸이었다. 미자는 그런 딸을 동네 사람 보란 듯 서울에 있는 대학에 보냈고, 번듯한 직장에 다니게 했다. 이제 하나 바라는 것이 있으면 제 아버지와 달리 딸만 아껴주고, 바라만 주는 그런 남편 만나 잘 사는 것인데….

화면에 "사랑하는 우리 딸"이라는 이름이 떴다. 통화음은 한참이나 이어졌다. 안 받을 건가보다, 바쁜가보다 싶어 그만 내려놓으려는데.

"어, 엄마. 무슨 일 있어?"

미자의 목소리에 화색이 돌았다.

"아니, 너 잘 사나 하고. 연락 안 한 지도 꽤 됐잖아."

전화기 너머로 바람 빠지는 소리가 났다.

"엄마, 무소식이 희소식인 거 몰라? 나 잘 살고 있다고 했잖아."

"아, 그래, 그렇지."

미자는 눈치를 보며 슬며시 물었다.

"혹시 만나는 남자는 없고?"

"엄마! 진짜 이럴 거면 전화하지 마! 엄마는 그렇게 아빠한테 당하고 살았으면서 딸이 결혼하길 바라?!"

오늘의 메뉴는 서연정입니다

“아니, 나는….”

“엄마가 못 받은 거 나한테 바라지 말라고 좀! 아, 끊어! 바빠!”

뚜- 뚜-.

끊긴 신호음이 미장원 전면 유리창을 맴돌다 밖으로 새어 나갔다. 미자는 의자에 털썩 주저앉아 손등으로 눈 앞머리를 꾹 눌렀다. 오래전 자신을 떠나 더 젊은 여자와 새 삶을 꾸린 남자의 뒷모습이 허공에 걸렸다. 그늘은 늘 그 자리에 있었다.

문짝에 “오늘은 일찍 문 닫습니다.”라는 종이를 붙인 미자는 밖으로 나왔다. 도하리 읍내로 내려가는 골목의 공기에는 가을이 우묵하게 패여 있었다. 길모퉁이 투박스러운 꽃집에 장미가 한창 피어 있었고 미자는 충동처럼 장미를 한 아름 샀다. 향은 달았다. 포장지는 바스락거렸다. 집안에 이 향을 풀어놓으면 마음도 따라 환해질 것만 같았다.

돌아오는 길에 담장이 무너진 빈집이 눈에 들어왔다. 울타리 안에는 한때 화단이었을 자리에서 잡풀만 허리춤까지 자라 있었다. 그 위에 누가 던져놓고 간 듯 검게 말라붙은 꽃다발이 바삭바삭 부서질 듯 누워 있었다. 미자는 걸음을 멈추었다. 방금 산 장미가 한쪽으로 기울었다.

‘누가 나보고 장미라고 했지? 나는, 사실 저렇게 죽어가는 들꽃이 아닐까.’

17화 모둠 정식

심장이 바닥으로 툭 내려앉았다. 열이 쓱 빠져나갔다. 거리는 분주했지만 미자는 갑자기 혼자였다. 포장지 속 장미가 삐걱거리며 소리를 냈다. 그때 뒤에서 따뜻한 목소리가 골목을 스쳤다.

"미자 아주머니?"

장을 보고 돌아오던 진안이 차를 갓길에 세우고 창문을 내렸다. 환한 햇살 같은 웃음이 번져 골목을 환하게 만들었다. 미자는 그 웃음을 보는 순간 버텨오던 무언가가 조용히 툭, 끊어졌다. 골목 바닥에 주저앉아 꺼이꺼이 울음이 터졌다. 마스카라는 비에 젖은 먹물처럼 흘러내렸고, 부풀린 머리칼이 조각조각 허물어졌다.

"대, 대체 무슨 일이세요?"

진안이 허겁지겁 내려 장미 다발을 받아들이고 조심스레 미자를 부축했다. 미자의 울음은 진안의 차 안에서도 좀처럼 가라앉지 않았다.

서연정 문이 열렸을 때 광운은 미자의 정돈되지 못한 행색에 본능처럼 어깨를 움찔했다.

"이렇게까지 안 해줘도 되는데…."

미자는 웅얼거렸고 광운은 반사적으로 진안을 보았다. 진안은 고개를 한 번 끄덕였다.

오늘의 메뉴는 서연정입니다

"금방이면 돼요! 마침, 하고 싶었던 요리가 있었거든요. 광운아, 부탁할 게 있어."

진안이 귀에 바짝 대고 무슨 말을 속삭였다. 광운은 이마를 ㅓ졌다가, "오늘 하루만이야. 응?" 하는 진안의 덧붙임에 한숨을 길게 뱉었다. 그리고 묵묵히 2층으로 올라갔다.

잠시 뒤, 계단을 내려오는 발소리와 함께 광운이 모습을 드러냈다. 평소의 헐렁한 셔츠 대신 단정한 양복, 그 위에 검은 앞치마. 넓은 어깨와 반듯한 허리가 차분한 광택을 띠었다. 진안이 먼저 따끈한 크림수프와 갓 데운 작은 빵 바구니를 건네자, 광운은 박자도 흐트러짐 없이 미자의 앞에 내렸다.

"어머…."

미자는 수저를 들지 못하고 잠시 그릇을 바라보았다. 수프 표면에는 우유의 얇은 막이 은빛을 띠며 살짝 흔들렸다. 버터에 살짝 구운 빵은 가장자리가 사각 부서질 듯 향기를 내뿜었다.

주방에서는 기름이 얇게 깔린 철판이 '치-' 하는 경쾌한 소리를 냈다. 흰 살 생선에 얇게 입힌 옷이 부풀어 오르며 황금빛을 띠었다. 고운 빵가루에 입힌 돼지고기가 두 번째 튀김 바스켓 속으로 미끄러지듯 들어갔다. 거품은 잔잔한 비처럼 튀어 오르다 이내 가라앉았다. 다른 한쪽에서는 다진 소고기와 돼지고기를 섞어 치댄 패티가 팬 위에서 단단히 '지글' 소리를 냈

다. 고기가 익어가며 내는 달큰한 향이 부엌 문틈을 지나 홀 안
으로 퍼져갔다. 패티 위에 얹을 계란은 가장자리가 허연 고리
를 만들며 익고 노른자는 반쯤 응고되어 미세하게 떨렸다. 접
시 위에는 옛 경양식집을 떠올리게 하는 마카로니 샐러드가
작은 언덕처럼 올라갔다. 오이채의 초록, 당근의 주황, 옥수수
알갱이의 노란빛이 크림에 감싸여 점묘화처럼 반짝였다.

잠시 후, 미자 앞에는 작고 반짝이는 무대가 펼쳐졌다. 생선
가스, 돈가스, 함박스테이크. 세 가지가 각자의 자리에서 고유
의 향을 뽐냈고 옆자리에 놓인 레몬 조각과 파슬리 가루가 마
지막 장식처럼 빛났다. 소스는 접시에 넉넉히 끼얹었으나 굳
이 말하지 않아도 되는 종류였다. 이미 그 표면의 윤과 광으로
충분했다.

진안이 조용히 말했다.

"아주머니."

음식에서 시선을 떼지 못하는 미자가 고개를 천천히 들었다.

"여전히, 화려하세요."

그 말이 반짝이는 은식기의 표면에 부딪혀 흩어졌다. 미자
는 숨이 잠깐 막혔다. 주름 사이로 열기가 스며들었다.

수저가 수프 표면을 조심스럽게 깼다. 첫 술갈은 우유의 단
맛과 버터의 고소함이 혀 밑을 스르르 감싸며 넘어갔다. 빵을

오늘의 메뉴는 서연정입니다

뜯으면 따뜻한 김이 손바닥을 지나 손목으로 올라왔다. 생선 가스는 포크를 대는 것만으로도 바스러졌고 흰 살은 포슬포슬한 결을 드러냈다. 돈가스는 썲는 동안 얇은 옷과 촘촘한 육결이 번갈아 소리를 냈다. 함박은 칼이 닿자, 육즙이 얇은 막을 뚫고 번들거렸다. 그 위의 반숙 노른자가 조용히 흘렀다.

맛이 입안을 통과하는 동안, 미자의 눈 속에는 한때의 저녁들이 켜졌다. 붉은 네온사인이 흔들리는 골목, 가벼운 향수 냄새가 뒤섞인 댄스홀, 스테인리스 술잔의 차가운 입술, 자신을 보자마자 숱한 남자들이 고개를 돌려 눈을 맞추던 밤들. 그 어수선한 젊음의 끝에서 잘못 고른 한 남자로부터 한 방에 늙어버린 듯했던 어느 날. 거울 앞에서 무너질 수 없어 더 짙게 바른 화장. 고개를 들기 위해 더 높게 올린 머리.

포크 끝을 잠깐 멈춘 미자가 속삭이듯 말했다.

"다 늙어서, 청승이야. 나도 참."

진안은 고개를 저었다. 말없이, 그러나 확실히. 광운은 조용히 물컵을 갈아놓고 뒤로 물러섰다. 누가 미자를 위로한다는 말도, 지금 이 자리에서는 불필요했다. 대접받는 감각이 전부를 설명했다. 누군가 자신만을 위해 시간을 들이고, 장식을 얹고, 순서를 생각해 상을 차려주는 일. 젊음이 줄 수 없었던 품격이, 늦게 도착한 위로처럼 접시마다 앉아 있었다.

225

미자는 결국 접시 위의 것을 꾸역꾸역 그러나 한 입 한 입 의미 있게 다 비웠다. 소스의 마지막 선까지 빵으로 싹 닦아 먹었다. 미자가 숟가락을 내려놓자, 잠깐의 침묵이 홀을 덮었다. 창밖의 감나무 잎이 서늘한 바람에 뒤집히며 은빛 등을 번쩍였다.

"잘, 먹었어."

미자의 물기 어린 웃음이 서연정 가득 퍼졌다.

주방을 정리하고 돌아온 진안은 일기장을 펼쳤다. 연필이 종이 위를 미끄러지며 소리를 냈다.

오늘, 화려함을 다시 차려냈다.

반짝이는 것들이 사람을 가리는 날이 있는가 하면,

사람을 드러내는 밤도 있다.

함박 위의 계란 노른자처럼

흔들리면서도 무너지지 않는 마음을 보았다.

가위와 약 냄새에 물든 손,

그 손으로 남의 시간을 단정히 빚던 사람이

한 번쯤, 대접받는 자리가 되기를 바랐다.

모둠 정식은 작은 무대였다.
생선의 흰 살, 돼지의 결, 다진 고기의 숨결이
각자의 음으로 돌아와 한 곡을 만들었다.

그 노래의 후렴은 오래 들은 말 한 줄.
'여전히, 화려하세요.'
화려함은 유행이 아니라 태도라는 것을,
늦은 오후의 접시가 가르쳐주었다.

일기를 덮고 마당으로 나와 텃밭을 살폈다. 대가 굵어진 상추 사이로 가을빛이 미세한 먼지처럼 내려앉았다. 고랑마다 익어가는 것들이 있었다. 바쁜 계절이었다. 그러나 바쁨 사이로도 놓치지 않아야 할 것들이 있었다. 누군가의 오래 미뤄둔 자리, 대접이라는 이름의 작은 축제, 그리고 한 사람이 자신과 화해하는 순간 같은 것들.

어둠이 내려앉자, 서연정 안은 조용해졌다. 미자가 남긴 장미 한 송이가 물컵에 꽂혀 있었다. 삭아서 검어지지 않은 붉은 빛이 창가의 달빛에 맑게 번졌다. 오늘의 화려함은, 오래 가기로 마음먹은 듯했다.

17화 모둠 정식

설렁탕

: 뽀얀 숨 사이로 건네는 '사람답게'

꼭두새벽부터 주방의 열기가 떠다녔다. 창문 틈으로 흘러든 찬 공기조차 바닥에서부터 올라오는 뜨거움에 곧장 무력해졌다. 1층 천장에 엷게 맺힌 김은 등불처럼 흔들렸다. 끓는 솥이 내는 저음의 진동은 계단을 타고 2층 침실까지 올라갔다. 곤히 자던 광운의 미간이 그 진동에 툭툭 찌르는 듯 꿈틀거렸다. 이불을 턱 밑까지 끌어당기던 그는 버티다 못해 맨발을 내리고 계단을 턱턱 내려갔다.

"오늘의 메뉴는 지나간 여름이야?"

광운이 반쯤 감긴 눈으로 한솥 끓는 냄비를 턱짓으로 가리
키며 중얼거렸다. 진안이 젖은 앞치마 끝으로 이마를 훔치며
돌아봤다. 그의 팔과 목덜미는 이미 김에 푹 젖어 있었다.

"일찍 일어났네?"

"덕분인 것 같은데."

광운이 냄비에 한 번 더 턱짓을 보냈다.

"아, 이거? 사골 우리고 있어. 설렁탕 하려고."

"갑자기?"

"어제 정육점에 갔는데 뼈가 아주 좋더라고. 그래서 몽땅
사 왔지."

너도 참, 하고 광운이 고개를 절레절레 흔들었다. 주방 가득
고소하고 묵직한 냄새가 겹겹이 쌓였다. 냄비 속에서는 뼈마
디가 오래오래 울음을 뱉는 듯 보글보글 끓었고 젓가락 끝에
걸린 하얀 거품이 체에 닿을 때마다 부서지는 소리가 잦았다.

"어차피 계속 우려내야 해서 오늘의 메뉴로는 못 내어놓고,
내일 메뉴로 할 거야."

"홀에 에어컨 안 돌리면 사우나 되겠네."

광운은 너 알아서 하라는 듯, 한 손을 휘저으며 다시 2층으
로 올라갔다. 새벽의 어둠이 남아 있는 복도 끝, 주방의 흰 김
은 오래된 소나무의 결처럼 천천히 퍼졌다.

18화 설렁탕

그날 저녁. 손님 발길이 유난히 일찍 끊겼다. 간판 불을 내린 뒤에도 진안은 여전히 사골을 달였다. 시간의 두께가 쌓일수록 국물의 색이 맑고도 뽀얗게 깊어졌다. 광운은 마당에서 운동화 끈을 조여 매더니 헬멧을 들어 올렸다.

"어디 가?"

"바람 좀 쐬러. 안이 너무 덥기도 하고."

오토바이 시동이 켜지며 작은 진동이 밤공기를 깨웠다. 도하리의 가을은 이미 산등성이부터 짙은 빛을 내려보내고 있었다. 들판을 가르는 도로 가장자리에는 벼가 고개를 숙였고 논두렁의 물빛은 어둠을 받아 잔잔히 떨었다. 광운은 이유도 목적지도 정하지 않은 채 엉덩이에 바람을 싣고 달렸다. 도하리를 지나, 면을 지나. 네온사인이 얼룩처럼 번지는 시내에 들어서니, 간판들이 경쟁하듯 깜빡였고 문이 반쯤 열린 술집들에서는 웃음과 고함, 싸구려 음악이 뒤엉킨 소리가 쏟아졌다. 고단한 몸을 위로한다는 명목의 소란이 그는 영 못마땅했다.

돌아갈까, 하고 핸들을 틀려는 순간 좁은 골목 안쪽에서 둔탁한 소리가 터졌다. 맨주먹이 살을 때릴 때 나는 음침한 파열음, 벽돌벽을 운동화로 차는 소리, 이를 악문 채 뱉는 신음이 한꺼번에 섞였다. 광운은 브레이크를 슬쩍 잡았다. 가로등이 닿지 않는 어둠 속에서 욕설이 뻗어 나왔다.

오늘의 메뉴는 서연정입니다

"개새끼야. 내일까지다. 내일까지도 안 가져오면 니 병신 같은 할배랑 동생 새끼도 가만 안 둘 줄 알아."

걸걸한 목소리가 사람을 밟듯 뻗었다. 담배에 불이 붙는 불씨가 반짝했고 하얀 연기가 어둠의 천장을 만들었다. 그림자 넷이 휘적이며 골목을 빠져나왔다. 그 뒤에 남은 건 길바닥에 길게 누워 있던 사람 하나였다. 젖먹이처럼 꼼지락대다 먼지에 구겨진 가방을 질질 끌어오기라도 하듯 끌어당겼다. 한 발, 한 발. 절뚝이며 가로등 아래로 얼굴이 드러났다.

"진규?"

광운의 입에서 무심결에 튀어나온 말이었다.

부어오른 눈두덩이, 찢어진 눈썹, 입가의 터진 상처, 운동화 자국 먼지가 기다랗게 남은 교복. 광운은 그 얼굴을 안다고 몸이 먼저 알아차렸다. 헬멧을 벗어 얼굴을 드러내자, 그제야 진규의 경계가 반의반쯤 풀렸다.

"봤어요?"

"뭔데."

"신경 끄세요. 어차피 남의 일에 그렇게 관심 두는 타입도 아니잖아."

말은 냉소였지만 목소리는 기진했다. 그를 빤히 바라보던 광운은 트렁크에서 예비 헬멧을 꺼내 툭 던졌다.

18화 설렁탕

"타. 너 버스 끊겼어."

진규가 습관처럼 시간을 확인하더니, 짧게 한숨을 토했다. 핸들 뒤로 말이 없는 바람이 둘 사이를 메웠다.

도하리에서 한참 떨어진 마을. 불빛이 겨우겨우 숨 쉬는 골목 끝에 다 쓰러져 가는 집이 하나 있었다. 처마 끝에 녹슨 못이 반짝였고 현관 앞 고무신은 오래전에 주인을 잃은 것처럼 쓰러져 있었다. 광운이 오토바이를 세우자마자 허리가 굽은 노인이 집 안에서 허둥허둥 뛰어나왔다. 말 대신 울음이 먼저 '엉엉' 하는 소리가 목구멍에서 엉켜 나왔다. 진규는 무릎을 조금 굽혀 수화로 빠르게 손을 움직였다. 괜찮다, 그냥 넘어졌다, 밤늦었다, 다음엔 조심하겠다. 입술이 그 말을 따라 움직였다. 노인의 시선이 광운에게로 번졌다. 어둠 속에서 눈빛은 젖은 것처럼 번들거렸다.

"오랜만에 뵙습니다, 할아버지."

광운이 허리를 숙였다. 노인은 급히 다가와 손을 휘저었지만, 안타깝게도 광운은 그 손짓을 읽을 수 없었다. 진규가 팔을 뻗어 노인의 손을 가만히 잡아 내렸다.

"그만 해요, 할아버지. 다 소용없다고. 내가 알아서 해. 그러니까, 제발 그만 해요."

마당의 공기가 흙냄새로 무거워졌다. 먼지와 눅눅한 세제 냄새, 오래된 장판의 냄새가 어둠과 섞여 코를 찔렀다. 광운은 짧은 숨을 한번 길게 뱉었다.

"너, 빚졌냐?"

"아 쫌!"

진규가 노인을 떼어내며 광운을 향해 성을 냈다.

"형도 이제 그만하고 사라지시라고요! 어차피 형이 뭘 할 수 있는데요?! 돈 대신 내줄 거예요? 그러면 이 거지 같은 우리 형편이 나아져요? 내 일이니까 내가 알아서 하겠다고요!"

어둠 속에서 진규의 눈동자가 얇게 떨렸다. 광운은 말없이 헬멧을 다시 눌러썼다. 꺼지란다고 진짜 등 돌리는 모양으로 오토바이에 올랐다. 헤드라이트 불이 노인의 주름을 짧게 스치고 지나갔다. 돌아서는 순간 광운의 귀에 코끝을 훔치는 소리가 닿았다. 울음을 참아 목구멍이 긁히는 소리였다.

"고등학교 2학년 됐나? 귀가 안 들리는 할아버지랑 나이 한참 어린 동생이랑 살아. 예전에 일하던 공장에서 알게 됐는데 그 공장 문 닫고 새로운 일 알아본다고 하더니 녹녹지 않았나 봐. 할아버지 병원비는 계속 나가지, 동생도 키워야지. 그 나이에 돈 빌릴 곳이 뭐 있겠어? 또래한테 어쩌고, 저쩌고 하다 질 나쁜 놈들한테 제대로 걸린 것 같아. 방법, 없을까?"

서연정으로 돌아오자마자 광운은 숨도 고르지 않고 내뱉었다. 밤 주방은 낮과 달리 고요했지만, 사골이 아주 낮은 불에서 여전히 끓고 있어 바닥이 은근히 따뜻했다. 진안은 국자의 손잡이를 쥔 채 광운을 바라봤다. 바람을 맞다 온 사람 특유의 냄새-기름, 먼지, 차가운 공기-가 광운에게서 났다.

"들어보면, 당장 한 번의 돈으로 해결될 일은 아닌 것 같아. 지속적인 복지를 받아야겠지. 그 아이는 그 아이대로, 할아버지는 할아버지 대로 잘 몰라서 지원을 못 받는 것일 수도 있어. 내일 당장 관련 부처에 전화를 해보자. 문제는…."

진안의 말끝이 조심스레 가라앉았다.

"그건 내가 해결할 수 있어."

광운은 더 말하지 않았다. 대신 헬멧 버클을 채우는 소리로 대답했다. 그 소리는 대책 같기도, 결심 같기도 했다.

다음 날 아침. 진규는 일어나기가 싫었다. 천장의 얼룩이 밤사이 더 늘어난 것처럼 보였다. '이대로 끝낼까?'라는 말이 목구멍까지 차올라 와 혀끝에서 맴돌았다. 그 말은 금세 부서졌다. 할아버지가 아침마다 삼키는 약을 누가 챙기나, 오늘 학교 끝나고 성규 도시락은 누가 싸나. 죽음의 자리를 삶의 자잘한 일들이 끊임없이 밀어냈다. 그는 결국 몸을 일으켰다. 어디서 주워 온 대부업체 명함이 그의 손에 들려 있었다. 휴대폰 화면 속 대부업체 번호를 누를 듯 말 듯 한참을 망설였다.

오늘의 메뉴는 서연정입니다

그때, 마당에서 낯선 목소리가 톡 떨어졌다.

"계세요?"

진규가 반사적으로 창문을 젖히자, 바깥의 공기가 하늘거리며 방 안으로 들어왔다. 마당에는 광운과 또 다른 남자가 서 있었다. 남자는 큼지막한 보랏빛 보자기를 들고 있었고 차의 트렁크에는 커다란 가마솥이 꽉 들어차 있었다.

"안녕하세요."

남자가 허리를 깊이 숙였다.

"초면에 실례가 안 된다면 혹시, 주방을 쓸 수 있을까요?"

노인의 눈이 커졌다. 입 모양을 크게 하는 남자의 말을 애써 읽으려 했다. 광운이 턱으로 진규를 가리켰다.

"제 친구가 요리사인데 꼭 해드리고 싶은 요리가 있다고 해서 찾아왔습니다."

"제가 상관하지 말라고…."

진규가 쏘아붙이려는 순간 진안의 목소리가 한 박자 빠르게 겹쳤다.

"그냥 막무가내로 찾아온 거 아니야. 네 문제를 해결할 방향을 논의하기 위해 왔어. 진짜 너를 도와줄 방법."

말이 부드럽게 바닥을 쓸었다. 광운은 더 기다리지 않고 진규에게 다가가 볼을 살짝 꼬집었다.

18화 설렁탕

"주방이 어디라고?"

곧 온 집안이 구수한 향으로 가득 찼다. 진안이 가져온 사골 육수는 하룻밤 더 끓여 맑고 뽀얗게 깊어 있었다. 큰 냄비에 육수를 옮기고 약한 불로 올려 숨을 쉬게 하자, 국물 표면이 미세하게 흔들렸다. 건져 둔 사태와 양지의 결이 칼 아래에서 얇게 흘렀다. 결을 따라 칼날이 미끄러질 때마다 고기의 반달이 판 위에 나란히 누웠다. 마늘을 절반으로 가르고 대파를 송송 썰었다. 소면을 팔팔 끓는 물에 던져 넣으면 가느다란 면발이 부풀었다가 금세 바짝 몸을 말았다. 체에 밭쳐 찬물에 바락바락 씻어 전분기를 훑어내니 실처럼 매끈해졌다.

그릇을 뜨겁게 덥힌 뒤 맨바닥에 밥 한 덩이를 도톰하게 눌러 담았다. 그 위에 소면을 둥글게 얹고 얇게 썬 고기를 부챗살처럼 겹쳐 올렸다. 국자를 깊숙이 넣어 사골을 길어 올릴 때 흰 김이 한 번에 터져 나와 얼굴을 스쳤다. 뽀얀 국물이 그릇 위에서 천천히 차오르는 동안 대파와 후추를 마지막으로 흩뿌렸다. 소금은 따로 작은 접시에 담아 곁에 놓았다. "각자 입맛대로."라는 당부처럼.

"우와! 맛있겠다!"

아무것도 모르는 성규가 먼저 탄성을 질렀다. 숟가락을 들 때마다 하얀 김이 아이 얼굴을 스쳤다. 그 김이 눈썹에 맺혀

오늘의 메뉴는 서연정입니다

물방울처럼 반짝였다. 노인은 두 손으로 그릇을 감싸며 조심스레 국물을 먼저 떠 목에 넣었다. 뜨거움이 내려가는 동안 그의 어깨가 아주 천천히 풀렸다. 진규는 처음엔 망설이듯 숟가락을 들더니 한 모금의 온기가 배 속을 타고 내려가자 그제야 굳은 표정을 풀었다. 그들의 입술 가장자리에 국물이 하얗게 닿았다.

진안은 김치통 뚜껑을 열었다. 서연정에서 직접 담근 깍두기가 벌겋게 윤이 났다. 무의 모서리가 날렵했고 젓가락으로 집을 때마다 칼칼한 고춧가루가 살짝 떨어졌다. 탁, 하고 하나를 잘라 설렁탕 그릇 곁에 놓았다. 한입 베어 물자 단단한 무가 아삭하고 터진 뒤 단맛과 매운맛, 생강의 향이 국물의 고소함과 맞물렸다. 그 맛에 성규가 허리를 들썩였다. 진규는 자신의 그릇에서 밥 한 숟갈을 건져 국물과 비벼 삼켰다. '살아나는 맛'이라는 말이 있다면 아마 이런 거였다.

어느 정도 젓가락질이 느려졌을 때 진안이 젓가락을 놓고 노인에게 몸을 돌렸다. 입 모양을 크게, 손동작을 곁들여 또박또박 말했다. 내일 읍사무소에서 나오는 분과 맞춰 보겠다, 주거·의료·교육 쪽으로 받을 수 있는 제도를 정리하겠다, 서류는 우리가 도와서 준비하겠다. 말이 끝날 때마다 노인은 자리에서 반쯤 일어나 허리를 꾸벅 숙였다. 세 번, 네 번, 다섯

18화 설렁탕

번. 고개를 드는 동안에도 눈가가 젖어 있었다. 진규는 그 말을 듣는 동안 눈동자가 깊은 데까지 흔들렸다. 기대라는 감정이 얼마나 무서운지 동시에 얼마나 달콤한지 아는 사람의 눈빛이었다.

광운이 컵을 씻던 손을 털며 무심하게 한마디를 던졌다.

"해결했어. 그때 그 골목."

광운의 곁에서 정리를 돕던 진규가 고개를 번쩍 들었다.

"설마, 팼어요?"

광운이 잠깐 그를 똑바로 보다가 피식 웃었다.

"글쎄."

끝까지 대답해 주지 않았다. 마당에 나온 바람이 셋의 머리칼을 스쳤다. 진안이 차에 빈 통과 남은 식재료를 싣는 사이 광운은 진규의 손에 무언가를 쥐여줬다. 진규가 손바닥을 펼치자 작은 메모 하나가 얹혀 있었다. 전화번호. '급하면 연락'이라는 다섯 글자.

"이건 내가 가져간다."

그건 언제 또 봤는지 광운이 대부업체 명함을 진규의 눈앞에서 흔들며 말없이 주머니에 넣었다.

"돈 필요하면, 재한테 빌려. 이런 황금 같은 주말에 자기 가게 문 닫고 여기로 올만큼 주머니 사정 넉넉한 놈이니까."

오늘의 메뉴는 서연정입니다

"돈 빌려주는 사람치고 속 좋은 사람 못 봤는데….."

진규가 입을 삐죽였다. 광운은 마당 끝 먼 곳을 보며 짧게 말했다.

"사람답게 살아."

그 말은 누군가에게서 건네받아 오래 품어온 문장처럼 들렸다. 진규는 그 한마디가 허리 뒤쪽으로 끈 매듯 자신을 붙드는 느낌을 받았다.

"또, 봐요."

그가 코끝을 쓱 닦으며 시선을 피하자, 광운이 그의 머리를 톡 건드렸다.

차 문이 닫히고 바퀴가 흙길의 작은 돌멩이를 밀어냈다. 손을 흔드는 노인과 성규가 점점 작아졌다.

"진짜 팼어?"

돌아오는 길, 운전대를 잡은 진안이 물었다.

"그게 그렇게 궁금해?"

"몇 대 몇이었어? 이겼으니까 멀쩡하게 돌아왔겠지?"

"멋대로 생각해라."

광운은 창문을 내리고 손을 밖으로 쭉 뻗었다. 햇살에 데워진 가을바람이 손가락 마디 사이를 지나갔다.

"아, 시원하다."

그의 입은 더 열리지 않았다. 차창 밖 논의 물결이 햇빛을
받아 반짝였다. 도하리로 들어서는 길목. 바람결에 말라가는
볏짚 냄새가 차 안으로 스며들었다.

오늘 낮, 사골 국물을 데려가 세 사람을 먹였다.
오래 끓인 국물은 어떤 사정의 말보다
먼저 가슴으로 들어갔다.

소면은 얇게 풀렸고,
밥은 국물 속에서 둥글게 숨을 쉬었다.
깍두기 한 조각의 아삭함이
그 집의 침묵을 깨고,
뜨거운 김이 할아버지의 어깨를 내려 앉혔다.
아이는 배를 두드렸고,
소녀은 말없이 국물만 더했다.

광운은 끝내 말하지 않았다.
어떻게 정리했는지,
무엇을 감당했는지.

오늘의 메뉴는 서연정입니다

겉으로는 각지고 무뚝뚝한 사람이,

약한 쪽에 서는 데는 누구보다 빠르다는 사실을

나는 또 확인했다.

그런 그가 내 옆에 있어 다행이라고,

오늘은 조금 크게 생각했다.

설렁탕을 끓인 사골 육수의 열기가 서연정 바닥에서 아주 느리게 식어갔다. 사골은 불을 끄면 천천히 식었다. 식는 동안에도 그 안에서 실핏줄처럼 보이지 않는 것들이 서로를 붙들고 맛을 만들었다. 사람 사이도 그와 비슷하다고 진안은 믿었다. 뜨겁게 끓이는 시간, 불을 줄여 지키는 시간, 어둡고 조용한 데서 더 깊어지는 시간. 국물의 뽀얀 숨이 스스로 잦아드는 밤. 진안은 누군가의 배를 채운 그릇들이 설거지통에 엎어져 있는 모습을 오래 바라봤다. 내일 아침 다시 데워 내기 위해 오늘 밤을 천천히 내려놓는다.

18화 설렁탕

19화

오므라이스

: 상처 난 마음에도 숟가락은 닿는다

늦은 밤. 서연은 갈아입지도 못한 교복 차림으로 가방 하나 달랑 멘 채 현관문을 박차고 나왔다. 방문 틈 사이로 새어 나오던 술 냄새와 고함이 현관까지 달려와 목덜미를 잡아챘다. 거실 어딘가에서 유리컵이 탁자 모서리에 부딪히며 짧게 비명을 질렀고 텔레비전 화면은 파란 뉴스 자막을 얼어붙은 채로 내보내고 있었다. 아빠의 혀 짧은 욕설과 엄마의 마른 고함이 서로를 밀어 올렸다가, 한순간에 내려찍었다.

'차라리 헤어져서 살아. 나는 내가 알아서 살 테니까.'

서연은 그 말을 소리 내어 외치지 못했다. 대신 두 손으로 귀를 막고 신발장 위에 아무렇게나 접어 올려둔 운동화를 발에 구겨 신었다. 문고리를 움켜쥔 손이 잠깐 떨렸으나 문이 닫히는 소리는 놀라울 만큼 가벼웠다.

마당 끝을 스치는 바람은 축축했다. 골목의 가로등은 벌레들이 부딪혀 난 상처처럼 깜빡거렸다. 집과 학교, 학교와 읍내 사이를 오가며 보내던 저녁들의 길 위에서 서연은 한동안 허공을 헤맸다. 지금쯤이면 잠잠해졌겠지. 오늘은 무사하길…. 제발. 그 바람을 등 뒤에 둔 채 서연은 결국 뛰기 시작했다. 옆구리가 쥐어짜지듯 아프고 종아리를 누군가 잡아당기는 것처럼 다리가 무거워져도 멈추지 않았다.

'오늘이야. 오늘, 내가 모든 것으로부터 자유로워지는 날. 내가 서울로 가는 날.'

읍내를 돌아다니던 택시 한 대가 신호 대기 중이었다. 서연은 가방끈을 움켜쥔 손을 들어 흔들었다.

"버스 터미널로 가주세요. 최대한 빨리요."

기사의 짧은 대답 뒤로 택시는 자갈을 뿌린 도로를 박차고 나갔다. 논물을 품은 들판이 컹컹 숨을 내쉬듯 바람을 내보냈고 시골 풍경 속 드문 가로등은 창유리에 길쭉한 상처를 남기며 흘러갔다. 밤하늘의 별보다 더 번쩍거리는 시내의 네온사

19화 오므라이스

인이 가까워질수록 서연의 심장도 자꾸만 더 세게 두드렸다.

터미널 유리문이 열리며 따뜻한 공기와 라면수프 냄새가 동시에 밀려 나왔다. 그때 휴대폰이 떨리듯 울었다. 화면에는 '혜지'가 떴다. 잠깐 어쩌면 엄마일지도 모른다는 생각이 곧장 꺼졌다.

"서연아. 너 내일 시간 있어? 우리 엄마가."

"나 지금 서울 가."

"뭐?! 최서연! 너 미쳤어?! 지금 시간에?!"

"어, 나 미쳤어. 근데 갈 거야. 그러니까 나 찾지 마."

"야, 너 어쩌려고 그래?"

"나 집도 싫고, 여기도 싫고, 다 싫어. 나 서울에서 다시 시작할 거야. 그리고 혜지, 너. 나 서울에 갔다고 다른 곳에 이야기하면 가만 안 둬."

"야! 최서…."

뚝. 서연은 전원을 꺼버렸다. 누군가가 마음을 흔들어 놓기 전에, 결심이 흩어져 버리기 전에.

"어디 가세요?"

매표 창구의 유니폼을 입은 직원이 서연과 컴퓨터 화면을 번갈아 바라보며 답을 기다렸다.

"서울이요. 가장 빠른 거."

오늘의 메뉴는 서연정입니다

프린터가 얇은 종이를 밀어내는 소리 뒤에 21시 20분. 서울행 표가 손에 들렸다.

'다시는 오지 않을 거야. 절대로.'

서연은 표 모서리를 손끝으로 문지르며 마음속으로 또박또박 적었다.

유독 맑은 가을 아침이었다. 교문 앞 은행나무는 속을 발갛게 보여주는 은행 열매를 조금씩 떨어뜨렸고 운동장 흙밭 위에는 밤사이 앉았다 사라진 안개가 흰 소금기처럼 얼룩을 남겼다. 민하는 출근길에 음악을 끄고 차창을 슬며시 열었다. 찬 공기가 뺨을 스치고 지나가자, 마음을 단단히 여미는 메모가 저절로 떠올랐다. 화는 조금, 너그러운 마음은 넓게. 아이들을 사랑하는 마음으로.

교실 문이 열리자, 몇 안 되는 아이들이 동시에 "안녕하세요!" 하고 소리를 높였다. 민하는 한 얼굴씩 천천히 눈에 담았다. 밝게 웃는 아이, 멍하니 창밖을 보는 아이, 손톱을 깨무는 아이. 그 사이, 비어 있는 한 자리가 분홍 지우개 부스러기처럼 눈에 확 들어왔다. 서연의 자리였다.

"서연이는 안 왔니?"

여기저기서 서로를 보며 어깨를 으쓱였다. 서연이 학교에 오지 않는 일은 종종 있었지만, 오늘은, 느낌이 다르다. 민하

19화 오므라이스

는 출석부의 빈칸에 작은 점을 찍듯 마음 한가운데에도 검은 점 하나를 찍었다. 수업을 시작했지만, 칠판 위 분필 소리는 묘하게 둔탁했고 시계의 초침은 오히려 더 느리게 움직였다.

점심시간이 가까워질 때 교무실 문틈으로 혜지가 고개만 빼꼼 내밀었다. 아이는 손으로 치맛단을 꼼지락거리며 입술을 잔뜩 깨물고 있었다.

"어, 혜지야. 무슨 일 있어? 혹시 서연이에 관한 거니?"

한참 망설이던 혜지가 결국 낮은 목소리로 말했다.

"…실은요, 쌤. 서연이가 가출한 것 같아요. 서울로 간다고 했어요."

그 말이 공기를 움켜쥐고 교실 바닥으로 곧장 떨어졌다. 민하는 곧장 교무실로 뛰었다. 112. 전화기 너머의 목소리가 절차를 안내할 때 민하는 이미 가방을 들고 운동장으로 내려가고 있었다. 차 문을 열기 전, 숨을 한번 고르고 서연의 집 주소를 다시 떠올렸다.

문은 반쯤 열려 있었고 거실에는 비닐봉지와 빈 캔이 아무데나 놓여 있었다.

"그래서요?"

서연의 엄마는 민하의 얼굴을 한 번 크게 훑고 눈을 돌렸다. 민하가 어이가 없다는 듯 말을 받아쳤다.

“어머니, 서연이가 어젯밤에 시외버스를 타고 서울로 갔다고요. 지금 그 아이가 사라진 지 12시간이 넘었는데, 어머니라는 분이 ‘그래서요?’라뇨?”

서연의 엄마는 전부터 서연의 담임이랍시고 자꾸만 자신들의 일을 간섭하려는 민하의 꼴이 도무지 마음에 들지 않았다. 그녀가 민하와 시선을 맞추기도 싫다는 듯 고개를 한 번 더 홱 돌리며 짜증을 냈다.

“애가 죽은 것도 아니고. 서울에 가고 싶어서 갔다는데, 지가 또 오고 싶으면 오겠죠.”

“어머니!”

“아후, 짜증 나! 내 애도 아닌데 내가 신경 써야 하냐고!”

민하는 서연 엄마의 외침에 눈앞이 핑, 도는 것 같았다. 서연이 집안 사정을 입에 올린 적은 있지만 이런 말은 처음이었다.

“우리 집 일은 우리가 알아서 할 테니까, 꺼지라고, 쫌! 선생이랍시고 가르치려 드는 게 별꼴이야, 정말!”

문이 쾅 하고 닫혔다. 허공이 떨렸다. 민하는 문고리를 잠시 바라보다 힘을 빼고 손을 내렸다. 아무도 자신을 바라봐주지 않는 집. 온기라고는 한 곳에서도 찾아볼 수 없는 집. 이 집에서 서연은 얼마나 오래, 혼자 버텼을까.

서연정 마당에서는 잘 익은 토마토의 붉음이 햇빛을 받아

19화 오므라이스

반짝였다. 진안은 바구니에 토마토를 담으며 하나하나 상처를 뒤집어 보았다. 이걸로 케첩을 만들면 오늘도 누군가의 얼굴에 웃음이 떠오를지 몰라. 그 생각만으로도 손끝이 가벼워졌다. 그때 마당 끝 흙먼지가 확 일더니, 한 대의 차가 급하게 들이닥쳤다. 운전석 문이 열리고 민하가 내렸다. 얼굴은 잿빛이었고 말끝은 떨렸다.

"진안 씨, 저 좀 도와주세요…."

민하의 모습에 진안은 당장 서연정을 닫는 푯말을 뒤집고 현관 앞에 놔둔 차 키를 집어 들었다. 질문은 나중이었다.

"서울로 가더라도, 어떻게 하죠? 서연이가 어디로 갔는지 짐작할 수가 없어요…."

진안의 차를 타고 서울로 향하던 중, 민하는 그간의 사정을 전해 들은 진안에게 안달했다.

"경찰에 연락하셨다니까, 터미널 CCTV를 확인하는 게 먼저일 거예요."

평소의 부드럽고 너그러운 말투 대신 진안의 목소리는 낯설 만큼 단단했다. 민하와 다르지 않게 서연을 생각하는 마음이 유별한 진안은 한 가지. 한 가지에 희망을 걸었다.

'제발, 서연아. 나는 너를 믿어.'

비는 서울 시내의 불빛을 비닐처럼 감싸안았다. 터미널 지

오늘의 메뉴는 서연정입니다

붕을 때리는 빗소리가 사람들 발걸음을 일정하게 맞췄다. 민하는 안내 데스크와 경찰 파출소를 오가며 목소리가 쉬어갔다. "수사 중이니 기다려 달라"는 말이 반복될수록 그녀의 눈빛은 점점 지쳐만 갔다. 진안은 한쪽 허리에 손을 얹고 머리칼을 뒤로 쓸어 넘겼다. 기다림 말고 다른 방법은 없나. 마음이 점점 초조해졌다.

그때 진안의 휴대폰이 울렸다. 모르는 번호. 그러나 오래 망설일 이유가 없었다. 진안은 확신했다.

"서연이니?"

잠깐의 침묵. 습한 숨소리.

"서연아, 데리러 갈게. 네가 있는 곳으로 갈게."

"…아저씨."

그 한마디에 민하의 고개가 번개처럼 들렸다. 진안의 손이 가볍게 떨렸다.

모텔이 줄지어 선 골목이었다. 파란 네온이 빗물 위에서 부서지고 우수수 떨어진 담뱃재가 물길을 따라 검은 실금처럼 흘렀다. 중학생 여자아이가 배회하기에 적절하지 않은 곳. 그런 곳에 우산도 없이 서 있던 서연은 두 사람을 보자마자 그 자리에서 무너졌다. 민하가 먼저 달려가 서연을 품에 안았다.

"서연아!"

19화 오므라이스

아이의 어깨가 울음과 함께 크게 들썩였다. 진안은 한 발 뒤에서 숨을 깊게 들이마셨다. 서연이 무사했다. 그것으로 됐다.

새벽 무렵, 고요가 도하리 논두렁 사이로 돌아왔다. 비는 그쳤고 잘 익은 벼 사이사이에 물방울이 대롱대롱 매달려 있었다. 서연정 마당에 차가 멈추자 2층 조명이 먼저 켜졌다. 광운이 아무 말 없이 이불을 펼쳤고 진안은 잠이 든 서연을 그 위에 조심스레 내려놓았다. 그 순간 아이의 이마에 짧은 주름이 잡혔다가 풀렸다.

1층에서는 따뜻한 차향이 났다.

"서연이의 부모를 아동학대로 신고해야겠어요."

민하의 목소리는 물러서지 않았다.

"아무리 계모라고 해도 양육권이 있는 이상, 쉽진 않은 싸움이 될 겁니다."

진안은 짧게 숨을 내쉬었다.

"해볼 수 있는 건 해봐야죠. 서연이를 위해서."

"도울 수 있는 건 돕겠습니다."

두 사람이 서로를 짧게 보며 고개를 끄덕였다. 그 합은 조용했지만 견고했다.

민하는 혜지를 통해 서연이 깨면 갈아입을 옷을 받아 두고 새벽하늘이 조금 파래질 즈음 학교로 향했다. 교사만이 할 수

오늘의 메뉴는 서연정입니다

있는 싸움이 민하에겐 남아 있었다.

점심 무렵, 진안은 조용히 가스 불을 켰다. 먼저 텃밭 토마토를 껍질에 십자 칼집을 내어 끓는 물에 담갔다가, 얼음물로 옮겨 껍질을 벗겼다. 씨를 털어낸 알맹이를 잘게 썰어 냄비에 넣고 곱게 다진 양파와 마늘을 약간의 기름에 천천히 땀나게 볶았다. 투명해진 양파 위로 토마토를 붓자 붉은 산뜻함이 치직- 하고 튀었다. 사과 반쪽을 강판에 갈아 넣고 소금과 설탕을 꼭 필요할 만큼만 현미식초를 한 방울 떨어뜨려 산미를 붙였다. 주걱이 바닥을 긁을 때마다 소스는 점점 윤이 돌았고 단내와 새콤한 향이 동시에 부풀어 올랐다. 시중의 케첩 대신 오늘은 이걸로.

팬에는 버터를 얹었다. 버터가 가장자리부터 녹아 맑게 번지자, 잘게 썬 닭다리살과 당근, 완두콩, 양파를 순서대로 넣었다. 닭고기가 하얗게 굳고 표면이 노릇해질 즈음 간장 한 숟갈과 후추를 살짝. 구수한 증기가 피어올랐다. 따끈한 밥을 넣고 빠르게 뒤집어 섞었다. 밥알 사이사이로 소스가 얇게 묻고 채소의 색이 고르게 흩어졌다. 너무 세지 않게. 밥알이 부서지지 않게.

마지막으로 달걀. 볼에 달걀을 풀어 우유를 아주 약간 섞었다. 소금 한 꼬집. 뜨겁게 달군 팬에 기름을 얇게 돌리고 달걀

19화 오므라이스

물을 한 번에 부었다. 팬을 살짝 흔들면 노란 물결이 가장자리부터 얇게 꽃으로 피어올랐다. 반쯤 익었을 때 불을 줄이고, 중앙에 볶음밥을 도톰하게 올린 뒤 달걀을 끌어올려 밥을 감싸안았다. 팬 가장자리에서 쓱 밀어 접시에 살포시 뒤집었다. 곧바로 방금 만든 토마토소스를 끼얹고 초록 파슬리 가루를 눈처럼 흩뿌렸다. 김이 모락모락 피었다. 이 정도면 먹는 동안만큼은 어젯밤이 잠깐은 잊히겠지.

2층에서 발걸음 소리가 조심스레 내려왔다. 서연이었다. 눈두덩은 아직도 약간 부어 있었고 걸음에는 잠결의 멈칫거림이 남아 있었다. 진안은 그 아이를 향해 짧게 웃었다.

"이제 일어났니? 배고프지? 앉아. 다 했어."

서연이 의자에 조심스레 앉자, 진안은 접시를 아이 앞으로 가져다 놓았다. 붉은 소스가 얹힌 노란 언덕. 어린 날 만화 속에서 본 그 모양 그대로였다. 맞은편에 앉은 진안이 턱을 손등에 얹고 부드럽게 말했다.

"먹어봐. 토마토소스도 직접 만들었어. 텃밭에서 딴 토마토가 아주 맛있게 익었더라."

서연은 숟가락을 들었다. 부드러운 계란막이 숟가락에 얌전히 갈라지고 따뜻한 밥과 달큰한 소스가 한입에 들어왔다. 혀끝이 놀라지 않도록 온도는 정확했고 안쪽에서 올라오는

오늘의 메뉴는 서연정입니다

닭고기의 육즙과 토마토의 산미가 서로를 밀어 올렸다. 집에서는, 이런 맛을 먹어본 적이 없다. 목구멍이 뜨거워졌다. 눈가가 뜨거워졌다.

"왜… 왜 안 물어봐요?"

서연의 목소리는 접시 위 김처럼 얇게 떨렸다.

"왜, 아무것도 안 물어봐요?"

진안은 잠깐 서연의 눈을 보았다가 다시 접시로 시선을 내려놓았다.

"네가 무사했으면, 그걸로 됐으니까. 나는 더 바라는 것이 없으니까."

진안의 진심을 들은 서연은 숟가락을 손에 쥔 채 한참 동안 움직이지 못했다.

다시 돌아가면 혼이 나겠지. 무관심한 부모님은 그렇다 쳐도 민하나 진안은 분명히 자신에게 무슨 말을 할 거라고 생각했다. 왜 그랬냐, 다시는 그러면 안 된다, 넌 아직 어리다… 그런 말들이 마음속에서 연이어 울려댔다. 혹여나 이번 일로 자신을 아예 외면해버리면 어쩌지. 나를 다시 안 본다고 하면? 나를 싫어하면?

그 걱정이 서연의 목을 졸랐다. 서울에서 혼자 지내는 시간이 아무리 무서웠어도 지난번 진안이 건네줬던 전화번호를

19화 오므라이스

휴대폰 속에서 몇 번이고 만지작거렸던 것도 그 때문이었다. 그러나 막상 마주하니 그 누구도 묻지 않는다. 아무것도 캐묻지 않는다. 민하도, 진안도, 그저 있는 그대로의 자신을 받아주고 있었다. 서연에게는 어쩌면 이런 어른이 필요했던 것은 아니었을까.

주방에서 광운이 다가와 휴지를 툭 내려놓았다.

"밥을 먹든지, 콧물을 먹든지, 하나만 해."

무심한 말투였지만 휴지는 서연의 손이 닿기 쉬운 자리, 바로 오른쪽에 놓였다. 서연은 고개를 끄덕이고 눈가를 꾹 눌렀다. 그리고 다시 먹었다. 따뜻한 한입, 또 한입. 지금 이 순간 밥은 서연에게 위로였다.

진안은 아무 말 없이 그 광경을 지켜보았다. 꼰대 같은 충고도, 다 괜찮다는 서툰 위로도, 지금의 아이에게는 필요 없어 보였다. 먹는 동안만이라도 안전하길. 그뿐이면 족했다.

그날 밤. 진안의 펜촉이 종이 결을 가르며 천천히 움직였다.

집을 집이라 부르지 못해 뛰쳐나온 아이가 있었다.
비에 젖은 어제의 말을 묻지 않아도,
오늘의 밥이 대신 대답했다.

오늘의 메뉴는 서연정입니다

토마토를 삶아 껍질을 벗기고,
새콤달콤을 천천히 졸였다.
붉은 소스를 노란 달걀 위에 펼쳐 놓으니
아이의 눈동자에 작은 빛이 다시 켜졌다.

무사하다는 말은 눈물로도,
숟가락질로도 전해진다.

나는 바라는 게 없다.
언젠가 이 아이가 스스로의 식탁을 차리고
그 식탁을 '집'이라 부를 수 있기를.
오늘, 우리는 밥으로 귀가를 도왔다.

비가 씻고 간 마당에서 토마토 잎 향이 가볍게 올라왔다. 진안은 그 향을 가슴 깊이 오래 들이마셨다. 오늘의 붉은빛이 아이의 마음속에서도 오래도록 식지 않기를 바라면서.

20화

몽블랑

: 겹겹이 쌓은 날들 끝에 오른 봉우리

경수에 대한 소문이 이상하게 돌기 시작했다. 하루는 노인
정을 들쑤시다, 하루는 읍내를 들쑤시다, 하루는 마을회관을
들쑤셨다. 경수는 아는 사람, 모르는 사람 붙들고 그들이 귀찮
아할 정도로 말을 시키고, 캐묻고 하다가 또 그러다 집에 처박
혀 나오지 않는 날도 더러 있었다.

"드디어 그 아새끼가 미친 거지."

기순 할매가 노인정에서 경수의 행동을 묻는 다른 사람들
말에 고개를 절레절레 흔들었다. 기순 할매는 그저 이번 달 월

세만 잘 받고 경수가 어디 가서 사고 안 치면 다행이었다.

　그렇게 경수의 시간이 여름을 밀어내고 가을의 끝을 달릴 때쯤이었나. 해가 기울며 기순 할매 집 마당의 감나무 그림자가 길게 늘어섰고 낙엽은 바람이 쓸고 지나갈 때마다 사각사각 소리를 냈다. 이번엔 경수가 초조한 걸음으로 마당을 왔다 갔다 하기 시작했다. 턱에 손을 올리고 고개를 숙였다 들었다 하며 돌담의 못생긴 이끼를 괜히 긁어 떼다가 또 그 자리에 붙여 보았다.

　"정신 사나워, 인석아!"

　기순 할매가 두루마리 휴지를 휙 던졌다. 두루마리가 경수의 뒤통수를 정확하게 맞았는데도 경수는 미동조차 없었다. 눈동자는 방 안 어딘가를 붙든 사람처럼 멍했고 발끝만 허공을 긁었다. 기순 할매는 쯧쯧거리며 "세상, 말세다." 중얼거리며 차라리 자기가 그 꼴 보기 싫다며 방으로 들어갔다.

　그렇게 오후 여섯 시. 낡은 벽시계의 초침이 딱, 소리를 냈다. 경수는 황급히 방 안으로 들어가 앉았다. 창문 밖 하늘은 자두빛으로 물들었고 방 안에는 싸늘한 저녁 공기가 깔렸다. 한숨을 푸욱 내쉬고 떨리는 손으로 천천히 노트북 화면을 열었다. 전원을 누르는 손끝은 꼭 예배의 시작을 알리는 종소리를 당기는 사람처럼 경건했다. 화면이 켜지자 차가운 푸른빛

20화 몽블랑

이 경수의 얼굴을 덮었다.

경수는 다른 곳에 눈길조차 주지 않고 바로 메일함을 확인했다. 다행히 메일함은 비어 있지 않았다. 그러나 방심할 수 없었다. 스팸 메일일 수도 있었다. 경수는 간절히 비는 마음으로 받은 편지함을 클릭했다. 그 순간 눈에 들어오는 한 제목.

『도하리 사람들』 원고 관련 좋은 소식 전해드립니다.

가슴이 와락 쪼여 들었다. 경수는 기어이 터져버릴 것 같은 심장을 부여잡고 벌벌 떨리는 손끝으로 메일을 열었다. 문장을 따라가는 눈동자가 시속 200km로 빨라졌다.

안녕하세요, 박경수 작가님.
○○출판 편집부입니다.
보내주신 원고 『도하리 사람들』을 내부 검토한 결과
저희 출판사에서 출간을 진행하기로 결정되었습니다.
구체적인 계약 조건 및 일정은 추후 협의를 통해 진행할 예정이며
우선은 긍정적인 소식을 전해드리고자 메일을 드립니다.
좋은 원고 보내주셔서 감사합니다.

앞으로 함께 멋진 책을 만들어갈 수 있기를 기대합니다.

감사합니다.

○○출판 편집팀 드림

"돼, 됐다. 됐어, 됐다고!"

경수는 태어나 그렇게 목을 짜내어 외쳐본 것이 처음이었다. 얇은 장판이 울릴 만큼 힘이 들어갔다. 경수의 힘찬 외침에 놀란 기순 할매가 옆방에서 황급히 경수의 방으로 건너왔다.

"뭐셔. 뭐여!"

경수가 눈물에 겨워 기순 할매를 보자마자 할매를 붙잡고 방방 뛰었다.

"할머니! 저 됐다고요! 저 이제 작가예요!"

기순 할매는 갑작스러운 습격에 멀미가 올라오는지 허리를 짚다가 "그만해, 이놈아!" 소리만 지르고 방으로 밀려들어 갔다.

경수는 그 자리에 더 머물 수 없었다. 이 기쁜 소식을 전해줄 사람-포기하고 싶고, 그만두고 싶고, 다시 서울로 갈까, 고민하던 자신을 붙들어 준 사람-진안과 광운이 있었다. 신발도 제대로 꿰지 못한 채 자전거에 올라타 페달을 밟았다. 골목을 빠져나오는 바람이 얼굴을 때렸고 들녘에서 날아온 흙냄새가 코를 찔렀다. 자신이 글로 풀어낸 도하리 한가운데를 가로지

20화 몽블랑

르며 경수는 가는 내내 환호성을 질렀다.

"이야! 나, 작가야!"

이 순간만큼은 그의 세상에 그 자신이 주인이 된 것 같았다.

그 시각. 서연정 주방에는 고운 밤 향이 폭신하게 깔렸다. 진안은 모처럼 솜씨를 발휘하고 있었다. 아주 오랜만에, 어쩌면 서연정에서는 처음으로 디저트를 만들고 있었다. 어제 산 아래에서 건네받은 좋은 밤을 까맣게 품에 안고 내려온 터였다. 메뉴는 당연히 몽블랑이 좋았다. 이곳 사람들에게는 생소할지 몰라도 행복을 구분하는 혀는 어디서나 같다고 믿는 그였다.

밤을 칼끝으로 도려내듯 반 가르고 얇은 껍질과 속껍질을 말끔히 벗겨냈다. 넓은 냄비에 우유와 설탕, 바닐라빈을 긁어 넣고 밤을 부드럽게 삶았다. 표면이 번들거리며 포크가 푹 들어갈 만큼 포슬해졌을 때 체에 한 번, 또 한 번 밟듯 눌러 으깨 내렸다. 체의 고운 그물 사이로 밤이 비단처럼 흘러내렸다. 그 페이스트에 버터를 한 점, 럼을 한 방울 더해 부드럽게 섞어 올렸다. 스패출러가 그릴 때마다 결이 살아났다.

오븐에서는 타르트 틀이 살짝 갈색을 띠며 구수한 향을 뿜었다. 식힘 망 위에서 열을 식힌 타르트 위에 설탕을 아주 조금만 넣어 가볍게 휘핑한 생크림을 구름처럼 담았다. 그리고 작은 구멍이 송송 난 모양의 깍지를 끼운 주머니에 밤 크림을 가득 채워 원을 그리며 소용돌이쳤다. 갈필로 산 능선을 긋듯 겹겹이, 촘촘히, 봉우리를 올렸다. 마지막에 밤을 얇게 채 썰어 토막 하나를 꼭대기에 앉히고 슈거 파우더를 눈처럼 살짝 뿌렸다. 접시 위에는 한겨울 산이 조용히 앉았다.

"뭔가, 싸늘해."

홀을 닦던 광운이 어깨를 으쓱했다.

"뭐가?"

몽블랑에 집중하던 진안이 고개를 갸웃했다.

"뭔지는 모르겠는데, 어디선가… 또 일이 벌어질 듯한,"

최근 들어 많은 사건을 겪은 진안은 제발 아서 줘, 하는 마음으로 광운의 직감을 흘려보내고 싶었다. 그 순간 서연정 출입문이 부서질 듯 벌컥! 열렸다.

"형들!"

신발도 반쯤 걸친 채 머리는 바람에 헝클어지고 눈은 번쩍거리는 경수가 폭풍처럼 뛰어 들어왔다. 광운은 오늘의 주인공은 재군, 하는 듯 팔짱을 낀 채 묵묵히 서 있었고 진안은 자신의 소중한 서연정의 문이 혹여 삐걱거렸는지 슬며시 문틀부터 훑어보았다.

"저 됐어요!"

경수가 다짜고짜 본론부터 내뱉었다.

"뭐가?"

광운이 미간을 찌푸렸다.

"저 출판사에서 연락이 왔다고요! 계약하자고! 저 이제 작가예요! 작가, 박경수!"

들뜬 경수 몰래 슬며시 문 경첩을 누르다 안심한 진안의 눈이 커졌다. 그는 곧장 경수의 양어깨를 붙잡았다.

"결국 해냈구나!"

"저 진짜 제가 현실인지 아닌지 구별을 못 하겠어요. 형, 진짜겠죠? 누가 놀리는 거 아니겠죠?"

"모르지. 스팸일 수도 있고."

광운의 괜한 심술 섞인 말에 경수의 눈빛이 바로 납작해졌다.

"아, 형!"

"자자, 진정하고. 일단 앉아. 너무 좋은 날이다."

진심으로 제 일처럼 경수의 일을 기뻐하는 진안이었다. 경수는 자리에 앉기도 전에 두 손을 허공에서 마구 휘저으며 조잘거렸다.

"책 제목은 『도하리 사람들』이에요. 이 마을에서 본 거, 들은 거, 그리고 형들 이야기까지 담았어요. 서연정, 아 물론 직접적인 이름은 아니고 다 바꿔서요. 하여튼 서연정이랑 여기에 다녀간 사람들…. 우와, 말도 안 나와.”

그동안의 쓴맛이 오늘에서야 목구멍 아래로 미끄러져 내려가는 듯했다. 뺨이 달아오르고, 이마가 반짝이고, 웃음이 자꾸만 새어 나왔다. 진안과 광운은 서로 눈을 맞주었다. 눈짓에 들어앉은 ‘됐다’라는 안도와 ‘드디어’라는 기쁨이 잠깐 스쳤다.

“아무래도 내가 감이 좋나 봐.”

진안이 짧게 웃었다.

“네?”

경수가 눈을 껌벅였다.

잠시 후. 주방에 사라졌던 진안이 돌아왔다. 경수 앞에는 모양 좋은 몽블랑이 한 접시 내려왔다. 은가루 같은 설탕이 미세하게 반짝였다.

“이게 뭐예요? 저, 이런 거 처음 봐요!”

“몽블랑. 밤으로 만든 디저트야. 겹겹이 쌓아 올린 노력 끝에 드러나는 단맛이라는 주제가, 어쩐지 경수 너와 닮아 있는 것 같아서.”

경수는 자신을 생각해 준 말에 가슴이 쿵 하고 울렸다. 그러고는 이리저리 고개를 기울여 하나의 작품처럼 한참 구경하더니 포크를 들어 와작, 첫 숟가락을 떼었다. 밤 크림이 혀끝에서 사르르 풀렸다. 너그러운 달콤함이 먼저 입안을 감쌌고

뒤이어 생크림이 눈처럼 부드럽게 녹아들었다. 바닥의 타르트는 탁, 하는 소리를 내며 바삭하게 부서져 씹는 맛을 만들었다. 세 가지 식감이 혀 위에서 계절처럼 겹쳤다.

"형은, 진짜 미쳤어요!"

경수가 엄지손가락을 척 내밀며 장난스레 웃었다. 입가에 밤 크림이 수염처럼 묻어나자, 광운이 핸드타월을 툭 던졌다.

"좀, 닦고 먹어라."

그러거나 말거나 입에 크림이며 부스러기며 다 묻히면서 몽블랑을 먹던 경수가 무심히 둘에게 물었다.

"아, 쓰면서 궁금했던 이야기가 있었는데, 차마 형들이 바빠 보여서 묻지는 못했던 게 있어요. 두 사람은 어떻게 만난 거예요? 광운이 형은 춘식 아저씨네서 가끔 봐서 진안이 형이 내려오기 전에 도하리에 살고 있다는 건 알았는데, 진안이 형이 내려오니까 광운이 형이 어느새 서연정에 있더라고요. 원래 알던 사람이에요?"

진안이 광운을 힐끔 보았다. 짧은 침묵은 경수가 아닌 광운과 진안의 것이었다. 순간 주방 후드의 낮은 웅웅거림만 공간을 채웠다. 진안이 멈췄던 시간에서 고개를 돌리듯 경수를 향해 부드럽게 말했다.

"인연이란 게, 때로는 이유보다 시간이 더 많은 걸 설명해

오늘의 메뉴는 서연정입니다

줄 때가 있어. 만날 연이었으니 만나진 거겠지. 그래서, 우리 이야기는 어떻게 실려 있는데?"

진안이 궁금해하자 숟가락을 물고 그 끝을 살짝 빨아당기던 성수가 말끝을 흐렸다.

"뭐, 그냥…."

그러고는 자신도 대답해 줄 마음이 없다는 듯 피식 웃었다.

"형들도 책 나오면 사서 보세요. 그때까지 안 알려줄 거야."

"책 나오기로 했다고, 벌써부터 팔아먹기는."

광운이 글러 먹었다는 듯 고개를 휘휘 저었다. 진안은 그럼에도 잘 되었다는 듯 입을 열었다.

"도하리 사람들의 이야기는 네가 아니면 쓸 수 없었을 거야. 우리 이야기도 네 눈에 비친 그대로라면, 그것으로 충분해. 수고했어, 경수야. 이제, 시작이라는 거 알지?"

"그럼요. 책 하나 내고 말 건 아니니까."

경수의 눈빛이 초롱하게 빛났다. 기쁨은 어느새 각오로 바뀌어 있었다.

밤이 익어갈 무렵, 도하리의 깨끗한 하늘에는 별이 꾹꾹 박혔다. 마당 전구 아래에 선 경수가 그를 배웅하기 위해 따라 나와 기둥에 기대선 진안을 향해 낮게 말했다.

"형에게 제일 감사해요. 형이 아니었다면, 여기까지 못 왔

265

을 거예요.”

진안이 말했다.

“결국 간 건 경수 너야. 나는 너를 도왔을 뿐이고. 다른 사람도 마찬가지야. 그 길을 갈 수 있는 건, 너밖에 없어.”

두 사람의 눈이 조용히 맞닿았다. 전구 빛이 미세하게 흔들렸고 그 흔들림 속에서 서로의 눈빛이 더 선명해졌다.

그날 밤. 진안은 일기장 앞에 오래 앉아 있었다. 펜 끝이 종이를 잠시 어루만지다가 천천히 움직이기 시작했다.

오늘, 밤을 삶아 으깨고
체에 밟아 비단처럼 만들었다.
설탕을 아껴 단맛을 눌렀더니,
본디의 향이 더 또렷이 드러났다.
크림은 가볍게, 타르트는 단단하게―
부드러움과 견고함이 서로를 받쳐
비로소 한 봉우리를 이루었다.

사람도 그렇다.
경수의 시간은 체를 몇 번이나 다시 통과한 밤 페이스트처럼
고르고 끈질기게 빛을 모았다.

오늘의 메뉴는 서연정입니다

울컥이는 날들을 눌러 단맛을 늦추자
그 사람 본래의 향이 더 선명해졌다.

『도하리 사람들』-이 마을의 몽블랑.
겹겹이 쌓인 사연들 위에 서로의 호흡이
생크림처럼 얹히고,
마지막에 용기란 설탕이 눈처럼 내려앉아
드디어 하나의 산이 되었다.

내가 건넨 밥들은 그 산의 흙이었고,
그릇들은 봉우리의 받침이었다.

헛되지 않았다.
밥은 이야기로 변했고,
이야기는 다시 누군가의 밥이 될 것이다.

오늘, 한 접시의 봉우리를 내어놓고,
한 권의 봉우리를 맞았다.

겨울이 오기 전, 마당의 공기는 벌써 차다.

20화 몽블랑

그래도 단맛은 늦게 오는 법-
천천히, 오래, 남는다.

찬 공기가 서늘하게 깔린 밤이 깊어도 서연정의 불빛은 따뜻하게 깜박였다. 경수가 남기고 간 웃음소리와 여전히 달콤하게 입안에 맴도는 밤 향이 공간을 채웠다. 진안은 창밖 어둠 속에 솟아 있는 산등성을 바라보다 조용히 펜을 내려놓았다. 오늘은 분명 도하리 사람들 모두의 이야기가 하나의 봉우리를 올린 날로 기억될 것이다.

오늘의 메뉴는 서연정입니다

21화

꽁치 라면

: 빨강과 은빛 사이, 한 그릇의 기억

진안이 아직 일어나지도 않은 꼭두새벽에 광운은 길을 나섰다. 어젯밤 오늘을 비우겠다고 했으니 언질을 한 번 더 주지 않아도 진안은 알 것이다. 오토바이는 고속도로를 탈 수 없어 국도를 돌고 도는 수밖에 선택지는 없었다. 새벽의 공기는 축축했고 가로등 불빛은 아직 완전히 걷히지 않은 비 냄새를 얇게 바른 채 식고 있었다. 왕복 2차선 도로의 흰 선이 바퀴 아래로 일정한 박자를 깔았다. 엔진의 진동이 무릎과 허벅지, 척추를 타고 규칙적으로 올라왔다.

기름 게이지 바늘이 바닥을 긁는 걸 그제야 눈치챘다. 광운은 서둘러 길에서 빠져나와 주유소로 들어갔다. 낯선 동네였지만 낯섦은 더 이상 그에게 위협이 아니었다. 어둠이 했던 일들을 그는 오래전부터 받아들이는 쪽으로 배웠다. 주유건이 딸깍, 탁, 소리를 내며 풀리고 연료가 오토바이의 속을 채우는 동안 철제 캐노피 아래로 작은 바람이 스쳤다.

기름통을 닫고 다시 오토바이에 오르려던 광운의 눈에 주유소와 붙어 있는 낡은 매점이 스쳤다. 흔들리는 유리문, 문고리에 달린 탈색된 가격표, 벽 한쪽에서 위태롭게 떨고 있는 오래된 TV. 카운터 너머로 등 굽은 할아버지가 꾸벅, 졸고 있었다.

"레드요."

광운의 낮고 편편한 목소리에 할아버지가 툭, 눈을 떴다. 비닐에 싸인 담배 한 갑과 라이터가 미끄러지듯 카운터 위를 건너왔다.

매점에서 나오는 길. 광운은 주유소 옆 돌로 새긴 마을 이름을 슬쩍 훑었다. 가늘고 깊게 새겨진 획들 사이로 이른 햇빛이 눌어붙어 있었다. 광운은 더 이상 지체할 이유가 없었다. 헬멧을 고쳐 쓰고 고개를 가볍게 들어 그 길을 빠르게 지나쳤다.

오토바이가 멈춘 곳은 한 납골당이었다. 아직 이른 시간이라 그런지 납골당은 한산했다. 회색 건물은 새벽 햇빛에 빛나며 무표정하게 서 있었고 유리문 안쪽으로는 검게 번지는 그

오늘의 메뉴는 서연정입니다

림자들만이 느릿하게 움직였다. 광운은 오토바이를 구석에 세우고 익숙한 듯 안으로 들어섰다. 복도는 어쩐지 차갑게 식은 공기를 품고 있었다.

A동 3층, D열, 26번. 그는 번호를 소리 없이 따라갔다. 시선은 자연히 낮게 떨어졌다. 바닥에서 두 번째. 어린아이의 눈에도 닿을까 말까 한 자리. 키가 작은 성인조차 허리를 굽히지 않으면 유골함의 흰 기척조차 잡히지 않는 높이였다.

유난스레 화려한 장식들이 무성한 칸들이 지나갔다. 리본, 비단, 반짝이, 대형 사진. 그 사이에 서 있는 광운의 목표는, 너무나 가난했다. 이름 석 자만 툭 찍힌 흰 백자 하나. 아무 장식도, 사진도, 꽃도 없이. 가진 게 없어선 아니다. 그가 택한 방식이었다. 광운은 그걸로 충분하다고 그때도 지금도 그렇게 생각했다.

그는 털썩, 바닥에 앉았다. 한 차례 고개를 숙였고 다시 들어 올려 유골함과 시선을 정확히 맞췄다. 한동안 아무 일도 일어나지 않았다. 벽시계 초침 소리가 먼 데서 얇게 가늘어졌다.

광운이 말했다.

"아저씨, 저 술 끊었어요. 그래서 안 가져왔어요, 술. 서운하세요?"

목소리는 감정의 색을 거의 지우고 있었다. 오히려 그 무채색이 더 많은 뜻을 담고 있는 것처럼. 그는 얼마나 흘렀는지 알

21화 꽁치 라면

수 없는 시간을 그렇게 앉아 보냈다. 그리고 마침내 되었다는 듯 천천히 바지에 묻은 먼지를 두어 번 툭툭 털고 일어섰다.

"또 올게요."

밖으로 나오자, 하늘 높이 솟은 햇빛은 이미 납골당 외벽의 작은 유리 타일들을 하나하나 번쩍이며 쏘아 올렸다. 광운은 외부에 있는 텅 빈 흡연실에서 담배를 입에 물었다. '레드' 상자의 빨간 종이가 바람을 타고 살짝 들렸다. 라이터가 가벼운 틱, 소리 뒤에 작은 불꽃을 낳았다. 첫 모금. 폐로 들어가는 연기가 마치 오래된 방의 커튼을 젖히듯 속을 한 겹 들춰냈다. 그는 천천히 내뱉었다. 흰 연기가 가을 하늘로 풀렸다.

그 순간 오래 묻어둔 기억의 소음이 귓속을 파고들었다.

"야이, 미친 새끼야! 저 새끼 뭐야?!"

"씨발, 저 새끼부터 잡으라고!"

귀 근처에서 폭죽이 연달아 터지는 것 같은 타격감. 누군가의 목을 움켜쥔 손의 묵직함. 누군가에게 잡힌 자신의 팔. 바닥과 얼굴이 교대로 부딪히며 만들어내는 둔탁한 울림. 심장이 작은 종처럼 떨었다. 호흡이 과거의 속도에 맞춰 헐거워졌다.

열여덟의 광운은 그날 밤, 피가 눈으로 흘러내리는 걸 닦을 수조차 없이 도망쳤다. 어디로 달리는지 알지 못했다. 어둠이 자기 편이길 바랄 뿐이었다. 사이렌 소리는 거리를 더 넓게 만

오늘의 메뉴는 서연정입니다

들었고 그 넓음은 더 이상 숨을 곳이 아니라 더 많은 노출이었다. 컨테이너 건물이 눈앞에 나타났다. 아무리 매달려봐도 문은 큼직한 자물쇠로 단단히 닫혀 있었다. 광운은 목을 꺾어 올려다보았다. 창문 하나가 열려 있었다.

차가운 배관의 철이 손바닥 피부를 베었다. 발바닥과 장딴지가 떨렸다. 그는 이빨을 세게 다물고 몸을 비집어 넣었다. 안은 어둡고 공기 중에 철 냄새와 오래된 기름 냄새가 눌어붙어 있었다.

털썩.

밑이 보이지 않았다. 발이 허공을 툭 치고 몸 전체가 떨어졌다. 한쪽 다리가 비틀리며 미세한 통증이 번졌다. 그러나 이미 여기저기 짓무르고 터져 있던 몸에 그 정도의 덧셈은 새삼스럽지 않았다. 그는 최대한 몸을 구겨 구석으로 붙었다. 한겨울이었다. 공장 안의 냉기는 뼛속으로 들어오는 종류였다. 배는 쪼그라든 주머니처럼 바스락거렸다. 눈이 점점 감겨왔다. 무거운 눈꺼풀이었다.

"웬 거지야?"

낮은 그러나 툭, 하고 내던지는 목소리. 창문으로 쏟아지는 햇살이 바닥의 금속 부품들을 길게 빛냈다. 머리칼이 희끗희끗한 키는 작지만 다부진 체구의 남자. 백 씨가 그를 내려다보

21화 꽁치 라면

고 있었다. 광운은 반사적으로 눈빛을 세우며 도망갈 출구를
찾았다.

백 씨는 그의 꼴을 한 번 훑고 창밖을 한 번 보았다. 어젯밤. 잠귀가 예민해서 사이렌 소리에 일어나 바깥을 내다보았던 일. 그러다 마주친 경찰들과 문답하던 장면.

'경찰이 찾는 놈들 중 하나겠지.'

그의 생각이었다. 그러나 그 눈빛엔 '기회'도 '재미'도 없었다. 단지 상황을 판단한 눈이었다.

그때 공장 안의 고요 속에서 배가 울었다. 광운의 것이었다. 백 씨는 한숨인지 웃음인지 모를 소리를 아주 짧게 흘렸다.

"밥이나 한술 뜨고 가. 배곯은 놈 그냥 돌려보내면 천벌 받는다."

공장 옆 노동자 휴게공간은 낡았지만 정돈돼 있었다. 전기 주전자, 무광 스테인리스 그릇 몇 개, 전기밥솥 위에 덮인 깨끗한 수건. 남자는 간이 주방에서 라면을 하나 꺼내고 캔 따개로 꽁치 통조림을 따서 국물까지 기울여 넣었다.

"보기엔 이래 봬도, 일품이야."

생선 비릿한 온기가 물 위로 떠 올랐다. 기름막이 수면에 얇은 무늬를 만들며 맴돌았다. 광운은 라면을 한 번 보고, 백 씨를 한 번 보았다. 그리고 젓가락을 들었다. 뜨거움이 입천장을

오늘의 메뉴는 서연정입니다

때렸다. 짠맛과 기름 맛이 동시에 밀려왔다. 조금 뒤늦게 뼈를 조심하는 혀의 동작이 따라붙었다. 낯선데 아주 낯선데 그 낯섦이 체온처럼 들어왔다. 미세하게 떨리던 손목이 멈췄다.

"꼬락서니 하고는."

허겁지겁 라면을 먹는 광운을 보던 백 씨가 고개를 절레절레 흔들었다. 그러나 그의 손은 이 한겨울에도 땀을 흘리는 광운에게 수건을 내밀고 상을 조금 더 밀어주었다.

상을 치우는 백 씨가 광운을 향해 말을 던졌다.

"또 나가서 쌈박질이나 할 거면 여기서 일이나 배워. 마침, 사람 하나가 나가서 일손도 필요하고."

광운은 그 백 씨를 노려보듯 보다가 낮게 물었다.

"왜 저한테 잘해줘요?"

그 말속에는 호의를 한 번도 믿을 수 없었던 생이 고여 있었다. 백 씨는 아주 짧게 숨을 모았다가 퉁명스럽게 내뱉었다.

"혹시 아냐? 내가 말년에 네 덕 볼지."

그 말은 도끼날처럼 차갑지도, 솜처럼 따뜻하지도 않았다. 그냥 사람의 말이었다. 광운은 '밑져야 본전'이라는 마음으로 고개를 끄덕였다.

"빡빡 씻어. 쉰내 나서 죽겠다."

자기 집으로 광운을 데려간 백 씨가 억지로 광운을 욕실에

275

밀어 넣었다. 따뜻한 물이 등허리를 지나갈 때 오래 잠겨있던 감정이 한 꺼풀 올라왔다. 욕실 문 앞에 그의 체격에 맞는 남자 옷이 가지런히 놓여 있었다. 광운은 머뭇거렸지만, 자신의 옷은 어디에도 보이지 않았다.

거실엔 인기척이 없었다. 광운은 조심스레 발을 옮기다 살짝 열린 방 하나 앞에서 멈췄다. 광운의 손길에 문이 더 열렸다. 책상이 있었고 가방이 있었다. 서랍장 위에는 같은 또래도 보이는 남자아이가 웃고 있었다. 그 옆으로 세기도 힘들어 보이는 상장들이 벽을 차지했다. 숫자와 글자들이 가지런한 모양으로 칸을 채우고 있었다.

"잘 생겼지?"

뒤에서 들린 목소리에 광운이 움찔해 고개를 돌렸다. 백 씨의 얼굴이 방 안의 빛에 반쯤 잠겨있었다. 그는 광운을 지나 사진을 손끝으로 어루만졌다.

"공부도 잘하고, 운동도 잘하고, 뭐든지 잘했는데⋯. 내 자랑이었는데⋯."

그 뒤의 말은 들리지 않아도 알 수 있었다. 광운은 방금 전까지 머릿속에 그렸던 '훔쳐 달아나기' 같은 생각들을 접었다. '사람답게'라는 단어가 이 집의 공기 속에 이미 퍼져 있는 것 같았다.

그 후로 광운은 백 씨의 공장에서 일했다. 낮엔 쇠와 불, 밤엔 책상과 펜. 반드시 고등학교는 졸업해야 한다는 백 씨의 고집에 검정고시 문제집을 앞에 놓고 머릿속이 텅 비는 밤들을 무수히 지났다. 한 번에 합격하는 일은 없었지만, 광운은 결국 합격 통지서를 받았다.

백 씨는 겉으론 퉁명했지만 약한 사람들에겐 손이 먼저 갔다. 그는 가능한 오갈 데 없는 외국인 노동자들이나 취약 계층에게 일거리를 만들어 주었다. 어느 날은 가족까지 불러 삼겹살을 굽고 소주를 깠다. 그 자리엔 꼭 빠지지 않고 꽁치 라면이 있었다. 철판에서 고기 기름이 튈 때 냄비에선 생선 기름이 졸아들었다. 아이들이 웃고, 어른들은 흥에 취했다. 공장이라는 이름의 건물에 잠시 '집' 같은 환기가 돌았다.

광운이 성인이 되어 술을 마실 수 있게 되었을 때 백 씨는 드디어 술친구가 생겼다며 그렇게 광운에게 술을 먹였다. 백 씨는 잘 취하지도 않았다. 그 덕에 고생하는 건 늘 광운이었다. 술을 마실 때면 백 씨의 눈은 서글퍼졌다. 죽은 아들과 떠나간 아내를 그리워하는 한숨이 일렁이는 소주 위에 흩어졌다. 그때마다 광운은 그저 말없이 그의 곁을 지킬 뿐이었다.

그러나 불행은 흔히 그렇듯 좋은 마음을 가장해 찾아온다. 백 씨 밑에서 일하던 한 노동자가 도박에 빠졌다. 그는 깡패들

21화 꽁치 라면

에게 쫓겼고 살려 달라고 매달릴 곳이 백 씨밖엔 없었다. 백 씨는 공장을 담보로 돈을 빌려 그와 그의 가족을 구해주었다. 일은 그렇게 해결되는 듯했다. 그런데 어느 순간 갑자기 노동자가 사라졌다. 영문을 알아볼 새도 없이 공장 문을 두드리는 발길이 거칠어졌다. 검은 차. 검은 구두. 검은 시선.

광운의 손등에서 핏줄이 솟았다. 그는 일어섰다. 그러자 백 씨가 가슴으로 그를 막았다.

"안 돼. 절대 안 돼."

"아저씨…."

"사람답게, 광운아. 사람답게 살아."

그 말이 광운의 어깨를 지그시 눌렀다.

공장은 결국 넘겨졌다. 불꽃은 꺼지고 쇳가루는 먼지가 되었다. 백 씨의 혈압이 높아졌다. 그는 일을 놓았다. 광운이 그를 대신하여 물류센터에서 밤을 새우며 겨우 살림을 이었다. 그럼에도 광운의 입에 불만은 올라가지 않았다. 자신을 지긋지긋한 삶에서 구해준 백 씨였다. 이런 고된 것쯤은 얼마든지 감수할 수 있는 광운이었다.

그러던 어느 날 저녁. 반짝여야 할 집에 불이 꺼져 있었다. 광운은 스치는 불안을 겨우 달래며 그를 찾았다.

"아저씨?"

오늘의 메뉴는 서연정입니다

스위치를 올렸을 때 거실 한가운데 백 씨가 쓰러져 있었다. 그 주변에는 약통에서 흘러나온 하얀 약들이 사방에 흩어져 있었다. 광운은 당장 119에 전화를 걸며 무릎으로 미끄러져 내려갔다. 가슴에 깍지를 얹고 박자를 세었다. 1, 2, 3…. 숨과 눈물이 섞였다. 사이렌 소리가 가까워졌고 구급대원이 박차고 들어왔다. 그러나 모든 사람의 노력에도 불구하고 백 씨는 병원 앞마당도 밟아보지 못한 채 광운의 곁을 떠났다. 사인은 짧았다. 고혈압성 뇌출혈. 조금 더 일찍 발견했더라면…. 이라고 말끝을 흐리는 의사 앞에 광운은 이를 물고 주먹을 쥐었다. 다시 그때로 돌아가더라도 광운은 그의 곁에 있을 수 없었을 것을, 누구보다 잘 알고 있었기에.

그것이 백 씨와 광운의 마지막이었다.

담배의 불이 손가락 끝을 따끔하게 스쳤다. 광운은 현실로 돌아왔다. 연기의 마지막 가닥이 공기 중에 사라졌다. 그는 깊고 탁한 한숨을 내쉬었다. 이미 오래전의 일이지만 백 씨가 그에게 건넸던 온기는 그의 몸 어딘가에 여전히 남아 있었다. 외국인 노동자, 취약한 사람들에게 눈길이 먼저 가는 것도 그 때문일지 모른다. 그저 표현이 서툴 뿐.

서연정 마당으로 들어서는 그의 그림자 앞에 진안이 환하게 걸어 나왔다. 산기슭에서 내려오는 바람이 진안의 셔츠 끝

21화 꽁치 라면

을 가볍게 흔들었다.

“늦었네. 저녁은? 아직이지?”

진안이 안쪽으로 발을 돌리자, 광운이 짧게 불렀다.

“오늘은…. 먹고 싶은 게 있어.”

그는 잠깐 머뭇거리더니 주머니에서 작고 반짝이는 통조림을 꺼냈다.

“꽁치, 통조림?”

“이걸로 라면 해줄 수 있어?”

진안의 눈이 둥그레졌다. 생각해 본 적 없는 조합. 아니, 생각조차 막아 두었던 종류의 맛이었다. 진안이 난감하다는 듯 광운을 쳐다봤다.

“굉장히 비릴 텐데.”

“괜찮아. 어차피 그런 맛에 먹는 거니까.”

진안은 짧게 숨을 들이켰다. 그리곤 기꺼이 통조림을 받아 주방으로 사라졌다. 그는 조리법을 묻지 않았다. 그 대신 손끝으로 짐작했다. 냄비에 물. 팔팔 끓기 직전 라면의 면을 반으로 꺾어 넣으며 타이밍을 보았다. 수프의 붉음이 물속에서 천천히 퍼졌다. 캔의 금속 뚜껑이 뒤로 젖혀질 때 기름과 생선의 냄새가 공기의 결을 바꿨다. 국물에 한 숟갈씩 흘려 넣고 남은 살점은 큼직하게 떼어 얹었다. 파를 송송 썰어 녹색을 덧댄 뒤

오늘의 메뉴는 서연정입니다

흰 후추를 아주 약간. 불을 줄이고 면이 물을 붙들기 직전에 불을 껐다.

양은 냄비의 금빛 표면에 증기가 얇은 막을 만들었다. 은빛 살점은 가장자리부터 말려 올라가며 곡선을 만들었다. 기름방울들이 국물 위에서 작은 지도를 그렸다. 빨강, 은색, 초록, 금색. 진안은 스스로도 낯선 미술 도구를 잡은 사람처럼 눈을 좁혔다.

"제대로 만들었는지 모르겠다."

샤워를 마치고 내려온 광운 앞에 진안은 양은 냄비를 똑 부딪쳐 내려놓았다. 팬을 긁는 소리도, 불맛도 없었다. 대신 '캔'의 기억과 '수프'의 화학이 정확히 마주 보는 자리였다.

광운은 기대인지 경계인지 모를 눈으로 라면을 내려다보았다가 젓가락을 들었다. 면발이 입으로 들어갔다. 뜨겁지도, 이가 시릴 만큼 차갑지도 않았다. 중간. 그 중간의 온도가 몸속의 오래된 어느 온도를 툭 건드렸다. 그는 은빛 살점을 잘게 뜯어 면에 얹어 다시 한 입 삼켰다. 생선의 기름이 혀에 얇은 필름을 남겼다. 고소함과 비릿함의 경계.

광운이 아주 조용히 웃었다. 소리로 치면 숨과 숨 사이에 끼인 작은 숨 비슷했다. 진안은 놀라 그를 쳐다봤다. 그가 웃는 것을 본 적이 있던가?

광운이 휴지로 입가를 가볍게 훔치며 말했다.

"너도 못 하는 게 있네."

"뭐야, 진짜? 나름 열심히 만들었는데."

진안은 입을 삐죽 내밀었다. 그러나 그는 울상 짓지 않았다. 광운을 웃게 했다. 그걸로 충분했다. 그는 알고 있다. 추억의 맛은 어떤 손으로도 복원되지 않는다는 것을. 자신이 아무리 칼을 잘 쓰고 불을 잘 다뤄도 할머니가 해주던 맛을 그대로 데려올 수 없었으니까. 광운도 그러하리라. 꽁치 라면 한 그릇에 담긴 누군가의 밤, 누군가의 손, 누군가의 말. 그건 레시피가 아니라 시간의 문제였다.

서연정의 불을 끄자, 스테인리스 조리대 위에 남은 윤광이 별처럼 뿌려졌다. 마당의 공기는 한낮의 열을 다 털어내고 산에서 내려오는 바람이 천천히 식탁을 훑었다. 그날의 마지막 소음은 설거지통 깊은 데서 울린 물소리였다.

진안은 책상 앞에 앉아 일기장을 펼쳤다.

광운의 웃음,

끝내 내가 흉내 내지 못한 꽁치 라면,

그에 담긴

듣지 못한 이야기.

오늘의 메뉴는 서연정입니다

양은 냄비의 표면에서
기름방울들은 지도를 그렸다.
빨강과 은빛 사이,
사람의 맛은 늘 경계에서 났다.

오늘 내가 만든 건,
그가 먹던 바로 그 맛은 아니었지만
그가 혼자 먹지 않게 하는 맛이었다.

추억은 레시피가 아니고,
기억은 간처럼
보이지 않게 전체의 맛을 잡는다.

누군가의 밤을 건너온 국물,
누군가의 말을 대신하던 면발,
숟가락 대신 젓가락으로 옮긴 위로.

광운의 그 한 줌 웃음이
오늘 서연정의 불을 끄고도
한참이나

21화 꽁치 라면

식지 않았다.

나와 함께 지낸다는 건,
서로의 추억에
작은 손잡이를 달아주는 일일지도.

광운에게 나는 어떤 요리로 남을까.
서연정을 지나간 사람들은
이곳을 어떤 맛으로 기억할까.

행복했으면 좋겠다.
이 집을 지나간 모든 이들에게
웃음 한 숟가락이
끝까지 남기를.

텃밭에 곱게 올라온 고추 끝에서 물방울들이 별처럼 깜빡였다. 냄비의 바닥에서 식어가는 금속 냄새가 아주 약하게 남아 있었다. 진안은 일기장을 덮고 방을 밝히는 스텐드의 스위치를 눌렀다. 어둠이 천천히 방 안에 차올랐다. 오늘의 맛은 그렇게 못내 잊지 못할 추억으로 마무리했다.

22화

된장 수제비

: 손때 묻은 노트, 그리고 할머니의 숨결

청담동의 그 집은 겨울에도 얼음 냄새가 났다. 대리석 바닥은 물기가 없어도 젖어 있는 것처럼 차가웠고 현관을 들어서면 향초와 표백제, 방금 광택 낸 가죽 소파의 냄새가 공중에서 층을 이뤘다. 복도는 너무 길어서 제영이 혼자 걸으면 발소리가 반사되어 자기 뒤를 따라오는 것처럼 느껴졌다. 밤이면 거실의 대형 어항이 집 안 유일한 등처럼 푸른빛을 흘렸고 그 빛에 유모의 그림자와 철제 계단 난간의 그림자가 길게 찢어졌다.

"왜 이렇게까지 해야 해!"

아버지, 상영의 고함이 2층 복도를 가르며 터지면 곧이어 어머니, 화진의 얇고 날 선 비명이 유리잔처럼 깨졌다. 제영의 작은 발은 본능처럼 드레스룸 끝 미닫이문 안쪽 '벽장 안의 벽장'을 향했다. 문을 닫고 안쪽에서 또 한 번 문을 닫는 구조였다. 어두운 내부에서 제영은 무릎을 끌어안고 양손으로 귀를 막았다. 그럼에도 소리는 옷감과 나무판을 뚫고 들어왔다. 금속으로 부딪는 소리, 손이 물건을 쓸어내리는 소리, 누군가의 숨이 끊어졌다고 믿고 싶을 만큼 길게 이어지는 침묵의 구멍. 그 구멍을 건너뛰기 위해 제영은 셈을 했다. 하나, 둘, 셋…. 스물아홉. 스물아홉에 다다르면 다시 노란 불빛이 켜지고 유모가 "괜찮아, 괜찮아." 하며 문을 두드렸다.

그 집에는 모든 것이 있었지만 기다림은 없었다. 어머니는 늘 바쁘거나 침대에 누워 있었고 아버지는 외출이 잦았다. 식탁 위엔 명품 그릇이 놓였지만 따뜻한 김이 오른 적이 드물었다. 누가 들어오든 현관 센서 등이 같은 밝기로 켜졌고 그 불빛은 사람과 사람 사이의 온도 차를 전혀 알지 못했다.

그러다 어느 겨울 저녁. 어항 불빛이 꺼진 날이 있었다. 어머니는 직접 운전을 하겠다며 회사에서 나오는 아버지에게 향했고 둘은 돌아오지 않았다. "사고"라는 단어가 집에 들어온 첫날, 제영은 장례식장 냄새를 처음 알았다. 국화와 소독약, 검은 양복의 먼지 냄새. 어른들의 눈이 번들거렸다. "잘 키워줄게.", "삼촌 말 믿어라.", "넌 걱정하지 마.", 손길마다 약속이 묻었지만, 그 손에서 밥 냄새는 나지 않았다.

딱 한 사람. 문턱 근처 의자 끝에만 앉아 있던 작은 등이 있었다. 회색 카디건 소매 끝이 닳아 실밥이 났고 손마디가 굵었다. 손등에 마늘즙이 밴 듯한 누런 얼룩과 고추씨가 스민 듯한 냄새가 섞여 있었다. 외할머니였다. 누구도 그녀를 향해 손짓하지 않았다. 화진은 생전에 시장에서 장사하는 그 엄마를 부끄러워했고 결혼과 함께 인연을 끊었다. 그래도 할머니는 멀찍이 앉아 손바닥만 한 보자기에서 보리 엿 한 조각을 꺼내 제영의 손에 쥐여 주었다. 말은 없었다. 그날 제영의 입속에서 그 끈끈한 단맛과 된장의 구수한 잔향이 희미하게 뒤섞였다.

상속 절차는 어른들의 이야기였다. 변호사가 말했다.

"후견인을 정해야 합니다."

어른들이 돌려가며 자기 이름을 올릴 때 제영은 목소리를 끌어올려 물었다.

"제가 정할 수 있어요?"

변호사는 놀란 눈으로 되물었다.

"누구를?"

22화 된장 수제비

"할머니요. 외할머니."

법정의 벤치는 나무 냄새가 났고 제영의 다리는 바닥에 닿지 않아 계속 흔들렸다. 문이 열리자 낡은 고무신을 신은 발이 조심스레 들어왔다. 할머니는 고개를 깊이 숙여 재판장에게 "예.", "그렇습니다." 하고 대답할 뿐 제영 쪽으로는 계속 눈을 떼지 못했다. 승인 판결이 내려지자, 그녀는 그제야 허리를 곧게 폈다. 변호사가 법과 돈, 계좌와 관리에 대해 설명할 때 할머니는 아무것도 묻지 않았다. 다만 제영의 손을 잡고 말했다.

"가자."

골목을 세 번 꺾으면 시장이었다. 진열대가 땅까지 흘러내린 그 골목은 냄새로 지도처럼 읽혔다. 이 골목은 젓갈과 말린 생선, 저 골목은 갓 지진 부침개와 군것질. 비가 오면 천막 위로 빗방울이 북소리처럼 쳤고 맑으면 햇살이 플라스틱 바구니의 색을 더 진하게 만들었다. 할머니의 가게는 바람이 제일 잘 드는 자리에 있었다. 된장과 간장, 집 간장과 조선간장이 유리병과 항아리를 뒤섞어 놓은 모양 그대로 앉아 있었다. 유리창에 손을 대면 어제 닦아낸 물기의 잔흔이 손바닥에 빠르게 퍼졌다.

저녁이면 좁은 방으로 돌아왔다. 연탄난로가 둥글게 빛을 내는 방. 라면 상자를 쌓아 만든 찬장, 귤 상자 위에 올라간 낡은 브라운관 TV. 구멍 숭숭 뚫린 알루미늄 냄비 뚜껑을 열면 김이 그릇 모서리를 타고 천천히 흘러내렸다. 어느 날 할머니가 찬장을 뒤져 큰 대접을 꺼냈다.

"배고프지? 오늘은 수제비나 해 묵자."

밀가루는 손과 손 사이에서 구름처럼 흩어졌다가 덩어리로 모였다. 할머니는 물을 아주 조금씩 부었다.

"수제비는 욕심내면 질어. 손맛으로 멈춰야 혀에 붙는다."

반죽이 귀에 걸린 듯 탱글해지자 천으로 덮고 잠깐 쉬게 했다. 그사이 큰 냄비에서는 멸치와 다시마가 끓고 있었고 국간장 한 방울이 국물의 바닥 색을 깊게 만들었다. 된장을 체에 밭쳐 풀자 구수한 냄새가 방의 허공 높이를 바꾸었다. 감자와 애호박, 양파가 차례로 들어가 익을 때까지 할머니는 반죽을 들고 옆으로 앉아 반달처럼 찢었다. 손끝에서 나온 얇은 조각들이 펄펄 끓는 된상물 속으로 떨어질 때마다 국물 표면이 미세하게 수축했다 풀어졌다. 마지막에 마늘 한 꼬집과 파, 들기름 몇 방울.

"사람은 밥으로 사는 거야. 밥이 끊기면 정이 끊기고, 정이 끊기면 사람도 못 사는 거다."

숟가락을 든 손으로 할머니는 늘 이 말을 했다. 제영의 가슴에 남은 말이었다.

22화 된장 수제비

그 이후로 시장과 부엌은 제영의 학교였다. 방과 후엔 가게 구석에 앉아 숙제하거나 칼을 쥐고 파채를 썰었다. 처음엔 손끝이 파여 피가 맺혔지만, 손은 금방 배웠다. 할머니는 무뚝뚝하게 "어린 것이 칼 꽤 잡네." 하고는 말없이 한 번 더 고기를 밀겼다. 제영에겐 그 말이 상장보다 달았다.

고등학교를 졸업한 제영은 조리학과에 진학했다. 이미 정해져 있는 꿈이었다. 그곳에서 제영의 재능을 알아본 선생이 시장까지 찾아왔다.

"이 아이, 유학 보내보시죠. 더 넓은 데서 제대로 배우게."

방 안에서 둘의 대화를 엿듣던 제영은 심장이 요동쳤다. 가고 싶었다. 그러나 곧 공포가 몰려왔다. 무서웠다. 할머니 없이 밥을 먹는 일이, 할머니가 혼자 밥을 드시는 일이.

선생이 돌아가자, 할머니가 제영을 불렀다.

"제영아. 요리를 하고 싶으면 제대로 해라. 이 할미처럼 좁은 시장에 살지 말고 더 넓은 세계로 가."

"할머니 혼자 두고…"

"걱정 말고 가. 할미는 밥 먹을 줄 안다. 너는 밥을 짓는 법을 배워 와."

프랑스의 주방은 겨울 공기처럼 차가웠다. 욕설은 국적을 가리지 않았고 시간은 온도와 같았다. 한번 놓치면 다시 데울

오늘의 메뉴는 서연정입니다

수 없었다. 일본에서는 칼날의 각도를 배우며 말 대신 허리를 숙였다. 중국에서는 불이 말을 했다. 불꽃의 높낮이로 스승은 기분을 전했고 제영은 스테인리스에 비친 얼굴에서 자신의 눈빛을 매만졌다.

칼등으로 굳은살이 늘어갈수록 손과 팔에 상처가 더해질수록 사람들은 그의 이름을 기억했다. 예약은 몇 달 전에 마감되었고 카메라 플래시는 접시를 먼저 먹었다. 미디어는 '스타 셰프'를 만들었다. 스폰서는 더 큰 간판을 약속했다.

어느 날 밤. 닫힌 홀을 바라보며 제영은 깨달았다. 이건 내가 배운 밥상이 아니다. 손님은 '나'를 먹고, 나는 '사람'을 못 보고 있다.

그러던 봄의 끝에서 전화가 왔다. 며칠째 연락하지 않았던 할머니의 소식이었다.

제영은 그날의 코스를 바꾸려 했다. 예약팀에게 양해를 구하려 했고 다음 날의 촬영을 미루려 했다. 아주 조금만, 아주 잠깐만. 그 '조금'들이 하루를 만들고, 그 하루가 이틀을 넘겼다. 공항에 도착했을 때, 휴대폰이 떨렸다.

"돌아가셨습니다."

병원 복도의 흰 조명 아래. 의자는 자신보다 더 앓고 있는 듯 삐걱거렸다. 차가운 금속 손잡이를 잡고 섰을 때 할머니 손

22화 된장 수제비

등의 마늘 얼룩과 고추씨 자국이 떠올랐다. 아무것도 들고 오지 못했다. 한 그릇 밥도, 한 그릇 국도.

집을 정리하는 동안 서랍 깊숙이 종이를 감싼 보자기가 나왔다. 오래 매듭진 자국이 반지처럼 눌려 있었다. 보자기를 풀자 삐뚤빼뚤한 글씨로 빼곡한 공책들이 나왔다. 된장 담그는 날씨, 간장 삭히는 달, 수제비 반죽의 물. 그것은 한 사람의 세월이 들어 있는 비법서였다. 그 가운데 편지가 있었다. 종이엔 기름얼룩이 손자국처럼 묻어 있었다.

제영아.

너는 어릴 적부터 남의 그릇을 먼저 보는 아이였다. 누가 숟가락을 들었는지, 누가 젓가락을 놓았는지. 밥상은 그런 눈으로 차리는 거다.

세상은 멋을 배울 곳이 많다. 불꽃 높이와 칼날 각도, 말로 할 수 없는 손의 힘. 다 좋다. 멋있게 배워라. 그러나 밥은 멋으로만 안 된다. 밥은 기다림이요, 나눔이요, 살림이다.

어디서 무슨 음식을 만들든, 밥은 결국 사람 살리려고 하는 거다.

배고프다는 건 창피가 아니고 배부르게 하는 건 자랑이 아니다. 배고픈 사람과 배부른 마음을 같이 앉히는 게 밥이다.

오늘의 메뉴는 서연정입니다

언젠가 네 밥을 너답게 나눌 집을 열거든, 이름은 '서연정'이라 하면 좋겠구나.

서연정抒緣亭, 인연을 풀어내는 집이자 누군가와의 만남, 관계를 이어주는 장소. 네 밥이 그렇게 연을 만든다면 이 할미는 더할 나위 없다.

내 자식, 자랑하고 사랑한다. 밥 잘 먹고, 밥 잘해라.

할미가.

글자가 군데군데 번져 있었다. 아마 된장 술이 묻었거나 눈물이 떨어졌거나. 제영은 편지를 접어 가슴에 넣고 한참을 그대로 서 있었다. 창밖에 장대비가 내리던 밤이었다. 비는 처마를 두드리고 바닥의 흙을 눌렀다. 소리가 방 안까지 들어와 심장과 같은 박자로 울렸다.

그 이후 제안은 눈사태 같았다. 호텔 총괄, 방송 고정, 브랜드 협업. 이메일 제목들만 봐도 부피가 있었다. 제영은 하나씩 '거절' 버튼을 눌렀다. 이름을 바꾸는 서류에 도장을 찍을 때 손이 떨리지 않았다. 김제영에서 김진안으로. 안(安)자 하나를 마음에 들였다. 복잡한 도시의 불빛에서 한발 물러나 할머니의 편지 한 줄이 닿을 수 있는 곳으로 가고 싶었다.

강을 건너면 도하리였다. 산등성이에서 내려오는 바람이

냄새부터 달랐다. 흙, 풀, 오래된 나무 기둥, 낮게 말라붙은 비누 냄새. 주인 잃은 작은 집을 건네받아 간판을 달았다. 서연정. 글자 하나하나 붙일 때마다 할머니의 숨이 등 뒤에서 불어오는 것 같았다.

어느 저녁. 광운이 마지막 테이블을 닦고 있을 때 진안이 뚝배기를 꺼냈다.

"뭐 하려고?"

"수제비."

"수제비?"

"내 소울 푸드."

진안은 말갛게 웃었다.

밀가루를 체에 두 번 내려 그릇에 담고 소금 한 꼬집을 먼저 섞었다. 물은 차갑게, 조금씩. 젓가락으로 원을 그리며 섞으면 어느 순간 가루가 덩어리로 뭉쳐 손을 부른다. 손바닥 아래에서 반죽이 숨을 들이마신다. '이제 그만.' 할머니가 늘 멈추던 그 지점에서 멈춰 천으로 덮는다. 쉬는 건 반죽만이 아니라 기억이었다.

육수 냄비에는 손질한 멸치와 다시마, 두어 토막의 무가 맑은 소리를 내며 끓고 있었다. 다시마는 팔팔 끓기 전에 건졌다. 국물에 박힌 표정이 지나치게 얕아지지 않도록. 체에 된장

오늘의 메뉴는 서연정입니다

을 올리고 국물 한 국자를 떠 천천히 푼다. 풀리는 갈색 입자들이 물속에서 걸음을 바꾸면 방금 전과는 다른 향이 들기 시작한다. 집의 향, 사람의 향.

감자 반달, 애호박 반달, 양파채. 뚝배기 가장자리로 재료들을 흩어지게 넣자, 가운데에 반죽이 들어갈 자리가 떠올랐다. 쉬던 반죽을 들고 엄지와 검지로 살을 뜯듯 얇게 늘려 떨어뜨린다. 방금 전보다 조금 더 얇게. 손끝이 기억하는 만큼만. 조각이 물 위에 닿는 순간 가장자리가 투명해졌다가 중앙으로부터 서서히 흰색이 번진다. 끓는 물은 잔잔히 화를 낸다. 너무 한꺼번에 넣지 않고 탁탁, 호흡하듯. 표면의 거품을 국자로 슬며시 털어내고 마늘 다진 것 한 숟가락과 대파를 흩뿌린다. 마지막에 들기름 한 방울. 아니, 오늘은 할머니처럼 참기름 반 방울. 들기름은 향. 참기름은 위로. 오늘은 위로가 먼저였다.

뚝배기 입구에서 김이 한 번 크게 고개를 들더니 식탁 위로 흘렀다. 국물의 빛은 흙빛과 황금빛 사이 붙잡히지 않는 색이었다. 수제비 조각의 가장자리는 얇아 투명했고 가운데는 포근했다. 숟가락을 넣어 한 조각 들어 올리면 국물이 얇게 매달렸다가 뚝, 떨어졌다.

광운이 조심스럽게 한 입을 베어 물었다.

"……"

22화 된장 수제비

“어때?”

광운은 대답 대신 고개를 한 번 끄덕였다. 그는 말을 아끼는 사람이었다. 대신 한 그릇을 끝까지 비우는 방식으로 평을 썼다.

불을 낮추고 남은 수제비를 혼자 한 숟가락 떠먹었을 때 진안은 알았다. 아직, 멀었다. 아주 조금의 소금, 아주 조금의 기다림. 할머니가 넣던 ‘한 꼬집의 마음’은 레시피 어디에도 적히지 않는다.

그날의 끝에서 진안은 일기를 폈다. 펜이 종이를 만나 사각거리는 소리가 평화롭게 방 안을 울렸다.

오늘,
이름을 바꾸고, 불을 바꾸고, 내 속도를 바꾸었지만
아직 따라가지 못하는 한 맛이 있다.

된장 수제비 한 조각의 중앙,
그 포근함 안에 있던 말을 나는 아직 다 듣지 못했다.

밥은 결국 사람을 살리려는 마음이라 했지.
나는 그 마음을 잊지 않으려고 이곳에 왔다.

오늘의 메뉴는 서연정입니다

인연을 풀어내는 집-서연정.

여기서 먹은 한 숟가락이
누군가의 어둠 속 '벽장'을 여는 손잡이가 되기를,
누군가의 시장 골목 불빛이 되기를.

할머니,
내가 만든 밥으로 오늘 한 사람이 웃었다면,
그걸로 족하다고,
그렇게 나를 다독여 주시길.

창밖으로 산바람이 매섭게 들어왔다. 도하리에서 맞는 첫 겨울은 어떨까, 진안의 마음은 두려움보다는 기대였다. 할머니의 편지는 서랍 첫 칸에, 손때 묻은 레시피 공책들은 주방 선반 가장 가까운 곳에 놓여 있었다. 집이란 그런 것이다. 손이 먼저 닿는 자리, 누군가와의 만남을 이어주는 자리. 그 집의 이름은, 서연정이다.

23화

김밥

: 여백에 머무는 겨울 햇살

불과 몇 주 전만 해도 이 시간만 되면 산등성이를 타고 햇살이 서연정 마당을 길게 쓸고 지나갔다. 그러나 해는 점점 더 게을러졌고 공기는 한층 수축하듯 차가워졌다. 마당의 흙은 밤새 머금은 냉기를 내놓으며 하얗게 서릿발을 올렸다. 장독대의 옆구리에는 차갑게 응결된 숨결이 얇은 막처럼 앉아 있었다. 나뭇가지 끝은 바람에 마른 소리를 흘렸고 아직 눈은 내리지 않았지만, 땅속부터 얼음이 차오르는 듯한 계절이었다. 12월의 끝자락. 코끝이 시릴 정도의 바람은 아니어도 오래 서

있으면 뼛속까지 스며드는 냉기에 저도 모르게 따뜻한 무언
가를 찾게 되는 날들이었다.

진안은 그런 공기를 흉곽 가득 끌어넣었다가 천천히 내보
냈다. 오랜만에 일찍 눈을 뜬 그는 본격적으로 주방에 불을 올
리기 전에 서연정 마당에 놓인 긴 나무 의자에 걸터앉아 먼
곳을 바라보았다. 며칠 사이 스쳐 지나간 얼굴들이 머릿속을
빠르게 오갔다.

서연의 일. 그 일로 민하와 부쩍 가까워졌다. 변호사가 필요
할 것 같다는 민하의 걱정에 그는 자신이 해결해 보겠다고 말
했고 두어 번의 망설임 끝에 두 번 다시 연락할 일 없으리라
여겼던 서울의 변호사에게 전화를 걸었다. 물론 자신의 정체
는 지켰다. 덕분에 서연은 '집'이라 부를 없는 곳에서 해방되
어 믿을 만한 위탁가정으로 거처가 옮겨졌다. 그 집을 다녀온
날, 한달음에 서연정을 찾은 민하는 어린아이처럼 웃었다.

'천사 같은 사람들이에요. 서연이도 내심 좋아했고요. 너무
잘됐어요! 다 진안 씨 덕이에요!'

그 웃음을 떠올리는 순간 그의 입꼬리도 무심결에 들렸다.
찬바람 때문이 아니라 그 미소 때문에 얼굴에 열이 올랐다. 손
가락이 괜히 맞물리고 짧은 한숨이 바닥으로 떨어졌다. 민하
를 떠올리면 가슴 한쪽이 두근거렸고 어쩐지 간지러웠다. 실

로 오랜만에 찾아온, 뜻밖의 감정이었다. 그래서 한편으론 그 모든 감정이 사치처럼 느껴졌다. 민하는 민하대로, 자신은 자신대로의 길을 가는 것이 모두의 행복을 위한 것이 아닐까. 진안의 한숨은 더욱 땅을 파고들었다.

무수히 많은 고민 끝에 휴대폰을 꺼내든 진안은 짧은 문장을 만들었다.

-오늘, 시간 내주실 수 있나요? 서연정에서 기다리겠습니다.

'월요일은 쉬어갑니다'라는 푯말을 내건 문을 열고 안으로 들어선 진안은 서연정 주방에 불을 켰다. 앞치마를 단단히 동여맨 진안은 사뭇 진지해진 눈빛으로 주방 안으로 들어갔다.

먼저 쌀을 씻었다. 손등을 스치는 미지근한 물, 유리알처럼 투명해지는 쌀알의 표면, 그리고 물이 마지막으로 흐려지는 순간. 손등에 물을 맞추고 밥솥에 올렸다. 텃밭에서 막 따온 당근의 흙을 털고 오이를 씻어 물기를 닦았다. 단무지는 물기를 꼼꼼히 눌러 빼두었다. 맛살과 햄은 얇게 길게 썰어 키친타월 위에 올려 기름기를 살짝 뺐다.

불을 켰다. 달군 팬에 참기름을 한 방울만 뿌렸다. 기다랗게 채 썬 당근을 올리자 기름의 얇은 막 위로 주황빛이 살아났다. 소금 한 꼬집. 살짝 숨이 죽을 정도로만 볶아 설익은 단맛을 남겼다. 오이는 소금에 살짝 절여 물기를 꼭 짜니 아삭함은 남

300

고 풋내는 빠졌다. 장에서 사 온 싱싱한 시금치를 손질해 냄비 위에서 살짝 데쳤다. 숨이 죽은 시금치에서 고운 밭의 향이 올라왔다. 계란 두 개를 깨소금 아주 살짝 젓가락으로 충분히 풀어 얇게 부쳤다. 식힌 뒤 돌돌 말아 실게 채 쳤나. 이 모든 고명들이 한 접시 위에서 각자 색을 내며 줄을 섰다.

밥이 익는 동안 진안은 김을 구웠다. 검은 바다의 얇은 종잇장. 무쇠 팬을 달구어 기름 없이 올렸다. 불 위에서 김의 표면이 아주 미세하게 울었다. 집게로 뒤집을 때마다 짠 내 가득한 바다 냄새가 그을음 없이 퍼졌다. 소금을 쌀알만큼 찍어 손끝으로 가볍게 문질렀다. 김은 반들거리는 광택을 얻었다. 한 장, 한 장 정성껏 굽는 동안 그의 호흡도 길어졌다.

밥솥이 칙, 소리를 내며 김을 뿜었다. 밥은 알맞게 되었다. 넓은 볼에 밥을 옮기고 소금 한 꼬집과 참기름 한 숟가락을 떨어뜨렸다. 주걱으로 자르듯이 섞었다. 구운 김 위에 밥을 얇게 폈다. 가장자리 2cm를 남겨 여백을 만들었다. 밥 위로 단무지 한 줄, 당근, 오이, 시금치, 계란 채, 맛살, 햄을 각각 고르게 얹었다. 손끝의 압력이 좌우로, 앞뒤로 균등하게 들어갔다. 발로 김을 감싸며 처음 고정된 모양을 만들 때 그는 잠깐 멈춰 공기를 빼고 다시 굴렸다. 마무리의 여백에 물을 바르고 탁, 접착이 붙는 소리. 말린 면을 아래로 두고 랩으로 싸 안정

23화 김밥

을 졌다. 같은 동작이 반복될수록 말린 단면은 더 또렷해졌다.

칼을 데웠다 식히고 칼끝에 참기름을 살짝 바른 뒤 한 줄을 어슷하게 잘랐다. 단면은 분절된 무지개처럼 선명했다. 노란 단무지와 계란, 주황 당근, 초록 시금치와 오이, 빨간 햄, 분홍 맛살, 하얀 밥, 그리고 검은 김의 테두리. 그는 접시 사이를 훑어보다가 귀여운 캐릭터가 그려진 도시락통을 꺼냈다. 반짝이는 눈을 한 작은 햄스터. 줄 맞춰 담긴 김밥이 캐릭터의 웃는 얼굴을 따라 가지런했다.

"소풍 가냐?"

언제 내려왔는지 세수를 마친 듯 목에 수건을 두른 광운이 계단 벽에 기대어 물었다. 그에게 시선도 주지 않는 진안은 약간 수줍다는 투로 짧은 답을 했다.

"어."

"그 선생?"

"…."

진안은 답하지 않았다. 대답하지 않는 것으로 오히려 자신의 말을 긍정했다고 여긴 광운의 얼굴에 묘한 웃음이 피었다.

"이사 갈 곳을 찾아봐야 하나."

"야!"

광운의 짓궂은 말에 진안이 고개를 획 들고선 행주를 광운

오늘의 메뉴는 서연정입니다

에게 던졌다. 광운은 가볍게 그것을 손으로 낚아채곤 더 놀리듯 진안을 향해 눈썹을 한 번 까딱하더니 이내 2층으로 사라졌다. 광운 앞에서도 이 정도로 감정을 숨기지 못하는데 민하 앞에서는 어떡하나. 그러나 진안은 후회는 남기고 싶지 않았다. 마음을 가다듬는 진안의 표정이 점차 차분해진다.

이른 아침. 민하는 눈을 뜨자마자 습관적으로 휴대폰을 집어 들었다. 끔뻑끔뻑. 알림창의 문장 하나가 눈가에 붙어 떨어지지 않았다.

-오늘, 시간 내줄 수 있나요?

자신이 보고 있는 것이 현실인가? 이건 완전히 데이트 신청, 아냐 아냐. 홍민하, 정신 차려. 지난번에도 이러다가 고구마만 실컷 먹었잖아. 이번에도 그럴 수 있어. 말하자면, 서연정에서 음식을 많이 해서 남아서 혼자 사는 외로운 독거청년에게 나누어주는 그런 따뜻한 봉사 같은 거. 그렇게 생각하니 들떴던 마음이 시무룩 가라앉았다. 그러나 서연의 일이 일단락된 뒤 '어떤 핑계로 그를 볼까?' 고민하던 민하는 주어진 기회를 놓치고 싶지 않았다.

-12시까지 갈게요!

느낌표는 너무 강했나? 싶지만 이미 민하의 마음을 따라 메시지는 전송된 후였다. 민하는 당장 자리에서 일어나 씻으러

23화 김밥

들어갔다. 진안 앞에서 누구보다 예쁘게 보이고 싶은 마음으로 민하는 마법 소녀가 전투에 앞서 변신하듯 자신을 변신하기 시작했다. 한시가 급했다.

12시가 가까워질수록 서연정 1층은 묘하게 분주했다. 사실 할 일은 끝나있었다. 분주한 건 둘의 눈치였다.

"너, 어디 안 가?"

"내가? 어딜?"

"그냥, 동네 산책이라도."

"귀찮아. 춥고."

진안은 광운이 그저 할 일 없이 서연정에 앉아 삼박자 커피를 후루룩, 마시는 꼴이 얄미워 눈을 흘겼다. 자신이 누구를 기다리고 있는지 뻔히 알면서 이런 식으로 비켜주지 않겠다는 거지?

"왔네."

툭, 던지는 광운의 말에 진안의 시선이 유리창으로 튀었다. 은색 차가 비탈길을 타고 마당으로 들어왔다. 광운은 충분히 구경했다는 듯 천천히 자리에서 일어났다.

"도하리에서 남쪽으로 가는 길목에 커다란 호수 있는 거 알지?"

"알지."

"든든히 챙겨 입고 가라. 호수 바람 차다."

오늘의 메뉴는 서연정입니다

그 말을 남기고 광운은 늘어진 하품과 함께 2층으로 사라졌다. 진안은 잠깐 그 뒷모습을 따라가려다 곧 문 쪽으로 고개를 돌렸다. 민하가 조심스레 문을 밀었다.

"아, 안녕하세요."

"어서 오세요, 선생님."

평소 같으면 자연스레 흘렀을 말들이 목구멍에서 엉켰다. 둘 사이를 작은 침묵이 건넜다. 민하가 먼저 입을 열었다.

"혹시, 무슨 일로…."

"아, 다름이 아니라…."

진안이 머쓱하다는 듯 목덜미를 긁적이며 도시락통을 들어 보였다.

"날이 좋아서요. 소풍이나 갈까…. 싶어서."

소풍. 그 단어에만도 그녀의 눈빛이 반짝였다. 유치원 이후로 이렇게 설레는 소풍이 있었던가.

"혹시 부담이시면, 거절하셔도-"

"좋아요! 전, 좋아요."

심장이 미친 듯이 뛰는 민하는 이번에도 자신의 감정을 숨기질 못했다. 확 덮쳐오는 민하의 감정에 진안은 순간적으로 눈을 피했다. 유리잔처럼 투명한 민하의 감정은 늘 진안이 감당할 수 없게끔 덮쳐왔으니까.

23화 김밥

민하를 조수석에 태운 진안의 차는 남쪽으로 달렸다. 산의 골을 따라 열린 길은 갈대가 바람을 타고 흔들렸고 호수는 잔물결을 반사하며 잔잔히 빛났다. 둘레길은 한산했고 벤치마다 가을에 떨어진 낙엽이 얇게 포개졌다. 둘은 말없이 걸었다. 그는 호수를 힐끗거렸고 그녀는 숲을 힐끗거렸다. 누가 먼저 말을 하나, 서로가 기다렸다. 어떤 말을 해야 하나, 서로가 생각했다.

"그-"

"저-"

동시에 터져 나온 말에 서로가 손사래를 치며 당황했다.

"먼저 말씀하세요."

"아니에요, 먼저."

무슨 말을 그렇게 하고 싶은 것인지 제대로 말도 못 하면서 서로에게 양보하는 모습에 진안이 주먹으로 자신의 입가를 살짝 가리며 쿡쿡, 웃음을 작게 터트렸다. 민하가 얼굴이 새빨개져선 손으로 제 얼굴을 가렸다. 다 망했다, 싶은 민하가 결국 참지 못하고 솔직한 속내를 쏟아냈다.

"저, 다 티 나죠?"

"모른 척하긴, 쉽지 않네요."

"나 어떡해…."

오늘의 메뉴는 서연정입니다

창피해하는 민하를 배려해 주고 싶은 진안이 주변을 한 번 훑었다. 호수를 정면으로 보는 벤치 하나가 그의 눈에 들어왔다.

"우리 저기서 밥 먹을까요? 진짜 맛있게 준비했는데."

아직 손을 내리지 못한 채 진안이 어디를 가리키는지 알지도 못하는 민하는 강하게 고개를 끄덕였다. 민하는 그저 빨리 여기서 벗어나고 싶을 뿐이었다.

도시락통이 열리자, 민하는 언제 부끄러웠냐는 듯 생일 선물을 받은 사람처럼 탄성을 질렀다. 윤기 도는 김밥이 줄을 맞춰 앉아 있었고 아래층에는 사과와 청포도가 한 알씩 반짝였다.

"역시 소풍은 김밥이죠."

먼저 권유하는 진안의 손짓에 민하가 김밥 하나를 입에 가득 물었다. 김이 혀끝에서 말리고 밥은 고슬고슬했으며 속에 든 재료의 조합이 민하의 입에서 축제를 벌였다. 입이 가득 차 말을 못 하는 민하는 진안을 향해 온몸으로 맛의 신호를 보냈다. 손짓, 표정, 눈동자. 진안은 피식 웃었다. 도시락통의 귀여운 햄스터가 진안의 눈에는 잠시 그녀와 겹쳐 보였다.

겨울바람이 호수 위를 스치며 물결을 한 줄씩 세웠다. 진안은 두 손을 모아 깍지를 낀 채 물빛을 보았고 민하는 바람을 맞으며 진안의 옆선을 보았다. 이 시간이 멈췄으면 좋겠다고, 민하는 생각했다. 진안의 입에서 어떤 결론이 나오지 않아도

23화 김밥

지금은 이대로 좋았다.

얼마쯤 침묵이 흘렀을까. 민하가 조심스레 물었다.

"진안 씨는…. 계속 서연정에 머무르겠죠?"

그 질문은 가볍지 않았다. 진안의 입에서 어떤 답이 나오기 전에 민하가 덧붙였다.

"저는 그랬으면 좋겠어요. 진안 씨의 서연정은 그런 존재잖아요. 모든 이들이 쉬어 가는 곳, 위로를 얻는 곳, 새 힘을 얻는 곳…."

진안은 민하를 오래 바라보았다. 그녀의 시선이 바닥으로 내려앉았다. 자신은 사립 학교로 가지 않는 한 시간이 되면 다른 곳으로, 또 다른 곳으로 옮겨질 사람이었다. 그런 자신이 진안에게 함께하자고 하는 건, 욕심이겠지. 진안은 서연정을 찾는 모든 이들에게 끼니가 주는 행복을 선사해 주고 싶은 큰 사람이니까. 그렇게 생각하니까 울컥, 슬픔이 민하에게 몰려왔다. "민하 씨."

민하는 순간 자신의 귀를 의심했다. '선생님'이 아닌 이름. 진안이 자신을 그렇게 부른 건 처음이었다. 진안은 손을 뻗어 민하의 손 위에 살며시 조심스럽게 얹었다. 진안의 온기가 민하의 손 위에 올랐다.

"저는, 그런 존재 중에 민하 씨도 포함되었으면 좋겠어요."

그 말이 호수의 바람 속에서 천천히 퍼졌다. 민하의 눈이 커졌다가 그 안에서 뚝, 한 방울이 떨어졌다. 진안의 미소가 은은히 번지자, 호숫가의 공기가 먼저 달라졌다. 초겨울의 차가운 숨결 속에서 그의 온기는 물 위에 흩어진 햇살을 따라 잔물결을 만들고 갈대밭을 금빛으로 흔들었다. 그림자는 길게 늘어나 두 사람의 실루엣을 한 줄로 잇듯 이어 붙였다. 숲은 고요한 관객처럼 숨을 죽였고 멀리 산비둘기 한 마리의 울음마저도 두 사람 사이를 스치며 부드러워졌다. 그 안엔 진안과 민하, 둘 뿐이었다.

집으로 돌아온 진안은 의자에 몸을 기대고 한참을 앉아 있었다. 마당에는 일찍 내린 어둠이 고이고 처마 끝 전구가 노랗게 울었다. 일기장을 편 진안은 잠시 자신이 지나온 길을 살폈다. 이 일기장도 꽤 두꺼워졌네. 오늘을 맞는 새 장에서 진안의 펜촉이 잠시 허공을 헤맸다. 민하의 얼굴이 펜 아래에 번지는 것 같았다. 짧은 한숨을 쉰 진안이 펜을 고쳐 잡았다.

오늘, 김을 한 장씩 구워 바다 냄새를 눌렀다.
밥은 참기름 한 숟가락으로만 말리고,
채소들은 각자의 색으로 제자리를 찾았다.

23화 김밥

말아 올린 한 줄은 너무 많은 말을 대신했다.

그녀의 웃음은 단무지처럼 또렷했고,

그녀의 용기는 시금치처럼 얇아 바람결에 흔들렸다.

그래도 한 조각의 여백을 남기니

김밥은 모양을 잃지 않았다.

사람 사이에도 그런 여백이 필요한 것을.

마지막 한 줄―

돌아갈지, 남을지 모르는 마음들 사이에서

나는 밥으로 대답하기로 했다.

일기를 덮자, 도하리의 겨울이 성큼 안으로 들어왔다. 마당의 바람이 한층 차가웠다. 장독대 뚜껑이 달그락하고 울었다. 서연정의 유리창에는 주방의 불빛이 얇게 번졌다가 스르르 사라졌다. 멀리서 빈 나뭇가지 스치는 소리가 들렸다. 내일의 바람이 어떤 방향으로 불든 이 밤만은 모두에게 따뜻하길. 서연정이 그러한 따스함으로 남길.

오늘의 메뉴는 서연정입니다

봄나물 비빔밥

: 여기야, 내 집은

새해의 봄. 월간지 마감일이 목덜미를 콕콕 찌르는 아침이 었다. 사진팀이 들고 온 크고 엷은 색 교정지가 회의실을 미끄 러져 다녔고, 편집부 자리마다 모니터엔 인디자인의 면 분할 선이 바둑판처럼 그려져 있었다. "레시피 계량 다시, 그램 단 위로.", "제철 달력 표에서 달래 위치 바꿔요.", "폰트 반 단계 만. 업 시켜서." 짧은 말들이 종잇장처럼 쌓였다가 스테이플 러로 찍히듯 정리되었다. 시험 주방에서는 팬의 열이 낮게 울 렸고 불린 귀리가 휘저어지는 소리, 굽다 말고 젓가락으로 뒤

집는 소리, 그 위로 식용유가 구두약처럼 반짝거리는 냄새가
풍겨 나왔다. 광고팀은 '원고 최종' 도장을 받아오겠다며 부장
을 붙잡고 뛰어나갔고 교정팀은 낱말 하나를 붙였다 떼었다
하며 쉴 없이 타자를 쳐댔다. 전화벨이 벌떡벌떡 일어나고 눕
는 사이 편집장실 문은 수시로 열렸다 닫혔다.

승원은 아침 회의가 끝나자마자 에스프레소 머신을 켰다.
궂은 날씨 때문인지 원두 향이 방음 유리와 블라인드 사이를
빠르게 적셨다. 승원은 머그잔이 채 식기도 전에 승인 도장을
꺼내 눌렀다. 칼럼 한 꼭지, 레이아웃 두 면, 광고주 시안, 표지
후보 A/B/C안. 사람들은 파도처럼 들락날락했다. "편집장님,
표지 타이틀 '봄을 먹다.' 괜찮을까요?", "네가 망설이면 독자
도 망설여. 밀어." 그는 고개를 끄덕였다. 문서들은 다시 빠르
게 흘러갔다. 그렇게 오늘도 그의 손에서 유려한 한 권이 태어
났다.

그 길이 결코 우아하지만은 않았다. 밑바닥 기자 시절, 새벽
배송차에 얹혀 다니며 뒷문으로만 드나들던 주방들. 취재 거
절당하고 받은 술잔이 머리 위로 날아온 밤. 싸구려 버너 옆에
서 막내 조리사가 먹다 남긴 스태프 식사를 편의점 삼각김밥
위에 얹어 먹으며 "맛있다."라고 메모하던 허기. 좋은 기사로
도, 나쁜 기사로도 욕먹는 자리에서 살아남으려면 혀보다 발

오늘의 메뉴는 서연정입니다

이 빨라야 했다. 맛을 글로 옮기는 일은 모래로 성을 쌓는 일이었다. 광고주와 편집 방침, 독자의 눈높이 사이에서 문장은 수없이 갈라졌다가 합쳐졌다. 그럼에도 매달 제철의 경계가 바뀔 때마다 책은 나왔다. 그 책을 들고 주방으로 날려가 "이번엔 당신의 계절"이라 말하면 셰프의 어깨가 한 치쯤 펴졌다. 그는 그런 순간을 먹고 버텼다.

추운 겨울을 뚫고 어느 날 찾아온 봄의 빗줄기가 유리창을 두드리던 밤. 그는 누구보다 늦게 퇴근했다. 유독 막히는 도심 도로. 적색 신호마다 와이퍼가 천천히 왔다 갔다 했다. '다음 특집은 뭐가 좋을까.' 핸들 위의 엄지가 무심히 문지르듯 움직였다. 아이디어가 밥줄이었다. 트렌드를 앞서지 못하면 뒤처지는 바닥에서 끈질기게 살아남은 승원의 머릿속은 복잡했다.

"식사는 했어요?"

현관에서 아내가 젖은 우산을 털며 물었다.

"생각 없어요."

그는 고개를 저으며 소파에 몸을 묻었다. 휴대폰이 손에 걸렸다. 세계의 요리가 매일 같이 들락거리는 작은 창. 유명 호텔의 신메뉴, 해외 탑 셰프의 협업, 업계 사람들의 소문과 포스트. 그의 팔로우 목록 한가운데엔 늘 사랑스러운 딸, 신애도 있었다. 타임라인을 올리자, 그가 놓친 새 소식들이 후두둑 쏟

24화 봄나물 비빔밥

아졌다. 연분홍 조명 아래 남자 친구와 나란히 웃는 사진, 주말에 엄마가 해준 찌개의 김까지 잡힌 식탁, 바닷가에서 친구들과 발을 담근 동영상…. 그중 승원의 시선을 낚아챈 건 신애가 '펴옴' 표시를 달아 다시 올린 한 장이었다.

'깻잎 로제 파스타?' 소스는 꾸덕했고, 깻잎의 결은 빛을 얇게 머금고 있었다. '제법인데?' 승원의 눈이 번뜩였다. 서른 해를 넘게 이 바닥에 있으면 사진만 봐도 혀끝에 맛이 감돈다. 이건 손이 있는 사람의 접시였다. 물론 그럴듯한 흉내일 가능성도 배제할 순 없었다. 그는 일단 마음 한편에 꽂아 두고 옆으로 슥, 슥, 사진을 넘겼다. 그랬던 그의 손이 한 사진에서 멈췄다.

음식만 보이던 격자 속에 한 컷. 화면 귀퉁이 조리대 위로 몸을 굽히는 젊은 얼굴이 작게 그러나 또렷이 박혀 있었다.

'가만…. 어디서 봤더라?'

눈매의 각, 광대 아래로 떨어지는 미소선, 불을 다루던 사람만의 어깨. 승원의 눈이 얇게 빛을 세웠다. 그는 벌떡 일어나 서재로 달려갔다. 전원 버튼을 누른 손이 재촉하듯 키보드를 두드렸다. 부팅 로고가 느리게 돌아가는 동안 가슴이 먼저 달렸다.

'아니겠지. 설마…. 아니야.'

오늘의 메뉴는 서연정입니다

화면이 열리자, 그는 오래전부터 분신처럼 들고 다닌 USB를 꽂았다. 폴더가 탭처럼 떠오르고 연도별·국가별·세프별로 정리된 이름들이 스크롤을 따라 과거로 흘러내렸다. 특종의 살결을 손끝으로 더듬는 느낌.

'맞다면, 이건 한 권을 살리는 카드다. 아니, 회사의 균형까지도.'

"찾았다."

숨이 짧게 터졌다. '스타 세프—김제영, 세상을 제패하다.' 젊은 세프가 불꽃 앞에서 환하게 웃고 있는 사진. 그는 휴대폰을 들어 컴퓨터 화면과 신애의 SNS 속 얼굴을 번갈아 대조했다. 세월이 꿰맨 차이쯤은 무시해도 될 만큼 두 사진은 한 사람을 가리키고 있었다.

'찾았어, 김제영. 역시 어딘가에서 계속 요리하고 있을 줄 알았다고!'

망설임은 거기서 끊겼다. 신애의 글을 타고 원글 작성자 '서연'의 계정으로 넘어갔다. 게시물 속 위치 태그, 해시태그, 배경에 잡힌 간판 조각과 산등성이 모양까지. 퍼즐 조각이 작게 '도하리'라는 이름으로 모였다. 승원은 지도 앱을 켰다. 도하리를 아무리 뒤져봐도 화면엔 오래된 중국집 하나가 덜렁 뜰 뿐 고급 음식점 같은 건 보이지 않았다.

24화 봄나물 비빔밥

"하… 이런 최첨단 세상에 또 발품이네."

혼잣말이 한숨에 실렸다. 하지만 이런 대어를 허탕 칠 수는 없었다. 그는 옷가지 몇 벌과 카메라, 보조 배터리를 가방에 던져 넣었다. 현관에서 아내가 물었다.

"아니, 대체 이 밤에 어딜 가려고요?"

"대어입니다, 대어!"

뜻을 모를 대답을 남기고 그는 이미 엘리베이터의 닫힘 버튼을 연타하고 있었다. 엔진이 낮게 깨어나며 남쪽을 가리켰다. 와이퍼가 봄비를 밀어내는 리듬에 맞춰 오래전 프랑스의 주방에서 맛보았던 그의 소스가 혀끝에 다시 피어올랐다. 이번에는 접시가 아니라 사람을 찾아가는 길이었다.

닭이 울기도 전, 새벽안개가 풀리기도 전. 승원의 차는 도하리 근처에 닿았다. 고즈넉한 시골길 위로 봄기운이 가볍게 내려앉아 있었지만, 승원의 얼굴은 오히려 긴장으로 굳어 있었다. 그는 마을 초입의 낡고 작은 모텔에 몸을 뉘었다. '너무 서둘렀나….' 아직 문도 열지 않았을 식당을 떠올리며 한숨 돌릴 겸 침대에 앉은 승원은 그대로 곯아떨어졌다.

단잠 속을 헤매던 승원이 눈을 번쩍 뜨고 시계를 바라봤을 때 이미 오전 11시를 가리키고 있었다. 승원은 당장 일어나 서둘러 짐을 챙겼다. 차를 몰아 도하리 마을회관 앞에 멈춰 선

오늘의 메뉴는 서연정입니다

그는 순간 낯선 곳에서 길을 잃을까 하는 걱정이 먼저 치밀었다. 단서라고는 휴대폰 속 사진 하나. 그러나 기자로 밑바닥을 기던 시절 몸으로 부딪쳐 찾던 습관이 승원의 발목을 잡았다. '오늘 안에 무조건 찾는다.' 그는 결심처럼 입술을 다물었다.

그때였다. 회관 앞에서 수다를 떨던 할머니들 몇이 그의 시선을 끌었다. 승원이 사진을 보여주자, 대답은 뜻밖에도 단박에 돌아왔다.

"이거, 서연정네 총각 아녀?"

"맞다니까, 딱이네."

승원은 순간 어이가 없어 웃음이 새어 나왔다. 이렇게 쉽게? 기자 시절 온 나라를 헤매도 단서 하나 못 찾던 때가 떠올라 허탈하기까지 했다. 그런데 도대체 어떤 음식을 하길래 이런 노인들까지 모두 그를 아는 걸까.

"저쪽으로 읍내 빠져나가 더 가면 서연정이 있어. 거기 가봐."

이곳에서 제일 나이가 들어 보이는 꼬장꼬장한 노인 하나가 지팡이 끝으로 길을 짚으며 말했다. 승원은 잊지 않고 고개를 깊숙이 숙였다. 뒤에서는 벌써 외지인이 왜 그 총각을 찾는지 궁금하다는 수군거림이 일었다.

서연정. 이름을 떠올린 지 한 시간도 되지 않아 간판이 눈에 들어왔다. 아담한 이층집, 손길이 고운 텃밭, 널찍한 마당엔

24화 봄나물 비빔밥

이미 주차된 차들, 안쪽으론 그림자들이 분주히 드나들었다. 프랑스 주방의 화려한 불꽃을 기억하던 승원에겐 너무도 낯선, 그러나 이상하게 따뜻한 풍경이었다. 카메라 셔터가 저절로 눌렸다. 이 공간 전체가 기삿거리가 될 것 같은 기분.

"어서 오세요!"

문을 열자 들려온 활기찬 목소리. 진안 아니, 제영의 것이었다. 고개를 돌린 순간 두 사람의 눈이 마주쳤다. 말 한마디 건네지 않아도 서로가 누구인지 단번에 알아본 표정. 순간의 정적이 공기 속을 얼렸다.

"빈자리에 앉으세요."

덩치 큰 그림자가 정적을 부수고 불쑥 다가왔다. 광운이었다. 그는 손짓으로 자리를 가리켰고 승원은 무의식적으로 그 자리에 몸을 앉혔다.

여전히 주방에 서 있는 진안은 미세하게 떨리는 손을 꼭 붙잡았다. 승원의 등장이 의미하는 바를 그는 누구보다 잘 알았다. 자신의 이름, 자신의 과거, 그리고 다시 흔들릴 수 있는 신념. 그러나 한 가지는 분명했다. 멈출 수는 없다. 그래서 그는 다시 칼을 들었다. 오늘도, 밥을 하기 위해서.

봄나물들이 올라오기 시작한 계절이었다. 진안은 아침에 미리 손질해 둔 나물을 다시 한번 훑었다. 냉이는 손가락 마디

오늘의 메뉴는 서연정입니다

만 한 뿌리째 깨끗이 문질러 흙을 털어냈다. 달래는 얇은 껍질을 벗겨 매끈하게 다듬었다. 씀바귀는 억센 줄기를 골라내고 어린잎만 골랐다. 참두릅은 밑동을 살짝 도려내 쓴기를 줄였다. 쑥은 향이 날아가지 않게 물 위에서 가볍게 흔들기만 했다. 소금 한 꼬집 넣은 끓는 물에 순서대로 살짝 데쳤다. 숨이 확 꺼지기 전에 얼음물로 옮겨 앉혔다. 모양이 흐트러지지 않게 물기를 꼭 짜고 각기 다른 그릇에 담았다. 냉이는 된장 한 티스푼과 마늘, 참기름 몇 방울에 조심스레 무쳤다. 달래는 간장과 식초, 고춧가루를 한 점 넣어 달래장을 만들고 빛을 살려 섞었다. 씀바귀는 쌉싸름함을 살리려 소금만 살짝. 깨소금을 손으로 비벼 뿌렸다. 두릅에는 들기름을 얇게 입혔다. 쑥은 뜨겁게 지은 밥에 올릴 생각으로 통째 남겨두었다.

솥에서는 현미를 조금 섞은 햅쌀이 끓었다. 뜸을 들일 때 뚜껑이 간헐적으로 숨을 쉬었다. 은은한 밥내가 꾸방 바닥을 타고 퍼졌다. 집 고추장은 엿기름 향이 살아 있었고 된장은 텃밭 옆 장독대에서 막 떠온 것이었다. 김은 불 위에서 손을 좌우로 움직여 한 장, 한 장 구웠다. 기포가 톡톡 오르고 종이처럼 얇은 결이 살아났다. 구운 김을 길게 썰어 준비했다. 돌 그릇을 데워 꺼냈다. 바닥에 갓 지은 밥을 수북이 담아 올렸다. 김이 몽글몽글 솟았다. 가장자리부터 색을 앉혔다. 초록의 농

24화 봄나물 비빔밥

담들이 둥글게 둘러앉았다. 냉이의 탁한 초록, 두릅의 맑은 초록, 씀바귀의 어두운 초록, 달래장의 붉고 갈색 도는 윤기. 가운데엔 달걀노른자 하나를 조심스레 놓았다. 구운 김채가 씨앗처럼 흩어졌다. 참기름은 한 바퀴만 너무 많이 두르면 맛이 흐려지니까. 곁에는 봄동 겉절이를 담았다. 설탕에 잠깐 절여둔 봄동에 고춧가루와 액젓, 통깨를 뿌려 숨이 살아 있는 채로. 된장국은 쑥 한 줌과 두부 몇 개만 넣어 맑게 끓였다.

광운이 주방에서 그릇을 받아 승원 앞에 놓았다.

"저, 저기⋯."

승원이 광운을 불렀다.

"김제영 씨는 언제쯤 한가해지나요?"

광운의 미간이 짧게 접혔다.

"여기 김제영이라는 사람은 없는데요."

광운은 말끝을 툭 놓고 다시 홀로 사라졌다.

승원은 한동안 주방 쪽을 바라보다가 숟가락을 들었다. 밥과 나물과 노른자가 한 숟가락 안에서 만나도록 가볍게 비볐다. 첫 숟갈이 혀에 닿자, 생각이 느리게 주저앉았다. 나물의 결마다 살아 있는 흙의 온기, 쌉싸름함 뒤에 올라오는 견디는 단맛, 고추장의 둥근 매운맛이 '맛있다.'라는 언어보다 먼저 목으로 넘어갔다. 과장된 감탄을 유보시키는 여유 있는 맛이

오늘의 메뉴는 서연정입니다

었다. '먹어도 또 먹고 싶다.'라는 욕망이 솔직했다.

그는 떠들썩하지 않은 홀을 둘러보았다. 작업복 차림, 들꽃 무늬 블라우스, 손등에 햇볕이 그물처럼 얹힌 노인, 물티슈로 아이 입을 닦아수는 젊은 엄마. 제각각의 자리에서 밥을 먹으면서도 저마다의 이야기로 이쪽저쪽을 향해 웃고 있었다. 누군가의 접시가 비면 다른 누군가가 반찬을 밀어주고 고추장을 더 달라는 소리엔 다른 테이블에서 "여서 가져가!" 하고 답이 날아왔다. 격식은 없었지만, 질서는 있었다. 지켜주는 눈, 기대는 어깨. 승원의 눈가에 자신도 모르게 주름이 잡혔다.

어느새 진안이 느릿한 걸음으로 사람들에게서 시선을 떼지 못하는 승원의 곁으로 다가왔다. 진안이 말했다.

"저는, 이런 요리를 하기 위해 내려왔습니다. 진심으로 사람들의 고단한 삶을 한 끼로 채워주기 위해서요."

언젠가 또렷한 프랑스어로 메뉴를 설명하던 목소리가 지금은 낮고 단단했다. 승원은 고개를 들어 진안의 옆얼굴을 보았다. 도시의 주방에선 보지 못했던 진심이 담긴 미소.

승원은 짧은 한숨과 함께 대어를 잡기 위해 값비싼 낚싯대를 움켜쥐고 있던 손을 내려놓았다. 자신의 욕심을 채우고자 이 사람들에게서 너무 값진 것을 빼앗을 수는 없었다.

승원이 말했다.

24화 봄나물 비빔밥

"제가 느끼기엔, 위로는 저 사람들보다 제영 씨가 더 받는 것 같네요."

진안이 고개를 돌려 승원을 바라보았다. 눈이 잠깐 흔들렸다가 곧 잦아들었다. 승원은 자리에서 일어났다.

"잘 먹었습니다. 다음에 혹시 기회가 되면, 가족들하고도 오고 싶네요."

"언제든 환영입니다."

말갛게 웃음을 지어 올리는 진안의 대답이 서늘한 바람 사이로 천천히 가라앉았다.

서연정 마당으로 나온 승원은 카메라를 들어 식당 숨은 모서리, 텃밭의 자잘한 잎맥, 간판의 낡은 나사, 마당을 가로지르는 발자국을 몇 장 담았다. 도로 표지판이 보이는 데까지 걸어 나와 차 문을 잡던 손을 멈추고 한 번 더 뒤돌아봤다. 낮의 빛이 주방 창을 네모나게 베고 있었다. 승원은 그 빛이 닿는 모든 곳의 안녕을 빌며 도하리를 떠났다.

진안은 마지막 손님을 배웅한 뒤 천천히 주방을 정리했다. 칼은 씻어 제자리에 눕히고 도마는 마른행주로 몇 번이고 닦아냈다. 불을 끄고 난 뒤에도 한동안 불빛이 남은 듯 아지랑이처럼 주방이 아른거렸다. "오늘 영업을 마칩니다."라는 푯말을 뒤집어 걸면 진안의 마음 한편도 고요히 가라앉았다.

오늘의 메뉴는 서연정입니다

진안은 마당으로 발을 옮겼다. 발자국마다 낮의 열기를 품고 있던 흙은 이미 서늘해져 있었고 텃밭 위에 매달린 이슬은 저녁 등불을 받아 반짝거렸다. 빨래 대에 걸쳐둔 앞치마, 장독대 옆에 놓인 빈 항아리, 손때 묻은 문고리까지. 모두가 그의 시간을 함께 살아낸 벗들이었다. 낮 동안은 부산한 웃음과 대화로 가득했던 서연정이 밤이 되자 숨을 고르듯 고요에 잠겨 있었다.

진안은 홀 한가운데를 바라봤다. 사람들의 체온이 스며든 나무 탁자와 의자들은 여전히 그 온기를 머금고 있었다. 하루하루가 흘러가며 서연정은 단순한 식당이 아니라 삶의 이야기들을 받아 적는 커다란 그릇이 되어 있었다.

그는 천천히 한 바퀴 서연정을 둘러봤다. 마치 처음 왔던 날로부터 지금까지 이어져 온 모든 장면이 한 편의 영화처럼 눈앞에 겹쳤다. 모두가 이 공간을 지나며 밥을 먹었고 그 밥으로 다시 하루를 버텼다. 하지만 정작 가장 많은 위로를 받은 건 그들에게 밥을 건넨 자기 자신이었다는 것을 진안은 알고 있었다.

마당 끝에서 부는 바람이 그의 볼을 스쳤다. 겨울의 차가움은 벌써 한 발짝 물러서고 봄의 기운이 잔잔히 파고들었다. 그 바람 속에서 그는 비로소 확신했다. 서연정은 더 이상 도망쳐

24화 봄나물 비빔밥

온 쉼터가 아니었다. 이제는 그가 지켜야 할, 그가 살아야 할 집이었다.

진안은 마지막으로 간판을 올려다보았다.

서연정—서로의 인연을 풀어내는 집.

그 이름이, 오늘만큼은 유난히 밝아 보였다. 그는 천천히 고개를 끄덕이며 속으로 중얼거렸다.

'여기야, 내 집은.'

"안 올라오냐? 오늘 빨래 당번 너야."

감상에 젖어 있는 진안에게 2층에서 광운의 목소리가 내려왔다.

"아, 쫌! 하루 정도는 봐줘라!"

진안은 투덜거렸지만, 환한 웃음으로 서둘러 잔소리가 더해지기 전에 2층으로 올라섰다.

그날 밤. 진안의 책상에는 일기 대신 편지 한 통이 올랐다.

할머니께.

서연정에 봄이 왔어요. 텃밭 고랑 사이로 냉이가 먼저 고개를 내밀며 저를 반겨주는, 여기서 저는 잘 있습니다. 할머니가 그토록 말하던 "밥이 사람을 살린다."라는 말이 매일 저녁 제 눈앞에서 증명되곤 해요.

오늘의 메뉴는 서연정입니다

할머니, 저는 이곳에서 많은 사람들을 만났어요. 도하리의 산증인이자 꼿꼿한 정 할매, 알고 보면 다정한 춘식 아저씨, 매일 같이 싸우지만 서로 없어선 안 될 곽 씨 부부, 화려함 속에 눈물 많은 미자 아주머니, 하루하루에 충실한 철호 씨, 율이를 위해 씩씩하게 나아가는 미앙, 꿈 많은 청년 경수, 웃는 모습이 해맑은 서연, 힘겨운 삶 속에도 꼿꼿한 진규, 자신의 감정에 늘 솔직한 민하 씨 그리고 제 곁을 든든하게 지켜주는 광운까지….

할머니, 저는 제가 이 사람들을 채워준다고 하지만, 이 사람들이 서로 얽히고 엮여 앉은 서연정에서 결국 위로를 받은 건 저였어요.

할머니, 많이 늦은 말이지만, 감사해요.

할머니께서 가르쳐주신 그 말씀을 언제나 세기며 저는 또 나아가겠습니다.

여기, 도하리에서.

- 할머니의 손자, 제영.

강을 건너면 도하리가 있고, 그곳에는 서연정이 있다. 허기진 배를 채우는 한 끼가 아니라 고단한 삶을 잠시 내려놓을 수 있는 온기가 그곳에 있다. 밥상 위의 나물은 계절을 담고

24화 봄나물 비빔밥

따뜻한 국물은 지친 하루를 씻어낸다. 그릇마다 깃든 정은 사람들의 이야기를 부드럽게 감싸며 때로는 눈물도, 때로는 웃음도 받아낸다. 서연정은 그래서 하나의 식당이 아니라 마을의 심장처럼 뛰는 집이 된다. 누구에게는 새로운 시작을, 누구에게는 잊고 있던 용기를, 또 누구에게는 단순한 밥 한 숟가락의 기적을 건네는 곳. 도하리를 건너 이곳에 다다른 이들은 모두 알게 된다. 서연정에서 건네진 밥이야말로 살아가야 할 이유가 되어 준다는 것을.

작가의 말

이 소설을 쓰기 시작했을 땐, 스멀스멀 올라오던 더위가 어느새 매섭게 땅을 지지고 있었습니다. 더위는 솜처럼 물러나지 않았고, 에어컨 틀기를 늘 미루던 저는 오래된 낡은 선풍기 하나에 의지해 글을 써 내려갔습니다. 그러는 사이에도 시간은 흘렀습니다. 날은 저물고, 더위가 서서히 물러가더니 선선한 바람이 불었고, 이제는 제법 쌀쌀한 추위가 다가오고 있습니다.

문득, 요리 이야기가 쓰고 싶어졌습니다. 정식으로 요리를 배운 것도 아니고, 이 글에 가장 많이 등장하는 한식을 전공한 것도 아니었습니다. 다만, 저는 먹는 것을 좋아하는 사람이었습니다. 배부르다는 것, 한 끼를 잘 먹었다는 사실에 행복을 느끼는 사람. 서연정은 바로 그 마음에서 시작되었습니다.

심리학을 전공했지만, 사실 저는 사람을 위로하는 일이 서툽니다. 그래서 어설픈 위로의 말을 건네는 대신, 요리와 함께라면 조금은 다르지 않을까 생각했습니다.

이 글을 읽으시다 배가 고파지셨다면, 잠시라도 이 글 속 요리를 맛보고 싶어지셨다면, 저는 그것만으로도 성공이라 믿습니다. 그리고 그 요리에 담긴 사연에 공감하고, 마음 한편이 위로받으셨다면 더할 나위 없이 기쁠 것입니다.

진안이 서연정에서 정갈하게 내어놓은 밥상의 온기가, 이 책을 펼쳐주신 당신의 마음에도 따뜻하게 스며들기를 바랍니다.

2026년을 맞이하는 순간에,
송다현